일러두기

_ 작품명은 한국어판으로 출간되었을 경우 한국어판 제목을 따랐습니다.
_ 한국어판으로 번역되지 않은 작품은 원제목을 병기했습니다.

Slow Writing

최고의 작가들은
어떻게 글을 쓰는가

루이즈 디살보 지음

정지현 옮김

세무

들어가기 전에

"성장을 위해서는 긴 시간의 느림이 필요해."

이브 메리엄Eve Merriam의 시 〈게으른 생각A Lazy Thought〉에 나오는 구절이다. 무작정 서두르기에는 책이 무척이나 중요한 의미를 담고 있다는 것을, 우리는 이미 잘 알고 있다. 하지만 제법 많은 수의 시작하는 작가들, 아니 베테랑 작가들조차도 에세이가 몇 주 만에, 책 한 권이 일 년 만에 완성될 것이라고 예상하고는 한다. 록산느 게이Roxane Gay가 《살롱Salon》에서 쓴 것처럼 우리 사회에는 '천재에 대한 문화적 집착'이 존재한다. 하지만 훌륭한 작품은 시간의 흐름에 따라 서서히 성장한다. 충분한 시간을 두고 글을 쓰면 어려운 주제에 대해 깊이 생각하고 표현할 수 있다. 또한 오로지 글쓰기 작업에 헌신을 다할 때 훌륭한 작품이 탄생한다.

이 책 《최고의 작가들은 어떻게 글을 쓰는가》는 작가라면 어떤 식으로 글을 써야 한다거나, 혹은 필자인 내가 어떤 식으로 작업을 한다거나 하는 단순한 이야기가 아니다. 수십 년간 글쓰기 과정과 진짜 작가들의 작업 습관을 연구한 결과를 토대로 한다. 글쓰기 과정을 이해하고, 진짜 작가들이 어떻게 작업하는지 배우고, 그 정보를 바탕으로 작가로서의 고유한 정체성을 발전시킨다면 그의 삶은 달라질 수 있다. 나는 잘 알려진 작가들의 편지와 일기, 인터뷰를 읽고 이 책에 언급된 모든 글쓰기 과정이 한마디로 '느린 글쓰기slow writing' 임을 깨달았다. '느린 글쓰기'는 위험을 무릅쓰고 직관적 도약을 가능하게 해준다.

이 책에는 데이비드 허버트 로렌스D. H. Lawrence, 버지니아 울프Virginia Woolf, 헨리 밀러Henry Miller, 존 스타인벡John Steinbeck 같은 클래식 작가들의 느린 글쓰기에 관한 일화가 담겨 있다. 조 앤 비어드Jo Ann Beard, 마이클 샤본Michael Chabon, 주노 디아스Junot Diaz, 제프리 유제니디스Jeffrey Eu-genides, 메리 카Mary Karr, 맥신 홍 킹스턴Maxine Hong Kingston, 이언 매큐언Ian McEwan, 살만 루시디Salman Rushdie 등 현대 작가들의 사례도 있다.

이 책은 내가 '느린 글쓰기' 라는 개념을 고안하게 된 과정을 설명하는 이야기들로 시작한다. 1장 〈무엇부터 준비해야 할까〉는 글쓰기 과정의 시작 단계, 주제를 찾고 자신의 작업 방식을 발견하는 과정이다. 2장 〈작가, 그 오랜 기다림의 시간〉에서는 글쓰기 기술을 배우거나 새로운 프로젝트를 고안하는 데 얼마나 많은 시간이 걸리는지 살펴본다. 3장 〈끝없는 도전과 성공〉은 인내를 배우고 실패의 두려움을 극복하며 결단력을 기르는 방법에 대해 다룬다. 4장 〈작가의 휴식〉에서는 작업으로 복귀하기 전 마음을 가다듬는 법과 질병에 걸렸을 때의 글쓰기 작업에 관해서 이야기한다. 5장 〈책 짓기, 책 완성하기〉에서는 장애물을 이겨내고 작품을 성공적으로 완성하는 방법을 살펴본다. 마지막으로 에필로그에서는 다음 작품의 글쓰기 과정을 시작하는 방법을 제안한다.

이 책은 전반적으로 '느린 글쓰기'에서 활용할 수 있는 기술적인 부분들을 생각하게 한다. 두려움, 불안, 비판, 자기 의심 등 글쓰기 작업에 필연적으로 따라오는 감정에 대처하는 방법과 건강하고 생산적인 창작의 삶 속으로 뛰어드는 방법, 끈기와 성취를 자축하는 방법, 모든 것이 바쁘게만 돌아가는 이 세상에서 삶도 글쓰기도 느리게 해내가는 방법 등이 그것이다. 이 기술들을 하나 둘 익힌다면 당신과 훌륭한 작품의 원천은 자연스레 이어질 수 있을 것이다.

목차

1장
무엇부터
준비해야 할까

2장
작가,
그 오랜 기다림의 시간

나는 작가들의 집을 방문하는 것이 좋다. 작가가 책상에 앉아 집필 중인 원고의 문장을 천천히 하나씩 쓰고 내가 갈망하는 전혀 서두르지 않는 삶을 사는 모습을 상상해본다. 나 역시 그런 삶을 살려고 노력하지만 실패할 때도 있었고 성공할 때도 있었다.

언젠가 남편과 이탈리아 베로나 여행을 계획하면서 가르다 호수Lake Garda에 있는 가르그나노Gargnano를 여행하기로 했었다. 데이비드 허버트 로렌스가 《아들과 연인》의 수정 작업을 할 때 살았던 저택을 방문하기 위해서였다. 나는 로렌스가 살았던 장소가 그의 작품에 끼친 영향을 다룬 에세이를 연구하고 있었다. 로렌스가 영국을 떠나 생활할 때, 그는 창문 밖 호수 너머 몬테 발도—가르다 호수와 연결된 산 중 하나(역주)—에 비치는 빛이 보이는 책상에 앉아서 영국 노팅엄셔 이스트우드에서 보낸 어린 시절 이야기를 썼다. 그는 광부였던 아버지와 아버지의 힘든 노동, 자식들을 위해 더 나은 삶을 원했던 어머니, 부모의 폭력적인 언쟁에 대해 묘사

했다. 젊은 시절 성공적이지 못했던 사랑과 어머니의 지배에서 벗어나고
자 했던 투쟁, 어머니의 죽음에 대한 자신의 기억, 작가가 된 과정에 대해
서도 썼다.

그는 《폴 모렐Paul Morel》이라고 이름 지었던 원고를 가르다 호수에서
《아들과 연인》으로 바꾸었다. 1910년 가을에 시작한 작업이었다. 가르
다 호수에서 탄생한 초고는 네 번째 것이었다. 그 소설은 완성까지 2년이
라는 시간이 걸렸고, 그동안 4개의 초고가 만들어졌다.

그는 원고를 수정하는 과정에서 단순히 자전적 소설이었던 것을 문
제적 성性을 탐구하는 한 젊은 청년에 대한 연구로 변모시켰다. 로렌스는
친구 에드워드 가넷Edward Garnett에게 쓴 편지에서 말하기를, 가르그나노
에서 "피와 땀으로 끈기 있게 《아들과 연인》을 창조했다."라고 했다.

내가 여행을 계획한 것은 '느린 글쓰기'에 대해 생각하기 시작했을
때였다. 로렌스의 저택 방문은 그처럼 끈기 있게 글을 쓰고 싶은 나 자신

의 욕망을 상기시켜주는 성지 순례가 될 터였다. 나는 제2차 세계대전 당시 부모님의 삶을 그린 책의 한 챕터를 한창 쓰는 중이었다. 두 분이 뉴저지 호보컨Hoboken 부두 근처에 있는 아파트를 구하고 집을 장식하는 모습을 그린 챕터였다. 당시 미국은 아직 전쟁에 참여하지 않았을 때였다. 하지만 부모님은 전쟁이 임박하며 해군 출신이자 비행기 제작 기술자인 아버지가 곧 전장에 불려갈 것임을 알고 있었다.

나는 그 아파트가 두 분에게 어떤 의미였는지 알았다. 두 분이 그곳을 아름답게 꾸미기 위해 얼마나 노력했는지. 하지만 그 이야기에는 훨씬 많은 의미가 담겨 있을 것 같았다. 전쟁으로 인한 아버지의 부재와 전쟁에서 벌어진 끔찍한 대학살, 그리고 전쟁이 아버지를 어떻게 변하게 했는지에 대해 쓰기는 쉽지 않았다. 도저히 서둘러 쓸 수 없는 내용이었다. 하지만 나는 작업을 할 때마다 기대가 무척 높았다. 한 번에 여러 페이지를 쓰고 싶었다. 리서치와 예비 초고 작업에 많은 시간을 투자했으니, 지금 쓰고 있는 챕터를 신속하고 훌륭하게 완성할 수 있으리라고 생각했다.

내가 헌터 칼리지에서 가르치는 학생들은 회고록을 1~2년 안에 완성하고 싶다는 말을 종종 한다. 내가 농담으로 '서두름의 불치병'이라고 부르는 현상이다. 나는 그들에게 묻는다.

"대체 왜 그렇게 서두르죠?"

하지만 얼마 가지 않아 나 역시 스스로를 급하게 밀어붙이고 있음을 깨달았다.

《글쓰기는 힐링이다Writing as a Way of Healing》를 출간한 후 중대한 프로젝트를 시작한 수많은 작가들과 소통했다. 그들 역시 글쓰기 작업이 너무 오래 걸린다고 불만이었다. 그 후로 책 한 권을 끝마치기까지 오랜 시간이 걸린다는 사실을 그들은 물론 나 자신에게도 이해시키기 위해 유명 작가 및 예술가들이 얼마나 느리게 작업했는지 말해주는 일화를 모으기 시작했다. 살만 루시디는 자서전 《조지프 앤턴》에서 작가로서 자신의 정체성이 '시작과 다른 장소에 정착하게 되는' 이민자의 그것과 같다는 사실을 이해하기까지 13년이 걸렸노라고 말했다. 마침내 자신의 목소리를 찾은 그는 3년을 더 작업해 첫 번째 소설이자 부커상 수상작인 《한밤의 아이들》을 완성했다.

우리는 빠른 속도를 가치 있게 여기는 세상에 살고 있다. 메시지가 상대방에 도착하기까지 며칠, 혹은 몇 주가 걸렸지만 이제는 실시간으로 이메일함에 도착한다. 제임스 클라벨James Clavell의 《쇼군Shogon》을 보면 16세기에 유럽에 보낸 편지의 답장을 4년 만에 받는 장면이 나온다. 그것도 편지를 실은 배가 침몰하지 않아야만 가능했다. 하지만 이 시대를 살아가는 우리는 상대의 답변이 즉각 오기를 기대한다. 이메일이나 문자가 빠르게 오가는 모습은 언뜻 편리하고 좋아 보인다. 하지만 그것은 시간에 대한 우리의 태도를 바꿔놓는다. 빠른 것이 옳은 것, 좋은 것이라고 여기게 만든다. 소중한 글쓰기 시간을 빼앗아가기도 한다. 책을 완성하기 어려워 고군분투하던 어느 작가 친구는 자신이 하루에 이메일을 3천 자 이상 쓴다는 사실을 발견했다.

〈뉴욕 타임스〉에 실린 '작가통痛: 전자책 시대에 일 년에 책 한 권은 느리다' 라는 제목의 기사에서는 출판사가 베스트셀러 작가들에게 가하는 압박에 대해 다루었다. 에드거상 수상 작가 리사 스코토라인Lisa Scottoline은 이제 일 년에 책 두 권을 출간하고 있다. 그녀의 작업 스케줄은 잔혹할 정도다. 일주일 내내 하루도 빠짐없이 아침 9시부터 밤 11시 30분까지 2천 자씩 쓴다. 출판사들은 글쓰기와 타이핑을 똑같은 것으로 보는 듯하다.

종종 작가 스스로도 작업이 빨리 가능하다고 예상하는 경우가 있다. 시간이 오래 걸리면 스스로 작가의 재목이 아니라고 여긴다. 작가로서의 가치를 작품의 훌륭함이 아니라 원고를 얼마나 썼느냐와 동일시하기도 한다. 존 스타인벡이 《에덴의 동쪽》을 쓸 때 기록한 일기에는 집필까지 걸린 18개월 동안 담당 편집자가 '하루 두 장씩 손글씨 작업' 이라는 스타인벡이 스스로 정한 기준보다 속도를 내도록 재촉하는 모습이 나온다.

14

"매일 정해진 작업보다 서두르려고 하는 나를 발견한다. 이것은 파괴적인 제안이다. 책은 매우 섬세하다. 압박이 가해지면 드러나게 되어 있다. 그러니 더 이상 작업을 늘리면 안 된다."

스타인벡은 편집자의 요구에 굴복하기를 거부했다. 그는 자신이 어떤 방식으로 일해야 하는지 잘 알았고, 1951년 1월 하순에 집필을 시작했을 때부터 줄곧 자신이 정해놓은 계획에 따랐다.

로렌스 저택의 방문을 앞뒀을 때, 나는 그가 《아들과 연인》을 작업하면서 힘들 때마다 잠시 멈추어 몬테 발도를 바라보았던 창문 밖을 내다볼 생각에 들떠 있었다. 그런데 하필 사고가 생겼다. 출발을 며칠 앞두고 발에 잘 맞지 않는 헐렁한 신발을 신고 급하게 걷다가 왼발에 피로 골절이 생긴 것이다. 여행은 잠시 연기해야 했는데 처음에는 아예 걷지 못했다. 시간이 지나자 조금씩 느리게 걸을 수 있게 되었고, 이 일은 나와 글쓰기의 관계를 완전히 다르게 바라보는 계기가 되었다.

느리게 걸을 수 있게 되었을 때 뒤쪽 울타리를 사이에 두고 위치한 이웃집에서 메모리얼 데이—미국의 기념일 가운데 하나로 우리의 현충일과 비슷, 5월 마지막 월요일(역주)— 파티에 우리 부부를 초대했다. 즐겁게 파티를 즐긴 후 나는 남편과 천천히 걸어서 집으로 갔다. 다리를 다친 후 처음으로 혼자 걷는 것이었다. 처음에는 걱정이 앞섰다. 빨리 집으로 돌아가고 싶어

느린 속도가 불만스럽기도 했다.

하지만 머지않아 주변의 모습이 하나씩 선명하게 들어왔다. 이웃에 사는 아이가 친구들을 불러 놀고 있었다. 친구들끼리 흘러나오는 음악에 대해 농담을 주고받고 있었고, 남학생과 여학생끼리 익살스럽게 장난을 치고 있었다. 순간 어디선가 바람이 불어와 나뭇잎의 은빛 뒷면이 드러 났다. 우리는 잠시 휴식을 취하려고 이웃집 마당에 피어난 꽃 앞에서 멈춰 섰다. 늦봄의 향기가 이토록 좋았던가. 나는 왜 항상 서두르면서 살게 되었는지 생각했다. 느리게 생활하면서 평화로움을 발견하고 주변 세상을 즐길 수 있게 된 것은 부상으로 예상치 않게 얻은 이득이었다.

천천히 걸어야 해서 다른 여러 가지 일들도 천천히 할 수밖에 없었다. 다시 요리를 시작한 첫날 포카치아를 만들었다. 오래 걸렸지만 행복한 경험이었다. 한번은 책을 읽으려고 정원으로 나갔는데 독서할 때 쓰는 안경을 깜빡했다. 다시 안으로 들어가 안경을 가져올 기운이 생길 때까지 그냥 가만히 앉아 있을 수밖에 없었다. 그 시간 동안 정원에 마련된 작은 폭포 위 웅덩이에서는 새들이 몸을 씻고 있었고, 다람쥐가 잽싸게 집으로 달려갔으며, 잠자리가 물 위에서 날았다. 오래 전부터 정원에 나가 책을 읽거나 글을 쓰거나 했지만 그때처럼 느리게 시간을 보낸 적은 한 번도 없었다.

서재로 돌아가 버지니아 울프가 손으로 직접 쓴 《등대로》의 초고가 인쇄된 책을 꺼냈다. 그녀가 하루에 몇 자나 썼는지 궁금해졌다. 버지니아 울프의 작업 방식에서 창작 활동에 대해 더 많은 것을 배울 수 있을지도 모른다는 생각이 들었다. 나는 버지니아 울프가 출간한 소설들의 초기 버전을 연구했다. 그녀가 한 페이지에서 어느 부분을 삭제하거나 더했는지, 핵심 장면이나 이미지가 첫 초고부터 존재했었는지 등 말이다. 작가들의 초고나 일기, 인터뷰 자료를 살펴보면 글쓰기 과정을 한층 더 깊게 이해할 수 있다. 막히는 부분들은 전문가의 도움을 받으면 된다.

내가 가르치는 학생들은 유명 작가들이 작품을 수정하고 완성하는 데 생각보다 오랜 시간이 걸렸다는 사실을 알고 깜짝 놀란다. 어니스트 헤밍웨이Ernest Hemingway는 《무기여 잘 있거라》의 결말을 47가지 버전이나 쓴 후에야 결정했다. 퓰리처상 수상자 마이클 샤본은 《텔레그래프 애비뉴Telegraph Avenue》를 완성하는 데 5년 가까이 걸렸다.

버지니아 울프는 보통 오전 10시에서 오후 12시 30분이나 1시까지 2시간 30분~3시간을 방해받지 않고 글을 썼다. 그렇다면 과연 그녀는 하루에 1천 자를 썼을까, 2천 자를 썼을까? 1926년 5월 9일자 《등대로》의 초고를 살펴보니 약 535자를 썼고, 그중 73자에 줄을 그어 삭제했다. 그러니 하루에 쓴 분량은 462자였다. 그녀가 하루에 3시간 동안 글을 쓴다고 해보자. 그렇다면 삭제한 부분까지 포함해 하루에 약 178자를 쓴 셈이다. 당시 그녀는 창작 능력이 최고조에 달해 있을 때였다.

버지니아 울프가 하루에 얼마나 썼는지를 알게 된 후, 나 자신이 얼마나 많은 분량을 써야 한다고 생각하는지를 떠올려 보았다. 방해받지 않고 쓸 수 있는 2시간 30분~3시간이 주어진다면 적어도 짧은 에세이의 초고 정도는 수정까지 해야 한다고 생각하지 않았던가? 얼마나 많이 쓰고 싶었는가? 버지니아 울프가 쓴 것보다 훨씬 많은 분량이었음을 인정하지 않을 수 없었다.

울프는 《등대로》의 535자를 신중하게 쓰는 한편 그녀의 삶에 엄청난 영향을 끼친 사건도 경험하고 있었다. 당시 영국에는 사상 초유의 파업이 한창 벌어지고 있었다. 기차도 지하철도 택시도 운행되지 않았다. 순경들이 운전하는 버스 몇 대가 런던 시내를 왕복하기는 했지만 버스를 이용하는 것은 위험했다. 파업에 동조하는 이들이 버스를 공격했기 때문이다. 비축품이 줄어들면서 다들 식량을 걱정했다. 마치 나라가 내란 직전에 놓인 것만 같았다.

파업으로 생활이 큰 불편을 입게 되자 울프는 노동 계급 사람들이 나라의 안정에 기여하는 바에 대해 생각하지 않을 수 없게 되었다. 그것을 계기로 그녀는 맥네이브 부인이라는 캐릭터를 만들었다. 엉망진창이 된

18

램지 가족의 여름 별장을 힘든 노동으로 말끔하게 정리하는 청소부 캐릭터를 내러티브에 넣은 것이다. 그녀는 노동자들이 문명을 유지해주며 자신의 특권층 삶이 누군가의 노력에 의존한다는 사실을 새롭게 깨달았다.

버지니아 울프는 글쓰기를 자신이 관찰한 것에 대해 생각하고 보고하는 방식으로 활용했다. 그녀는 처음부터 《등대로》의 집필 계획을 신중하게 세웠지만 느리게 작업한 덕분에 세상의 변화하는 환경, 즉 총파업의 영향에 대해 곰곰이 생각해볼 수 있었고 새로운 캐릭터를 만들 수 있었다. 오직 느린 글쓰기를 통해서만 가능한 놀라운 돌파구였다.

나는 다리를 회복하는 몇 달 동안 글쓰기 과정을 느리게 만들려고 노력했다. 처음에는 몰랐지만 시간이 지나면서 내가 쓰고 있던 챕터의 문제가 무엇인지 깨달았다. 부모님이 저녁마다 벽지를 바르고 테두리에 페인트칠을 하고 카펫을 깔고 저축한 돈으로 구입한 가구를 배치하면서 첫 집을 꾸미는 동안 세상에 어떤 일이 일어나고 있었는지, 내가 충분히 알지 못했기 때문이었다.

리서치를 좀 더 하고 과정 일기─집필 중인 작품과 나누는 일종의 대화 기록인데, 추후 좀 더 자세히 설명하겠다─에 기록하면서 그동안 간과한 것을 깨달았다. 부모님은 1941년 여름을 보내며 첫 집을 단장하는 동안, 라디오에서 런던 폭격, 독일군의 소비에트 연방 침략, 부모님이 사는 거리 끝에 있는 부두를 비롯한 여러 부두를 폭격하려고 계획했던 미국 내 나치 스파이망의 발각 같은 뉴스를 들었다. 나는 그런 시기에 집을 꾸미는 부모님이 어떤 기분이었을지 생각해본 적이 없었다.

빨리 끝내고 싶은 마음에 그 챕터의 기본적인 의미를 놓치고 말았다. 부모님은 정성 들여 꾸민 집들이 흔적도 없이 사라지는 시기에 첫 집을 꾸미고 있었던 것이다. 머지않아 무너질 것을 알면서도 두 사람이 함께하는 삶을 시작했던 것이다. 아무리 애정을 가득 담아 꾸민 집이라도 부모님을 전쟁의 비극에서 격리시켜 줄 수 없었는데 말이다.

1975년부터 글을 써왔지만 나는 여전히 초보다. 지금도 글쓰기에 대해 배우고 있다. 작가란 무엇인지, 느리게 쓴다는 것은 무엇인지를 알아가는 중이다. 내가 만나본 작가들은 대부분 이런 어려움을 겪는다. 책상에 앉아 집필 중인 작품과 글쓰기라는 행위에 대해 생각하고 바쁜 생활 속에서 글 쓸 시간을 찾는 것, 글을 쓰다 보면 생기는 롤러코스터처럼 심한 감정의 기복에 대처하는 것, 지금보다 더 생산적이 되어야 한다고 생각하는 것, 온갖 우여곡절 속에서도 글쓰기 과정을 계속해나가는 것, 시작한 작품을 끝내는 것 등. 인간적으로 가능한 것 이상을 자신에게 기대하기 때문에 작품이 빗나가는 경우가 많다.

나는 이 책이 《글쓰기는 힐링이다Writing as a Way of Healing》의 출간 이

후 작가들과 글쓰기 행위에 대해 나눈, 아직도 계속되고 있는 대화에 관한 보고서라고 생각한다. 나는 그 책에서 글쓰기를 통해 트라우마를 극복할 수 있다고 이야기했다. 이사벨 아옌데Isabel Allende, 헨리 밀러, 앨리스 워커Alice Walker 등 수많은 작가들이 깊은 상처에서 받은 영감으로 대표 작품의 집필을 시작하게 되었다. 그 책은 글쓰기가 힐링 역할을 하는 과정에 대해서도 설명했다.

이 책에서는 모든 작가가 마주하는 주요 난관을 짚어보고 한 템포 늦추기를 통해 글쓰기 과정을 이해할 때 최고의 작품이 나올 수 있다고 이야기한다. 또한 매일 글을 어떻게 써야 하는지 생각해보는 여정으로 당신을 초대한다. 글을 쓸 준비를 하고, 시작하고, 장편을 쓰고, 작품을 완성하는 아주 '느린 길'을 제시한다. 이 책은 처방을 내리지 않는다. 글을 어떻게 써야 하는가에 관한 책이 아니기 때문이다. 글을 쓴다는 것이 어떤 것인지 생각하게 하고, 글쓰기 과정을 느리게 해나갈 때 자기 성찰적인 작가가 될 수 있으며 자신만의 길을 찾을 수 있다고 말하는 책이다.

작가의 길을 찾는 것은 매일 계속되고 또 항상 변화하는 과정이다. 어떻게 글을 써야 하는지 방법을 찾은 순간, 예기치 못한 일이 생겨서 다 허물어지고 처음부터 다시 배워야만 한다. 비극적인 911 테러 이후 많은 소설가들이 겪은 일이기도 하다. 이언 매큐언은 다시 시작해야 한다는 의미를 이해하는 데 오랜 시간이 걸렸다. 911테러 이후로 점점 어두워지고 커져만 가는 비관주의에 대한 반응으로 쓴 소설 《토요일》을 출간하기까지 말이다. 삶이 변하고 세상이 변하면 작가도 자신을 재창조해야만 한다.

그동안 내가 만나본 성공한 작가들은 대부분 자신의 작업 과정을 생각해보고 작품에 대해 성찰하는 법을 배운 이들이었다. 《NW》의 작가 제이디 스미스Zadie Smith처럼 항상 열심히 일하고 글쓰기 과정의 모든 단계에서 개선하고 몰입하고 흥미를 느끼는 이들이다. 한마디로 '느린' 작가들이다.

이 책은 글쓰기를 시작하거나 계속하는 이들에게 가장 효과적일 것이다. 책을 처음부터 끝까지 읽어도 되고 필요한 부분만 골라서 읽어도 된다. 하지만 작품 속으로 들어가 작품과 함께 존재할 때, 즉 느린 작가가 되면 어떤 좋은 점이 있는지 생각하며 읽어주기를 바란다.

느린 글쓰기는 마치 명상과도 같다. 모두가 아마추어임을 인정하게 하고 자신이 어떤 사람이며 어떻게 세계를 바라보는지 알 수 있도록 해준다. 무엇이 진짜 중요한지 깨닫게 한다. 작가라는 것, 작가가 된다는 일은 결코 쉽지 않은 길이다. 더군다나 느린 글쓰기는 속도를 중시하는 요즘 세상에서 더욱 어렵다. 하지만 그것은 분명 잃어버린 가치를 되찾

고, 진정한 자신을 발견하는 길이 되어 줄 것이다. 오늘도 글쓰기에 매진

하고 있는 세상의 모든 작가들과 문학을 사랑하는 독자들에게 이 책이

느리고, 사색적이며, 풍요로운 시간을 선물할 수 있기를.

Louis DeSalvo

무엇부터
준비해야 할까

1장

　나는 책을 쓸 때 자신이 어느 단계에 있는지 꼭 확인한다. 글을 쓸 준비를 하고 있는 중인지, 첫 초고를 쓰는 중인지, 초고를 수정하거나 깊이를 더하는 중인지, 책의 순서를 정하고 있는지, 완성하고 있는지, 독자들에게 선보일 준비가 되도록 다듬고 있는지. 글쓰기 과정의 어디에 놓여 있는지 모르면 너무 많은 것을 너무 일찍 기대한다. 불가능한 것을 해내지 못했다고 자신을 비난하기도 한다.

　부커상 수상작 《눈 먼 암살자》의 작가 마거릿 애트우드Margaret At-wood는 소설을 시작할 때면 늘 어디로 갈지 알지 못한다고 말한다. 그 순간을 "마치 문제를 풀어나가는 과정 같다."라고 표현하는 그녀는 이미지 하나, 장면 하나, 혹은 목소리 등 작은 것부터 시작해 계속 써나가면서 구조, 혹은 디자인을 발견한다. 《서피싱Surfacing》을 집필할 때는 두 파트를 무려 5년에 걸려서 썼다. 처음부터 너무 빠르게 속도를 내면 글쓰기가 '그림판에 정해진 순서대로 색칠하기'와 비슷해진다고 그녀는 말한다. 아마추어 작가들은 이 단계를 건너뛰고 너무 빠르게 초고를 쓰려는 경향이 있다. 하지만 성공한 작가들은 몇 년이고 이 단계에 머무른다. 너무 빨리 쓰려고 하고 너무 이르게 분명함을 기대하면 실패는 따놓은 당상이다.

마거릿 드래블Margaret Drabble은 《카펫의 패턴The Pattern in the Carpet》을 쓰기 전에 퍼즐 그림 맞추기를 배웠다. 처음에는 퍼즐 만들기의 역사로 의도했던 회고록이지만 그녀의 인생 경험과 게임에 대한 열정, 퍼즐의 역사가 한데 섞였다. 안무가 트와일라 타프Twyla Tharp는 나중 작품을 위해 물건과 이미지, 아이디어를 특별한 용기에 모아둔다. 용도를 알기 훨씬 전부터 말이다. "내가 한 모든 작품에는 상자가 다 따로 있다."라고 그녀는 말한다.

새로운 프로젝트를 시작할 때는 아직 작업이 초기이거나 불만족스러울 수도 있지만 다음에 다가올 심화 작업을 준비하는 것이다. 이 과정을 통해 작가로서 자신에 대해 배우고 작품의 토대를 세울 수 있다.

마이클 샤본은 《피츠버그의 마지막 여름》의 집필을 시작하기 전에 4년 동안이나 어둠 속에서 휘청거렸다. 그는 '준準 이탈로 칼비노처럼, 신新 호르헤 보르헤스처럼' 모방 소설을 쓰며 기술을 연마했다. F. 스콧 피츠제럴드F. Scott Fitzgerald의 《위대한 개츠비》와 필립 로스Philip Roth의 《굿바이, 콜럼버스》의 구조를 연구했다. 두 작품 모두 한 해의 여름을 배경으로 한다는 사실을 깨닫고 자신의 소설에 차용했고, 장소는 자신이 잘 아는 피츠버그로 설정했다.

《내 이름은 빨강》의 작가 오르한 파묵Orhan Pamuk은 "예술의 대부분은 기교다."라고 말한 적이 있다. 기교를 배우려면 끈기 있는 수습 기간이 필요하다. 파묵은 첫 소설 《제브데트 씨와 아들들》을 5년에 걸쳐 완성하기 전에 7년 동안 열심히 기반을 쌓았다. 이 작가들처럼 시작 단계에서는 어떻게 기술을 연마할지, 지금 쓰려는 책을 위해 무엇이 필요한지 배울 수 있다.

만약 어떤 작품을 쓰고 있는 것인지, 어디로 향하는지 몰라서 불안해도 작업은 계속해야 한다. 니콜 크라우스Nicole Krauss는 《사랑의 역사》를 집필한 과정을 설명하면서 "나는 이야기가 어디에 도착할지 미리 알지 못한다."라고 말했다.

또 이렇게 덧붙였다.

"완전히 길을 잃고 줄이 매이지 않은 자유로운 상태로 예상하지 못한 장소에 도착하는 것은 나에게 있어 글쓰기 과정의 필수다."

그녀는 책이 과연 어떻게 끝날지 전혀 알지 못하는 상태로 여러 모퉁이를 벗어났다. 책이 어디로 향하는지, 혹은 성공할지 알 수 없다는 사실에서 오는 불안감을 극복하는 일은 꼭 필요하다. 크라우스는 《사랑의 역사》가 실패작일지도 모른다고 생각했지만 계속 꾸준히 일했다. 결과물이 아니라 과정에 집중했기에 위험을 무릅쓸 수 있었다. 작품을 시작할 때 어떤 결말로 이어질지, 과연 성공할지 말지에 대해서는 몰라도 된다는 사실만 기억하자. 분명 큰 위안이 될 것이다. 작가라면 크라우스처럼 혼란 속에서도 계속 작업하는 능력을 길러야 한다. 본래 초반 작업은 혼란으로 가득하기 마련이다. 처음에는 《포인츠 홀Pointz Hall》이라고 이름 붙은 버지니아 울프의 《막간》 초고처럼 말이다. 초고의 시작은 최종 원고와 완전히 달랐다.

초고는 이렇게 되어 있었다.

"오, 테이블에 비친 아름답고 너그러운 빛, 오일 램프. 고대의, 시대에 뒤떨어진 오일 램프. 황갈색 천막에서 황혼의 잿빛 휘장이 떨어진다."

반면 최종 원고는 다음과 같다.

"여름밤, 그들은 정원으로 난 창문이 열려 있는 커다란 방에서 오물 구덩이에 대한 이야기를 나누고 있었다."

초고는 혼란스럽고 꾸밈이 심하다. 마치 긴 시대극 같다. 반면 최종 원고는 곧바로 본론으로 들어간다. 교양 있는 사람들이 램프 주변에 모여 인간의 배설물을 어떻게 처리할지 이야기를 나누고 있다. 초고에 들어간 것 중에는 오로지 '램프'만 남았다.

프로젝트의 초기 단계에서는 필요한 만큼 시간을 가져야 하며 무엇을 하고 있는지 과연 성공할지 확신할 수 없어도 괜찮다고 생각해야 한다. 배움의 과정에 충실하고 초기에 종종 나타나는 불안과 절망을 인정하면서 기교를 갈고닦아야 한다. 느리게 일하고 작품에 대해 파악하고 한 번에 느리게 한 걸음씩 가는 데 충실해야 한다.

물론 글을 쓰다 보면 너무 빠르게 쓸 때도 생길 것이다. 갑자기 찾아온 흐름 속으로 들어가 몰두하거나 스스로 정한, 혹은 계약상의 데드라인을 맞추려고 애쓸 때 그럴 수 있다. 하지만 빠르게 쓴다는 것은 무조건 밀어붙여 결말에 도달한다는 뜻은 아니다. 이따금씩 빠르게 작업하게 되더라도 대개는 느리게, 꾸준히 작업하면 최고의 작품을 탄생시킬 수 있다.

01

글쓰기,
어떻게 접근할까

대학교 때 에세이를 쓰면서 엄청난 좌절감을 느꼈던 일이 떠오른다. 에세이를 쓰라는 과제가 주어졌는데 정해진 기한까지 완벽하게 완성해서 제출해야만 했다. 수정할 기회는커녕 초고나 좀 더 나은 글로 만드는 데 도움이 될 만한 피드백도 없는 상태였다. 일단 책상에 앉아 타자기에 종이를 끼워 넣고 시작했다. 일관성 있게 주제를 전개하는 것부터 정확한 문장 구조는 물론 구두점까지 완벽한 글로 마무리하기 위해 모든 일을 한꺼번에 해내야 했다.

글의 주제는 내가 가장 좋아하는 작가 도스토옙스키였다. 무슨 말을 하고 싶은지는 확실히 알고 있었지만 메모나 초고가 없었다. 대략적인 개요는 생각해두었지만 오히려 구속처럼 느껴졌다. 글을 써내려가면서 계속 새로운 영감이 떠올랐는데도 미리 짜놓은 윤곽을 포기하지 않았다. 일관성 없는 문장이 나올 때마다 타자기에서 종이를 찢어내고 다시 시작했다.

새벽 무렵에는 머릿속이 온통 뒤죽박죽해서 도저히 글을 쓸 수 없는 지경에 이르렀다. 눈물이 터져 나와 좀처럼 멈추지 않았다. 친구가 옆에 앉아서 달래준 덕분에 어찌어찌 마무리는 했지만 완성된 글은 엉망진창이었다. 지도 교수는 내 글에 "자네는 초급 영어를 구사하는구만."이라는 평가를 남겼다. 시간도 촉박한 데다 실수할까봐 두려워서 문체와 논점을 최대한 단순하게 만든 탓이었다.

나는 작가가 되고 싶었다. 하지만 글쓰기가 이런 것이라면 도저히 가망이 없어 보였다. 나에게는 작가가 되는 데 필요한 기술이 없었다. 그도 그럴 것이 나는 글쓰기를 아무 데서나 시작해도 괜찮다는 사실을 알지 못했다. 대부분의 작가들이 초고를 하나 이상 작성하며, 원고가 완성되기까지 필요한 여러 작업을 한꺼번에 끝내기란 불가능하다는 사실을 몰랐던 것이다.

하지만 지도 교수도, 그동안 읽은 문학에 관한 수많은 책들도 —전기는 되도록 읽지 말라는 가르침을 받았다— 내가 잘못 알고 있다고, 글쓰기는 그런 식으로 접근하는 것이 아니라고 말해준 적이 없었다. 그나마 작가의 글쓰기 과정을 가까이에서 지켜본 경험이라고는 대학생 때 시인이었던 교수님의 시 모음집 초고를 타이핑한 것이 다였다.

지금의 나는 대학교에서 회고록 쓰는 방법을 강의하는데 작가 캐스린 해리슨Kathryn Harrison을 초청해 《엄마의 매듭The Mother Knot》을 어떻게 썼는지 설명해달라고 부탁했다. 그 책은 그녀와 엄마의 얽히고설킨 관계를 담은 회고록이다. 일반적으로 학생들은 첫 장편 작품을 쓰는 데 들떠서 빨리 글쓰기 과정에 돌입하고 싶어 하지만 어떻게 시작해야 할지 난감해 한다. 캐스린이 회고록을 쓰기까지 여러 단계를 거쳤다는 사실을 설명해주면 그제야 학생들은 회고록을 어떻게 써야 하는지 중요한 가르침을 얻는다.

첫날 캐스린은 강의실에 한 무더기의 원고를 들고 왔다. 《엄마의 매듭》을 쓰기 위해 2000년 가을부터 2003년 여름까지 작성한 열 개나 되는 초고였다. 그녀는 처음에 장편 에세이로 출발했다가 일곱 번째 초고에서 자신이 책을 쓰고 있음을 깨달았다. 산더미처럼 쌓인 초고는 학생들에게 중요한 가르침을 주었다. 한 학생은 "캐스린도 책 한 권을 쓰는데 저렇게 많은 초고가 필요했으니 저도 최소한 저만큼은 필요하겠구나 싶었죠."라고 말했다.

책 한 권이 완성되기까지 다수의 초고를 작성하게 된다는 사실을 잘 아는 캐스린은 처음에는 잘 쓰지 못해도 상관없다고 느긋하게 생각했다. 첫 번째 초고에는 책의 뼈대가 ─어머니의 시신을 거두어내 화장한 일─ 들어 있었지만, 책과 밀접한 관련이 없고 오로지 자기만족을 위한 내용은 과

감히 삭제하거나 줄였다. 거식증에 걸린 일 등 서둘러 지나쳐버린 감이 있는 이야기들은 나중에 좀 더 자세히 다루었다. 모유수유가 자신에게 어떤 의미인지는 시간이 지나면서 더욱 깊이 파고들었다. 엄마의 행동이나 심리상담가와의 대화처럼 단순히 보고적인 내용은 나중에 작은 장면과 큰 장면들로 고쳐나갔다.

캐스린은 며칠, 또는 한 달의 시간 여유를 두고 초고를 작성한 덕분에 한결 수월하게 문제를 해결할 수 있었다. A라는 캐릭터를 어떻게 표현할지, B라는 캐릭터는 또 어떤 식으로 그릴지 한 번에 초고 하나씩 붙잡고 문제를 풀어나갔다. 또 다른 초고에서는 일전에 표현한 물의 이미지를 다루는 데 집중하면서 다듬고 확장했다. 후반에 작성한 초고에서는 연상을 통해 이야기의 빈틈을 채워나갔다.

캐스린의 작품 구조는 처음부터 설정되어 있었다. 선형적 서술 기법과 회상이 커다란 그림과 작은 그림, 설명을 통해 합쳐진 구조였다. 그러나 거의 마지막 초고에 이르기까지도 그녀는 결말을 어떻게 지어야 할지 알지 못했다. 첫 번째 초고는 그녀가 냉동된 모유를 발견하는 장면에서 시작했는데 마무리는 어머니를 화장한 재를 강물에 뿌리는 장면으로 할까 싶었다. 그러나 그녀는 본능적으로 자신의 퀘이커식 결혼식을 묘사한 장면을 썼다. 그것이 어머니가 끼친 부정적인 영향을 극복한 내용을 다루는 회고록의 주제와 좀 더 어울리는 결말임을 깨달았다.

학생들은 캐스린이 원고를 쓰면서 수정해나간 과정을 듣고 책 한 권을 쓰려면 초고가 여러 개 필요할 뿐만 아니라 모든 문제는 한 번에 해결할 수 없으며, 쓰기와 수정이 단계적으로 진행된다는 사실을 이해할 수 있었다. 캐스린의 방문 후 학생들과 글쓰기의 단계적 과정에 대해 토론했다.

- 첫째, 실제로 글쓰기를 시작하기 전에 내용에 대해 상상하고 생각하고 메모한다.

- 둘째, 글쓰기를 시작한 후에는 앞으로 제대로 고칠 기회가 많이 있다는 사실을 떠올리면서 지금 원고는 일시적이라는 생각으로 쓴다.

- 셋째, 단계적으로 쓰고 수정하면서 글의 주제를 정확히 파악해나간다.

- 넷째, 처음부터 어느 정도 알고 있을 수도 있지만 순서와 구조, 이미지 패턴은 후반부에 알게 된다. 수정도 그에 따라 이루어진다.

- 다섯째, 필요한 부분은 다듬고 독자에게 정보가 더 필요한 부분은 보태가면서 원고를 미세하게 조정한다. 한 단어, 한 문장, 한 문단씩 처음부터 끝까지 읽어나간다.

- 여섯째, 후반부에 접어들기 전에는 초고를 다른 사람에게 보여주지 않는다. 피드백을 바탕으로 다시 수정한다.

캐스린이 《엄마의 매듭The Mother Knot》을 쓴 과정을 통해 학생들이 배

웠듯이, 시작하는 작가이든 새 작품을 시작한 기존 작가이든 글쓰기 과
정의 단계를 거스르지 않고 순응하면 작품에 엄청난 도움이 된다.

02

자신만의
리듬 찾기

작가들은 인터뷰에서 "글을 언제 쓰세요? 하루 일과가 어떻게 되죠?"
라는 질문을 종종 받는다. 나는 작가들이 하루를 어떻게 계획하는지 듣
는 것을 좋아한다. 작가로서의 내 일과에 적용할 만한 것이 있을지도 모
르기 때문이다.

《호밀밭의 파수꾼》을 쓴 제롬 데이비드 샐린저J. D. Salinger는 매일 아
침 6시마다 글을 쓰기 시작한다. 시작 시간이 아침 7시를 넘기는 법이 없
다. 아무런 방해도 받지 않고 종일 글을 쓴다. 때로는 한밤중까지 계속되
었다. 《시녀 이야기》의 작가 마가렛 애트우드Magaret Atwood는 오전 10시
부터 오후 4시까지 글을 쓴다. 《오스카와 루신다Oscar and Lucinda》의 작가

피터 캐리Peter Carey는 주로 오전에, 그것도 세 시간 동안 글을 쓰는 것으로 충분하다고 했는데 때로는 수정 작업을 위해 오후에 다시 글을 붙잡기도 한다. 《인생 수정》의 조너선 프랜즌Jonathan Franzen은 하루에 8~10시간 동안 글을 쓸 수 있다고 말한 적이 있다.

나는 나의 글쓰기 방법과 다른 작가들의 방법을 비교해볼 때가 많은데 ─내가 글을 쓰는 시간은 하루에 2시간 정도로, 학생들을 가르치는 시간보다 적다─ 좀 더 오래 글을 쓰지 않는 나 자신을 꾸짖곤 한다. 알람시계를 맞춰 놓고 샐린저처럼 아침 일찍 일어나 하루 종일 쓰고 어쩌다 한밤중까지도 쓰는 상상을 해본다. 하지만 샐린저의 리듬은 내 리듬이 아니고 그의 삶은 내 삶과 다름을 곧바로 깨닫는다.

내가 작가로서 해야 할 일 중 하나는 '자신의 리듬을 아는' 것이다. 강의를 하고 있기 때문에 글쓰기에 가장 좋은 시간이 일 년 내내 바뀐다. 해마다, 프로젝트 때마다, 혹은 날마다 바뀐다. 오랫동안 나는 주로 오전에 글을 썼다. 그러다 회고록 《현기증Vertigo》을 집필할 때만큼은 오후에 글을 쓰는 것이 가장 좋다는 사실을 깨달았다. 나중에 알게 된 사실인데 사람은 오후 시간에 기억 기능이 가장 활발하다고 한다. 아무래도 그 이유였던 듯하다.

에드워드 M. 할로웰Edward M. Hallowell의 《창조적 단절》에서는 자신의 작업 리듬을 알고 글쓰기에 필요한 시간을 내고 가장 좋은 시간을 찾을 수 있는 전략을 제안한다.

--- 꼭 해야만 하는 일을 제한해 하고 싶은 일을 할 수 있는 시간이 생기도록 한다.

--- 중요하지 않은 일에 시간을 낭비하지 않고 중요한 일을 위한 시간을 따로 마련한다.

--- 하루 집중력이 가장 뛰어난 시간에 가장 중요한 일을 한다.

--- 해야 할 일을 계속 붙잡고 있는 훈련을 한다.

--- 현재 하고 있는 일을 메모해 옆에 붙여놓는다.

--- 가장 중요한 일을 할 수 있도록 하루 일과를 세운다.

--- 자신에게 효과적인 방법을 찾을 때까지 일과를 계속 조절한다.

--- 자신의 리듬을 찾는다. 다른 사람의 방법이 나에게도 맞을 것이라고 생각하지 않는다.

--- 하루 일과 세우기는 항상 현재 진행형이 되어야 한다.

나는 작가의 길로 접어든 초기에 버지니아 발리안Virginia Valian의 에세이 《일하는 법 배우기Learning to Work》를 읽고 어떻게 글쓰기를 해야 하는지 배웠다. 발리안은 얼마 동안 글을 쓸지 정한 후에 타이머를 설정해두라고 했다. 처음에는 5분으로 시작했다가 늘려나간다. 계속 책상에 앉아 있는 것은 필수 기술이며 충분히 배울 수 있다.

그것은 내가 작문 강의를 듣는 학생들에게 가장 처음으로 내는, 그리고 가장 어려운 과제이기도 하다. 나는 명상용 타이머를 즐겨 사용하는 데 집중에 도움이 되고 글쓰기 시간을 명상으로 여기도록 해준다. 강의가 없는 날에는 책상에 앉아 오전 10시까지 글을 쓴다. 명상과 운동을 하고 일지를 기록한 후 샤워를 하고 누가 봐도 괜찮을 만한 복장으로 갈아입고 나서야 글쓰기를 위해 책상에 앉을 수 있다. 그보다 일찍 시작하지 않는 것을 책망할 때도 있지만 지금은 그것이 나에게 최선의 방법이라는 것을 안다. 할로웰의 제안처럼 오전에는 지금 나에게 가장 중요한 일을 하도록 하루 일과를 세워야 한다.

이 책을 집필하는 동안 발견한 사실인데 나에게는 오전이 가장 생산적인 시간이다. 효과적인 것과 그렇지 않은 방법을 매일 평가하면서 필요에 따라 변화를 준다. 나는 학생들에게 하루 중 언제가 가장 좋은지를 찾고 끊임없이 다시 평가하라고 말한다.

누구나 글을 쓸 수 있다. 하지만 글쓰기에 어떻게 접근해야 하는지 아는 사람은 많지 않다. 글 쓰는 시간이 가능하도록 하루 일과를 세우는 방법을 아는 사람은 더욱 적다. 이것은 시간과 연습으로 습득하는 후천적인 기술이다. 할로웰은 글 쓰는 삶에 대해 깊이 생각하는 법을 배우는 것과 단순히 바쁜 것은 다르기 때문에 요즘은 이런 기술을 연습하기가 더욱 어려워진 것 같다고 말한다. 되새김은 조용한 시간과 인내를 필요로 한다.

《트랜서틀랜틱TransAtlantic》의 작가 칼럼 매캔Colum McCann은 가능한 한

깨어 있을 때마다 글을 쓰고는 싶지만 작업 시간을 제한하는 쪽을 선택한다고 말했다.

"다른 생활도 있으니까요. 여행도 하고 가족과 시간을 보내고 이따금씩 술을 마시러 가기도 하죠."

글쓰기는 매캔의 삶에서 필수적인 부분이다. 그러나 그는 작가의 삶만을 살지 않는다. 물론 작가가 직업이기는 하지만 그게 자신의 전부가 아니기 때문이다. 매캔은 자신에게 가장 중요한 것이 무엇인지 고찰했고, 글쓰기가 자신의 삶에서 중요한 부분이기는 하지만 삶을 완전히 장악하지는 않도록 하루 일과를 디자인한다.

03

시작하면
방법은 보인다

처음으로 장편 집필을 시작하는 학생들은 "어디에서 시작해야 할지 모르겠어요."라면서 조언을 구한다. 나는 "일단 시작하고 어떻게 되는지 지켜보라."라고 답해주곤 하는데 그도 그럴 것이 정답이 정해져 있지 않은 질문이기 때문이다. 성공한 작가들은 저마다 작업을 시작하는 방법이 따로 있다. 자신에게 가장 잘 맞는 방법을 찾으려면 실험 기간이 필요하다. 게다가 많은 작가가 새로운 작품을 시작할 때마다 방법을 바꾸기도 한다.

내가 처음 글을 쓰기 시작했을 때 가장 효과적이었던 방법은 다른 사람을 위해 쓴 에세이를 바탕으로 책으로 넓혀가는 것이었다. 나는 잡지,

혹은 다른 작가의 에세이 모음집에 되도록 글을 많이 쓰려고 했다. 처음부터 책으로 시작하기는 겁이 났다. 아무리 똑같은 소재라도 잡지나 다른 사람의 책에 들어갈 글을 쓸 때는 내 책을 쓰는 것보다 압박감이 덜하고 한결 자유로웠다. 내 책이 아니라 다른 사람의 책이라고 생각할 수 있기 때문이다. 물론 내가 맡은 글에 최선을 다해야 하지만 편집자의 도움으로 글을 다듬을 수 있다. 그렇게 미리 책의 목소리를 찾을 수 있으므로 단편 에세이를 책으로 확장할 때는 어떤 책이 될지, 주제는 뭐가 될지, 어떤 구조가 될지 어느 정도 감이 잡혀 있다.

버지니아 울프의 전기도 친구의 모음집을 위해 버지니아 울프의 15세 시절에 관한 단편 에세이를 쓰면서 시작했다. 소설 《캐스팅 오프Casing Off》는 〈시카고Chicago〉지에 실린 단편 '폭식과 간음'을 쓰면서 시작했다. 회고록 《크레이지 인 더 키친Crazy in the Kitchen》은 에드비지 기운타Edvige Giunta와 함께 편집을 맡은 책 《아몬드 밀크: 이탈리아 출신 미국 여류 작가들의 음식과 문화 이야기The Milk of Almonds: Italian American Women Writers on Food and Culture》에 들어갈 에세이 '빵을 자르며'로 시작되었다.

아내와의 갑작스러운 사별로 삶의 방향을 잃은 남자의 이야기를 그린 《놓치고 싶지 않은 이별》의 저자 앤 타일러Anne Tyler는 "대부분의 작가가 영감이 떠올라 글을 쓰고 싶어지는 날이 오기만을 기다리다가는 하나도 쓰지 못한다는 사실을 깨닫기까지 그리 오랜 시간이 걸리지 않는다."라고 말한 적이 있다. 그녀는 집필을 시작하면 무작정 방으로 들어가 모든 플러그를 뽑아놓는다. 또한 일단 시작하면 방법이 보인다는 사실을 기억하기 위해 리차드 윌버Richard Wilbur의 시 〈잠으로 걸어가다Walking to Sleep〉에 나오는 글을 서재에 붙여놓았다. 무엇을 해야 할 때는 망설이지 말고 곧바로 일에 뛰어들라는 구절이다.

〈여전히 그저 글을 쓰며Still Just Writing〉라는 에세이에서 타일러는 작가로서 맞닥뜨리는 난관에 대해 이야기했다. 아이들의 방학, 아픈 애완견, 각종 수리 기사들의 방문, 아픈 아이, 외국에 사는 친척들의 방문, 장보기, 화장실 청소. 그녀는 "살아가는 시간을 작고 딱딱한 조각으로 잘라 글쓰기를 위한 시간을 만드는 것 같다."라고 말한다. 그녀는 글쓰기와 삶의 사이에 경계가 필요하다는 것을 깨달았다. 시간이 생길 때마다 글을 쓰되, 글을 쓰지 않을 때는 삶의 나머지 부분에 충실하는 법을 말이다.

그녀는 백지 상태로 시작하지 않는다. 아이디어가 생각날 때마다 써놓고 계속 놓아둔다. 아이디어로 무언가를 만들어낼 수 있다는 생각이 들 때까지 몇 년 동안 그것이 잘 숙성되도록 말이다. 아이디어를 이용할 수 있는 소재가 떠오르면 정확히 한 달 동안 계획을 세우고 집필을 시작한다. 계획 덕분에 소설이 어떻게 끝날지에 대한 확신이 있다.

그녀는 대부분이 책에 사용되지 않더라도 캐릭터들의 배경에 관한 상세한 메모를 해두는데 이야기가 예상 밖의 방향으로 나아갈 때가 많기 때문이다. 타일러의 이런 작업 방식은 그녀가 19편의 소설을 쓰는 동안 일관적이었다.

한편 제이디 스미스는 두 가정의 이야기를 그린 소설 《아름다움에 관하여On Beauty》를 쓸 때 첫 20페이지를 거의 2년 동안 붙잡고 계속 작업했다. 1인칭 현재 시제에서 3인칭 과거 시제로, 또 3인칭 현재 시제에서 1인칭 과거 시제로 계속 바꾸었다. 그녀는 목소리에 세심한 주의를 기울였고, 몇 개 단어의 선택에 따라 이야기의 본질이 엄청나게 달라진다는 사실을 깨달았다.

그녀가 초반부에 그렇게 엄청난 시간을 쏟은 것은 꼭 필요한 일이었다. 그 덕분에 작업에 따르는 어려움을 무의식적으로 해결할 수 있었기 때문이다. 그것은 소설 전체를 작업하는 하나의 방식, 그 구조와 플롯, 캐릭터를 찾는 방식이었다. 스미스는 첫 20페이지를 만족스럽게 끝낸 후 5개월 만에 《아름다움에 관하여》를 탈고할 수 있었다. 이런 식으로 시작하는 방법은 힘들기는 하지만 그녀에게는 효과적이었다.

그녀는 최근작 《NW》의 작업은 매우 힘들게 시작했다. 그도 그럴 것이 당시 스미스의 삶은 《아름다움에 관하여》를 집필할 때와 완전히 달라져 있었다. 결혼을 했고, 첫 아이를 낳았고, 부친을 떠나보냈다. 그녀의 글쓰기 리듬도 달라져 있었다. 그녀는 애도의 시기를 거쳤다. 이러한 변화로 인해 그녀는 나이가 들어가면서 시간이 빨라지는 것 같은 '진정한 상대성'에 관한 글을 썼다. 《아름다움에 관하여》와 달리 《NW》는 훨씬 느리게 진행되었고 총 8년이나 걸렸다. 그녀가 좀 더 젊었을 때 효과적이던 작업 방식에 변화가 필요했다. 어린 자녀가 딸린 작가로서 그녀의 하루 일과는 예전과 너무도 달랐다.

버지니아 울프는《댈러웨이 부인》의 집필을 시작하기 전에 〈본드 가의 댈러웨이 부인〉이라는 단편을 썼다. 전쟁 신경증에 걸린 제1차 세계대전 참전 용사가 수상의 암살을 계획하는 내용의 단편도 썼다. 그러다 그녀는 두 이야기를 한 편의 소설에 활용할 수 있으리라고 생각했다. 시간이 흐르면서 국회의원 아내인 댈러웨이 부인의 이야기와 참전 용사 셉티머스 스미스Septimus Smith의 이야기를 함께 엮었다.

《댈러웨이 부인》 다음에《등대로》의 집필을 시작할 때는 산책을 하는 도중에 아이디어가 갑자기 엄청난 속도로 돌격해왔다. 그녀는 노트에 소설을 구상했다. 그녀는 램지 가족의 아이들 캐릭터는 대부분 자세하게 설정하지 않고 그냥 두기로 했다. 나중에 해당 인물을 다룰 시간이 올 터였다.

그녀는 소설에서 맞닥뜨린 문제를 동시에 쓰고 있던 단편에서 해결하기도 했다. 단편 〈조상들〉은 그녀의 부모와 그녀의 어린 시절을 묘사한 이야기인데 그녀가 구상 중인 소설에 들어갈 이야기를 위한 예비 스케치였다.《등대로》의 작문은 성공적이었다. 영감이 떠오른 순간을 놓치지 않고, 어떤 내용을 쓸지 생각하고 계획하는 시간을 가진 덕분이었다. 그러나 그녀는 작품의 원래 구조에서 빗나가지 않으면서 즉흥적으로 자유롭게 쓰기도 했다.

04

글을 쓸 시간이
없는 이유

장편을 쓰겠다는 꿈을 이루려면 일관적인 글쓰기가 습관화 되어 있어야 한다. 대부분의 작가 지망생에게는 시간이 많이 걸리는 필수적인 의무가 뒤따를 것이다. 직장, 육아, 이성 관계, 집안일 등이 그것이다. 하지만 그들이 정작 매일 해야만 하는 일은 바로 '글쓰기'다.

초보 작가들은 "그게 어떻게 가능한가요?"라는 질문을 자주 한다. "어떻게 하면 저도 매일 글을 쓸 수 있죠?"라는 뜻이다. 퓰리처상 수상작《스톤 다이어리》의 캐롤 쉴즈Carol Shields 같은 작가들의 초기 생활에 대해 알면 도움이 된다. 쉴즈는 소설을 쓰기 전에 두 권의 시집을 출간했다.

소설 집필을 시작한 그녀는 단순한 일과를 따랐다. 아이들이 점심을 먹으러 집에 오기 전인 11시에서 12시 사이의 한 시간을 놓치지 않으려고 했다. 그녀는 하루에 두 페이지를 목표로 한 시간 동안 글을 썼다. 나중에는 시간이 날 때마다 써놓은 글을 읽고 다음 내용을 구상했다. 그녀는 이렇게 말했다.

"하루에 두 페이지를 쓰면 주말 즈음에는 열 페이지가 되어 있다. 일 년이면 소설 한 편을 쓸 수 있다. 정말로 소설 한 편을 썼다. 하루에 한 번 쓰는 작은 조각이 합쳐져 큰 것이 되었다는 사실에 놀랐다."

나는 처음 글을 쓰기 시작했을 때 아장아장 걷는 어린아이가 둘이나 있었고, 풀타임으로 강의도 하고 있었다. 건강도 좋지 않은 데다 나이 드신 부모님을 보살펴드리고 집안 살림도 해야 했다. 남편은 쇼핑과 청소를 담당하고 잡다한 심부름과 육아도 반반씩 부담했다. 하루에 가능하면 두 시간씩, 두 시간이 어렵다면 무슨 일이 있어도 조금씩은 매일 글을 쓰려고 노력했다. 아이들이 낮잠을 잘 때나, 좀 더 자라서는 학교에 가고 없을 때 글을 썼다. 많은 부모들이 그 소중한 시간을 집안일에 낭비한다. 나는 빨래와 쇼핑, 요리는 아이들을 옆에 끼고 했다.

최근에 탈고를 앞둔 작가와 이야기를 나눈 적이 있다. 그녀는 도저히 글이 써지지 않는다면서 괴로워했다.

"아이들에게 소리만 질러요. 글을 써야만 하고 쓰고 싶은데 글 쓸 시간을 찾을 수가 없어요."

"글 쓸 시간은 찾는 게 아니에요. 만드는 거예요."

나는 그녀에게 이렇게 말해주었다. 아이들이 학교에 가고 없을 때나 하루에 두어 시간씩 아이들을 맡기고 글을 쓸 수도 있다. 아이들이 집에 있을 때는 항상 재미있게 놀아줘야 한다는 생각은 버리고 잠깐 방에 조용히 자기들끼리 내버려두고 글을 쓸 수도 있다.

내가 글쓰기를 시작한 초기에 멘토가 이런 조언을 해주었다. 글을 쓰고 싶으면 대개 많은 것들을 포기해야만 한다고. 우리가 하는 모든 일이 우리의 선택에 의한 것이라고 했다. 그 말인 즉, 우리가 하지 않기로 선택한 일도 있다는 뜻이다. 초보 작가들 중에는 글쓰기를 포기하는 이들이 제법 많다. 가령, 그들은 글을 쓸 시간이 없다고 말하며 글을 쓰는 대신 빨래하기를 선택한다. 소설가 제프리 유제니디스는 글을 쓰기 위해 "가벼운 인간관계처럼 없어도 잘 살 수 있는 것들을 희생해야만 했다." 라고 말했다.

나는 글쓰기 시간을 어떻게든 사수하려고 한다. 좋아하지도 않는 사람들과의 긴 전화 통화나 점심 약속을 하지 않고 회의나 페이스북, 인터넷 서핑, 이메일은 하루에 한 번만 하고 쇼핑은 꼭 살 것이 있을 때만 한다. 한밤중까지 이어지는 술자리나 텔레비전 —영화는 제외—, 파티, 독서도 포기한다. 아이들이 어릴 때는 바자회용 빵이나 케이크를 굽지 않았고, 아이들이 출전하는 경기를 전부 다 보러가지도, 이리저리 운전기사 노릇을 하지도 않았다. 아이들은 자신이 직접 자전거나 스케이트보드를 타고 갔다.

나는 기회에 따른 비용과 이익에 대해 분석하는 시간을 가진다. 정말로 하고 싶은 일인가? 어떤 대가를 치러야 하는가? 얻게 되는 것은 무엇인가? 비용이 이익보다 크면 하지 않는다. 어떤 작가들은 시간과 에너지가 무한한 것처럼 행동하고 필요 이상으로 '예스'를 남발한다. 작업에 심각한 문제야 생기면 그제서야 불필요한 활동을 줄일 필요가 있다는 사실을 깨닫는다.

에비아타르 제루바벨Eviatar Zerubavel의 《시계 태엽 뮤즈The Clockwork Muse》에서는 글을 쓸 수 있는 시간을 알아보기 전에 쓸 수 없는 시간을 전부 달력에 표시해두라고 말한다. 출근 준비 시간, 근무 시간, 자기관리 시간, 집안일 하는 시간, 아이들 돌보는 시간 등. 이렇게 하면 어느 정도의 시간이 가능한지 현실적으로 가늠할 수 있다. 따라서 매일 글을 쓰려면 생활에 어떤 변화가 필요한지도 알 수 있다.

데이비드 알렌David Allen의 《끝도 없는 일 깔끔하게 해치우기》에서는 자신이 개입하는 모든 프로젝트가 담긴 거대 리스트를 만들라고 조언한다. 그러면 우리가 얼마나 바쁜지, 꼭 해야 할 일이 얼마나 있는지 알 수 있다. 작가인 필자의 친구 한 명은 리스트를 만들었다가 자신이 겁에 질릴 정도로 많은 일에 관여하고 있다는 사실을 깨달았다. 그녀는 글 쓸 시간이 없는 이유를 깨닫고 할 일을 크게 줄였다.

내가 만나는 대부분의 초보 작가들은 자신이 생각하는 것보다 훨씬 바쁘다. 그들은 글 쓸 시간이 별로 없다는 사실에 큰 충격을 받고는 가능한 시간을 낭비해서는 안 된다고 다짐한다. 글을 쓰고 싶으면 시간이 저절로 생길 것이라고 생각하지 말고 시간을 사용하는 방식을 적극적으로 선택해야만 한다. 글쓰기를 위해 완벽한 시간이 생기기만을 기다리다가는 절대로 쓰지 못한다. 다음은 내가 지금까지 발전시켜온 기본적인 원칙이다.

단순한 일과를 정하라
_쉴즈가 매일 점심 시간이 전에 한 시간씩 2페이지를 쓴 것처럼

현실을 직시하라
_지키지도 못할 세 시간보다는 충분히 지킬 수 있는 한 시간으로 정하는 것이 낫다.

매일 손을 대라
_나는 일주일에 5일 동안 글을 쓴다. 그리고 과정 일지에 떠오른 생각을 메모한다.

무엇에도 방해받지 않는 시간을 자신에게 선물하라
_방해받을 때마다 다시 집중하기까지 약 20분이 걸린다.

단순한 일과가 미리 정해져 있지 않으면 매일 글을 쓰려고 할 때마다 존재적 딜레마가 발생해 기운이 빠질 수 있다. 언제 쓸지, 쓰기는 해야 할지, 글을 쓰고 싶은 기분인지 아닌지 따져보는 시간은 전부 불필요한 낭

비일 뿐이다. 천천히 꾸준하게 목표를 달성하도록 해주는 일과가 정해져 있으면 매일 새로 정하느라 시간과 에너지를 낭비하지 않아도 된다.

05

작가의 도구들

작가들은 글을 어떻게 쓰느냐는 질문을 자주 받는다. 손글씨로 쓰는지 컴퓨터로 작업하는지, 아니면 둘 다 이용하는지. 초보 작가들은 가장 좋은 방법을 발견하기까지 시간이 좀 걸린다. 다른 작가들이 어떻게 글을 쓰는지 알면 어떤 선택지들이 있는지 알 수 있다. 하지만 어떤 작가에게는 좋은 방법이 다른 작가에게는 효과적이지 않을 수도 있다.

글쓰기 작업 과정은 통제 불가능한 면이 많기 때문에 어떤 작가들은 이미 입증된 자신만의 방식을 고수한다. 자신의 작업 과정을 미신처럼 숭배하는 이들도 있다. 어떤 책을 작업한 방식이 효과적이라면 다음 작품도 똑같은 방식으로 무사히 완성할 수 있다고 믿는다.

《공중 곡예사》를 포함한 폴 오스터Paul Auster의 작품에는 글쓰기 과정이 자주 나온다. 《유리의 도시》와 《환상의 책》, 《신탁의 밤》에는 작가 본인처럼 '글자들의 집'이라고 부르는 공책에 글을 쓰는 캐릭터의 모습이 묘사된다. 오스터는 자신의 노력이 만들어낼 결과물에만 관심이 있는 것이 아니라 그 과정, 페이지에 단어를 놓는 행위에도 관심을 가진다.

오스터는 처음 집필을 시작할 때 그 자신이 소설에서 묘사한 여러 캐릭터들과 마찬가지로 만년필을 이용해 손으로 쓴다. 수정을 위해 연필로 쓸 때도 있다. 그는 키보드를 보는 것만으로 위축되기 때문이라고 털어놓는다. 키보드를 치는 자세로는 생각을 분명하게 할 수가 없다. 오스터는 손으로 쓸 때 자신의 작품과 친밀하고 본능적으로 교감할 수 있다. "내 몸에서 나온 단어들을 페이지에 심는 듯한 느낌이 든다."라고 말하는 그는 작은 정사각형이 그려진 공책을 특히 좋아한다.

오스터는 《타자기를 치켜세움》에서 올림피아 타자기와의 오랜 관계를 설명한 적이 있다. 1974년에 대학 동기에게 중고로 구입한 뒤로 쭉 가지고 있으며 한 번도 고장 난 적이 없다. 오스터는 언젠가 타자기 리본을 구입할 수 없는 날이 와서 컴퓨터로 작업할 수밖에 없을까봐 두렵다며 현재 70개를 모아 두었다고 말했다.

오스터는 자신의 작업 과정이 복잡하고 느리고 번거롭다는 사실을 인정한다. 처음에는 손글씨로 썼다가 올림피아 타자기로 초안을 타이핑해야 하니 처음부터 새로 시작해야 한다. 이 과정은 지루하다. 손으로 쓴 초고가 완성된 후 자신이 이미 쓴 글을 타자기로 다시 기록해야 하는 순전히 기계적인 작업을 몇 주일 동안 해야 하기 때문이다. 하지만 오스터는 그 과정 덕분에 책을 새롭게 경험하고, 책 전체가 조화로운지 알 수 있다. 다른 경우에는 눈에 띄지 않아 불가능했을 중요한 수정 작업도 가능해진다.

《인간들Mortals》의 작가 노먼 러시Norman Rush는 원룸 다락방에서 글을 쓴다. 그가 평화봉사단의 일원으로 보츠와나에 머물면서 수집한 보물과 절대로 떨어질 수 없는 잡동사니들로 어지러운 공간이다. 그는 테이블과 상판을 올린 작업대를 커다란 U자 모양으로 조립해놓은 공간에서 작업한다. 그 위에는 멋들어진 골동품인 수동 타자기 세 대가 수정액, 연필, 가위, 풀 등 그 밖의 문구류와 함께 놓여 있다. 러시는 오스터와 마찬가지로 타자기 리본이 단종될까봐 걱정이다.

러시는 의자를 한쪽 작업대에서 다른 쪽 작업대로 수없이 왔다 갔다 하면서 작업한다. 빈티지 로열 타자기 두 대 중 한 대로 소설의 주요 이야기를 쓰고, 두 번째 로열 타자기로 앞부분을 다시 쓴다. 언더우드 타자기로는 신선한 연상을 만들어내면서 자유롭게 쓴다. 이런 작업 방식은 그가 저마다 다른 단계의 소설 속에 머물도록 해준다. 오전에는 다듬지 않고 대단히 연상적이어서 다른 사람은 절대로 이해할 수 없는 새로운 소재를 쓰고, 오후에는 읽을 만하도록 수정하는 것이 이상적인 일과다. 25페이지를 완성한 후에는 로열 타자기로 노란색 종이에 초안을 타이핑한다. 아내가 읽어보고 평가해준다. 그녀의 평가에 대해 함께 이야기한 후 수정을 한다. 그 다음에는 초안을 타이피

스트에게 보낸다. 그리고 아내와 함께 최종 원고를 편집한다.

《홈시크 레스토랑》의 작가 앤 타일러는 매우 기계적인 과정으로 소설을 부분별로 나누어 작업한다. 그녀는 마법 같은 파일럿 P5000 젤 펜으로 줄 없는 흰 종이에 손으로 쓴 다음에 매우 작고 독특한 글씨로 작은 부분별로 수정한다. 그녀의 집필 작업 과정은 뜨개질하는 것과 같다.

만족스럽게 되면 전체 원고를 타자기로 입력한다. 그런 다음에는 녹음기에 대고 읽어 잘못되거나 어설픈 부분이 있는지 들어 본다. 이렇게 세심하게 계산된 방법으로 작업하면서 소설의 구성 요소를 쌓는다. 즉흥적인 것이 항상 좋은 것만은 아니라는 사실을 잘 알기 때문이다.

《육체적 위해Bodily Harm》의 마가렛 애트우드 역시 손으로 작업한다. 하지만 타일러와 다르게 애트우드는 꼭 장면별로 작업하지는 않는다. "장면은 저절로 모습을 드러낸다. 때로는 선형으로 전개되고, 또 때로는 여기저기에 다 있기도 하다."라고 그녀는 말한다.

애트우드는 여백과 굵은 줄이 있고 줄 사이의 공간이 넓은 종이를 선호한다. 글씨를 쓰는 속도가 빠른 그녀는 종이 위로 미끄러지듯이 편하게 써지는 펜을 좋아한다. 하지만 완성작을 빨리 만들어내지는 않는다. 그녀는 손으로 쓴 종이에다 수정하고 다시 쓰는 작업을 한다. 손으로 쓴 초고를 다시 작업한 후에는 거의 읽기 어려운 상태가 된 원고를 옮긴다.

《속죄》의 이언 매큐언은 초기에 손글씨와 타자기로 작업을 했다. 만년필로 직접 쓴 다음에는 초고를 타자기로 친 후 교정을 보고 다시 타자기로 쳤다. 1980년대 중반에 컴퓨터의 등장으로 그는 기꺼이 전향자가 되었다. 그에게 컴퓨터 사용은 훨씬 친밀하고 생각 자체와 훨씬 닮아 있다. 그는 "인쇄되지 않은 일시적인 성질의 원고가 컴퓨터의 메모리에 저장되어 있다는 사실이 좋다. 마치 입 밖에 내지 않은 생각 같다."라고 말했다. 컴퓨터는 문장이나 구절을 끝없이 다시 쓸 수 있게 해주고 이 충실한 기계는 사소한 메모와 작가의 메시지를 전부 기억한다.

나도 처음 작가의 길에 접어들었을 때는 손글씨로 작업했다. 아직 컴퓨터가 상용화되지 않았을 때였다. 당시 나에게 글쓰기는 느리고 고의적이고 방법론적인 행위였다. 줄이 처진 노란색 종이에 만년필로 한 번에 한 챕터씩 썼다. 그리고 종이 위에다 직접 교정을 했다. 애트우드의 경우처럼 줄 위쪽과 여백, 종이 뒷장에 글이 삽입되어 사실상 무슨 말인지 읽기 어려운 상태가 되었다. 초고가 끝나면 챕터를 손으로 다시 써서 수정했다. 만족스러운 정도가 되면 끝에서 두 번째 버전을 타이핑해서 손으로 편집하고 다시 타이핑했다. IBM 셀렉트릭 타자기를 구입하기 전까지 타이핑 작업은 느리고 지루했다.

컴퓨터를 사용하기 전에는 한 번 페이지를 타이핑한 후에 어딘가를 고치려면 페이지 전체를 다시 타이핑해야만 했다. 전 챕터의 원고를 고치면 ─예를 들어 새로운 문장을 추가한다거나─ 고친 부분 이후로 전부 다시 타이핑해야 했으므로 컴퓨터를 쓰는 지금과는 작업과 수정 방법이 달랐다. 최종 버전이 완성되면 그대로 끝이었다. 처음 부분으로 다시 돌아가 단어를 가지고 놀 수 없었다. 다시 타이핑하기가 너무 힘들고 시간이 오래 걸렸기 때문이다.

내가 손글씨와 타자기로 작업한 세 권의 책은 컴퓨터를 이용해 쓴 책들보다 시간이 덜 걸렸다. 컴퓨터로 작업할 때는 한동안 머뭇거리고 나서야 언어를 가지고 놀게 되고 단편적으로 작업을 하게 된다. 좀 더 자유로운 작업 과정이기 때문이다. 그래서 손글씨로 작업할 때는 일찍 내려야만 했던 결정들을 미루는 때가 많다. 책 한 권을 완성한다는 것은 내가 만든 광대한 이야깃거리 중에서 무엇을 사용할지 결정해야만 한다는 뜻이다. 이것은 때로 불안감을 초래한다.

나는 다시 손작업으로 돌아가지 않을 것이다. 하지만 컴퓨터를 이용한 글쓰기 작업이 예전과 많이 달라졌다는 사실을 잘 알고 있다. 내 책들은 덜 형식적이고 제약적이 되었고 더 실험적이 되었다. 하지만 적어도 내 경우에는 오히려 글쓰기 과정이 훨씬 힘들고 시간도 오래 걸리게 되었다.

06

작가의
미즈 앙 플라스

우리 부부는 일 년에 몇 차례 미셸Michele과 찰스 스치콜로네Charles Sci-colone 부부의 뉴욕 아파트를 방문한다. 미셸은 이탈리아 요리책을 낸 저자이고 찰스는 이탈리아 와인 전문가다. 엠파이어 스테이트 빌딩이 내려다보이는 그 집으로의 초대는 언제나 즐겁다. 미셸이 이탈리아 여행 중에 알게 된 새로운 요리를 해주고 찰스는 그 요리와 잘 어울리는 이탈리아 와인을 찾아주기 때문이다.

몇 주 전, 미셸은 첫 번째 코스로 파스타 아마트리치아나를 요리했다. 메인 코스는 소시지 비슷한 별미 요리인 코테치노였다. 미셸은 렌틸콩을 같이 냈다. 디저트로는 여러 가지 과일 잼을 섞은 간단한 타르트를 만들었다. 물론 요리는 훌륭했다. 한 입 맛 볼 때마다 깔끔하고 분명하고 풍부한 맛이 느껴지는 소박한 이탈리아 요리였다. 나는 부엌에서 매우 침착한 미셸의 모습을 보고 깜짝 놀랐다. 그녀는 매우 천천히 신중하게 움직이면서 완전히 집중한 채로 요리한다. 훌륭한 요리사들이 그렇듯이 그녀는 미즈 앙 플라스—mise en place, 프랑스어로 요리에 필요한 모든 음식을 요리 바로 직전에 사용할 수 있도록 준비하는 것을 말한다(역주)—를 한다. 모든 재료를 준비하고 개량하고 정리해놓는다. 언제든 필요할 때 쓸 수 있도록 재료를 준비해두고 요리를 시작한다.

나는 요리를 좋아한다. 하지만 회고록 《크레이지 인 더 키친Crazy in the Kitchen》에도 나와 있듯이 내 부엌은 울화통을 돋우는 장소다. 그 이유는 대부분 나 자신 때문이다. 나는 양파가 있는지 확인하지도 않고 수프를 만들기 시작한다. 익힌 파스타는 말라가는데 체는 여전히 찬장 구석에 박혀 있다. 하지만 오늘은 미셸이 하는 대로 움브리아 렌틸콩 수프를 요리해보기로 했다. 재료를 전부 준비하고 개량까지 마치고 가스레인지 옆에 두었다. 요리는 즐거웠다.

지금 나는 제2차 세계대전 당시 아버지의 삶을 다룬 책의 한 챕터를 쓰고 있다. 일본의 항복, 아버지가 배치된 태평양 섬에서의 소탕 작전, 그리고 몇 달 후 집으로 돌아가게 되는 여정을 다룬 챕터다. 매혹적이고도 중요한 이야기라고 생각한다. 전쟁이 끝난 후 태평양 기지들이 어땠고 그곳에 배치되었던 남녀 군인이 어떤 기분을 느꼈고 어떻게 행동했는지,

전진기지를 폐쇄함으로써 어떤 결과가 따랐는지, 군수품을 어떻게 폐기했는지, 그리고 집에 돌아갈 차례를 기다린 것 등. 제2차 세계대전을 다룬 다른 책에서 읽어보지 못했던 재미있는 이야깃거리들이 많아서 꽤 들떠 있다.

나는 미셸, 찰스와 함께한 멋진 하루를 떠올리면서 항상 미셸과 같은 방법으로 요리를 한다면 훨씬 좋을 것이라는 사실을 깨달았다. 글쓰기도 미셸이 요리를 하듯이 접근한다면 훨씬 낫겠다는 생각이 들었다. 그날 쓸 글에 대해 생각하면서 작업에 필요한 재료들을 찾아 시작하기 전에 작가의 미즈 앙 플라스를 한데 모아놓으면 흐름이 끊기지 않고 작업에 집중할 수 있을 것이다.

어떤 작업 방식이든 장점과 단점이 있기 마련이다. 한 챕터의 미즈 앙 플라스를 준비해놓고 작업하면 이야기가 과도하게 정보에 의존해 자칫 목소리가 진정성을 잃을 수 있다. 마치 다른 것을 본 딴 것처럼 느껴지기 시작하는데, 이것은 좋은 일이 아니다. 그래서 전기나 역사 소설을 읽다보면 마치 작가가 컴퓨터 옆에 메모를 놓아두고 거기에 아무런 기교도 더하지 않은 채 그대로 베껴 쓴 것처럼 느껴질 때가 있다.

하지만 여러 메모와 출처가 확인된 정보, 검토를 마친 초고를 이용해 글을 쓰는 방식에도 장점은 있다. 나는 내 책에 1인칭 시점의 이야기만이 줄 수 있는 디테일이 있기를 바란다. 그러나 그렇게 제대로 진행되려면 무엇이 필요한지 미리 알고 찾아내 작가의 미즈 앙 플라스를 준비해야 한다. 그래야만 나만의 목소리로 글을 쓰는 과정을 끊임없이 훼방 놓는 방해물 없이 작업할 수 있다.

무법자 네드 켈리Ned Kelly에 관한《켈리 갱단의 진짜 역사True History of the Kelly Gang》, 호주인의 악명 높은 시적 거짓말에서 영감을 받은《가짜 내 인생My Life as a Fake》, 알렉시 드 토크빌Alexis de Tocqueville의 미국까지의 여정을 새롭게 그린《미국의 앵무새와 올리비에Parrot and Olivier in America》 등 피터 캐리의 소설 중 다수는 상당한 리서치를 필요로 했다. 비록 캐리는 소설에서 역사적 기록을 엄격하게 따르지는 않지만 말이다.

한 예로《미국의 앵무새와 올리비에》를 쓰기 위해 40권이 넘는 책을 읽고 연구해야만 했다. 그중에는 휴 브로건Hugh Brogan의《알렉시 드 토크빌Alexis de Tocqueville》, 맥스 도어너Max Doerner의《예술가의 소재와 그림에의 사용The Materials of the Artist and Their Use in Painting》, 도리스 S. 골드스타인Doris S. Goldstein의《믿음의 시련: 토크빌의 사상에 깃든 종교와 정치Trial of Faith: Religion and Politics in Tocqueville's Th ought》 등이 포함되었다.

캐리는 색인 카드로 챕터를 구분해 작업을 준비한다. 각 챕터를 하나의 방으로 생각하고 방 안에서 무슨 일이 일어나는지 스스로에게 묻는다. 그는 소설 초고를 그 자신이 '작업 노트' 라고 부르는 것으로 묶는다. 그만의 미즈 앙 플라스인 셈이다. 그는 조사가 더 필요한 부분에는 강조 표시를 한다. 챕터 계획과 줄거리 핵심, 달력과 타임라인, 때로는 소인 찍힌 엽서를 집필 중인 원고와 관련된 부분에 붙인다. 그 노트 덕분에 조사한 내용과 스스로 창조해낸 풍요로운 세상을 엮을 수 있다. 초고를 다시 쓰고 수정하는 데 필요한 모든 것이 준비되어 있으므로 필요한 소재를 찾으려고 헤맬 필요가 없다.

당신이 해야 할 일은
한 줄의 진실된 문장을 쓰는 것뿐이다.
당신이 알고 있는
가장 진실된 문장을 쓰도록 하라.

-어니스트 헤밍웨이-

07

신중하게
계획된 연습

　나는 시작하는 작가들을 만나면 높은 성과를 위한 습관에 관한 제프 콜빈Geoff Colvin의 《재능은 어떻게 단련되는가》와 대니얼 코일Daniel Coyle의 《탤런트 코드》를 읽어보라고 권한다. 열심히 하는 것만으로는 부족하다. 수년 동안 힘들게 작업했지만 원고가 전혀 개선되지 않는 경우를 주변에서 종종 볼 수 있다. 코일과 콜빈은 구체적인 연습을 하나 제안하는데 코일은 그것을 '심층 연습' 이라고 부르고 콜빈은 '신중하게 계획된 연습' 이라고 부른다. 그것은 단순한 글쓰기와는 다르다. 콜빈은 '신중하게 계획된 연습' 의 다섯 가지 핵심 요소를 설명한다.

--- 첫째, '신중하게 계획된 연습'은 성과를 개선하고 현재 능력보다 위로 올라가도록 구체적으로 계획된 것이다. 발전에 필요한 작업 요소를 파악한다. 그것을 분리해 개선에 도움이 되는 행동을 구조화한 후 다음으로 넘어간다.

--- 둘째, '신중하게 계획된 연습'은 반복되어야만 한다.

--- 셋째, '신중하게 계획된 연습'은 멘토나 라이팅 파트너로부터 진행 상태에 대한 피드백이 필요하다.

--- 넷째, '신중하게 계획된 연습'은 짧은 시간 동안 집중적으로 실행되어야 한다.

--- 다섯째, '신중하게 계획된 연습'은 재미있는 것이 아니다. 콜빈은 위대함을 달성하기 위해 필요한 행동이 쉽고 재미있다면 누구나 다 위대해질 수 있을 것이라고 말한다.

코일은 '심층 연습'을 위한 세 가지 규칙을 알려준다.

/첫 번째 법칙 - 과제를 거대한 덩어리로 인식하라/

우선 기술을 배우기 위한 생산적인 모방을 하라. 작가의 경우 소설 구성을 이해하기 위한 독서를 의미할 수 있다. 그 다음, 덩어리로 나눠라. 이를테면 대사 쓰는 법이나 시간과 장소 묘사, 캐릭터 발전, 소설 구조화 방법을 배운다. 마지막으로 느긋하게 작업하라. 시간을 충분히 가지고 느긋하게 작업하면 세심하게 오류를 찾고 어떻게 고쳐야 하는지 알 수 있다.

/두 번째 법칙 - 반복하라/

어떤 기술이든 그것을 약화시키는 가장 간단한 방법은 연습을 그만하는 것이다. 반대로 기술을 유지하거나 개선하려면 끊임없이 연습해야 한다. 전문 기술 습득 분야의 선도적인 연구자 K. 앤더스 에릭슨K. Anders Ericsson에 따르면 세계적인 전문가들은 하루에 3~5시간씩 연습을 한다.

/세 번째 법칙 - 감정을 느끼는 법을 배워라/

'심층 연습'은 오류를 감지하는 법을 가르쳐준다. 이것은 가장 생산적인 시간으로써 성과와 목표 사이의 거리를 가늠하고 개선을 위해 노력한다. 다른 목표를 선택해 이 과정을 반복한다. 무언가를 잘하려면 기꺼이 잘하지 못하려고 하고 심지어 잘하지 못하는 것에 적극적이 되어야 한다.

소설 《일상의 사이코 살인마들Everyday Psychokillers》을 쓴 루시 코린 Lucy Corin은 다음 연습을 통해 소설 구조화에 대해 배웠다고 말한다. 그녀는 언젠가 사무엘 베케트Samuel Beckett의 《몰로이》에 나오는 한 페이지의 도해를 그린 것과 어니스트 헤밍웨이Ernest Hemingway의 《깨끗하고 불빛 환한 곳》에 나오는 한 페이지를 비교했다. 베케트의 한 페이지는 한 단락으로 이루어졌다. 촘촘하고 다채로워 보였다. 반면 헤밍웨이의 페이지는 흰 공백이 곳곳에 보이는 짧은 줄로 이루어져서 가뿐해 보였다. 두 페이지 모두 일종의 다른 세계를 묘사하고 있었다.

코린은 존 맥스웰 쿠체J. M. Coetzee의 《야만인을 기다리며》를 연구하면서 별표로 구분된 짧은 장면이 마치 책을 읽으며 꿈속으로 들어갔다 나오는 듯한 느낌을 준다는 사실을 깨달았다. 그녀는 형식을 내용과 구분할 수 없다는 사실을 배웠다. 그 후 코린은 자신의 글을 똑같은 방식으로 연구했고 원하는 효과를 위해 신중하게 계획된 변화를 주었다.

그녀는 페이지의 물리적 배치를 분석하는 신중하게 계획된 연습을 하라고 제안한다. 자신이 원하는 효과가 무엇인지 숙고하고 글의 외관을 바꿔서 의미를 바꿔야 한다. 코린은 초고를 수정할 때는 배움을 얻고자 하는 훌륭한 작품을 읽을 때처럼 역동적이고 유쾌하게 분석적인 방식으로 읽으라고 제안한다.

또한 글을 개선하고 싶다면 역시 신중하게 계획된 연습을 해야 한다. 자신의 성과를 평가해 장점과 약점 모두 개선하는 방법을 배워야 한다. 한 운동선수가 나에게 이런 말을 한 적이 있다.

"자신이 가진 재능의 중간 범위 안에서만 움직이면 절대로 탁월해질 수 없다."

안전지대에만 머물러 있는 작가들이 가슴에 새겨야 하는 말이다.

자신의 글을 평가하면서 강점과 약점을 찾고 둘 다 개선하기 위해 구조적 행동을 마련해야 한다. 가령, 집필 중인 회고록의 원고를 평가하다가 장소를 묘사하지 않았다는 사실을 발견한다고 해보자. 사건들이 어디에서 일어났는지 분명하게 알 수 없도록 쓴 것이다. 그래서 개선을 위한 구조적 행동을 고안한다. 장소 묘사가 잘 되어 있는 소설이나 회고록을 골라서 그것이 캐릭터에게 끼치는 영향이 분명하게 드러난 페이지를 연구한다. 핵심 구절을 모방해보기도 한다. 모방은 글을 개선하기 위한 훌륭한 도구가 된다. 그 다음에는 작가가 언제 배경을 이용했으며 그것이 작품의 의미에 어떤 영향을 주는지를 분석한다.

내가 가르친 회고록 수업에서도 학생들의 내러티브에서 사건의 장소가 불분명한 경우가 계속 나타났다. 우리는 시간을 묘사하는 신중하게 계획된 연습을 하기 위해 캐스린 해리슨의 《엄마의 매듭The Mother Knot》을 연구했고 해리슨이 독자들에게 사건이 일어난 장소를 이야기하는 장면을 전부 강조 표시했다. 캐스린이 막내를 이유離乳하는 장면이 묘사된 페이지에는 '2002년 5월, 생후 26개월', '잘 때만 먹음', '5월 말에 이르러', '일주일 동안 밤낮 내내' '며칠 동안' '6월의 갑작스러운 이상고온 현상' 등으로 시간이 언급되어 있었다.

우리는 《엄마의 매듭》이 시간 순으로 전개되지만 -2002년 5월에 시작하여 2003년 3월에 끝난다- 기억과 배경 이야기, 회상이 지속적으로 내러티브에 끼어든다는 사실을 발견했다. 이것은 '나는 열세 살이었다'나 '엄마에 대한 가장 첫 번째 기억' 같은 표현으로 분명하게 표시되어 있으므로 독자는 사건이 언제 일어났는지 알 수 있다.

그 다음으로 학생들은 자신이 쓴 글을 살펴보면서 시간이 언급된 부분을 표시했다. 몇몇 학생은 사건이 언제 일어났는지 독자들에게 말해주지 않았음을 깨달았다. 다음으로 학생들에게 내러티브에 담긴 사건들의 연대표를 적고 사건이 언제 일어났는지 어떻게 드러낼지 정하라고 했다.

훌륭한 작가가 되려면 이렇듯 신중하게 계획된 연습이 매일 필요하다. 처음에는 연습이 얼마나 집중적이어야 하는지, 기술 개선까지 얼마나 걸릴지 모를 수도 있다. 콜빈과 코일의 말처럼 재능은 타고나는 것이 아니다. 신중하게 계획된 연습을 통해 작가에게 필요한 자질을 키워서 '찾는' 것이다.

08

글쓰기와
일상생활

글을 쓰기로 결심한 30대에 내가 아는 작가의 삶은 버지니아 울프뿐이었다. 그녀의 사례에서 많은 것을 배우기는 했지만 그녀는 나와 달리 특권층이었다. 그녀에게는 요리사뿐만 아니라 집안일을 책임져주는 사람들이 있었다. 오전 10시부터 오후 1시까지 방해받지 않고 글을 썼던 그녀의 사례는 나에게는 근본적으로 도움이 되지 않았다. 내게는 아이들을 돌보는 일이나 집안 살림, 학생들 가르치기 등 글쓰기 말고도 할 일이 많았기 때문이다. 내가 가르치는 학생들 다수도 비슷하다. 한때는 나처럼 평범한 사람은 글 쓸 시간이 없을 것이라고 생각했다. 아이들이 다 클 때까지 기다려야만 한다고 생각했다. 글쓰기에 대한 욕망이 너무 커서 그럴 수 없음을 잘 알았지만 말이다.

그러다 앤 타일러의 에세이 《여전히 그저 글을 쓰며Still Just Writing》를 읽게 되었고, 나에게도 작가의 삶이 가능해졌다. 그 에세이에는 혼돈으로 가득한 일상생활의 한복판에서 글을 쓸 수 있는 방법을 찾아낸 여인이 있다. 타일러는 아래층 복도에 페인트칠을 하면서 턱수염이 있고 테두리가 넓은 가죽 모자를 쓴 캐릭터를 상상한 일을 이야기한다. 그녀의 소설 《꼭두각시》의 주요 인물이 된 캐릭터였다. 그녀는 자리에 앉아 소설에 좀 더 자세히 파고들고 싶었다. 그러나 아이들이 방학 중이라 시간의 여유가 허락되지 않았다.

얼마 후 방학이 끝났지만 키우던 애완견에게 기생충이 생기고 말았다. 애완견을 돌보고 집안 청소를 하며 며칠을 그렇게 날렸다. 그래도 그녀는 오는 4월에 소설의 대략적인 윤곽을 잡을 수 있을 것이라고 생각했다. 5월이 되자 드디어 준비가 되었다. 하지만 드문드문 써야만 했다. 또다시 애완견에게 문제가 생겼고, 고장 난 세탁기를 고쳐야 했고, 정원의 나무도 손봐야 했으며, 계량기를 검침해야 했고, 남편의 사촌이 아기를 낳았으며, 친척이 세상을 떠났고, 친척의 추도식에 입을 검은 색 외투를 구입해야만 했다.

모든 방해물이 사라지고 난 후 그녀는 챕터 1과 2를 썼다. 가능한 오후 3시까지 글을 쓰고 싶었지만 그럴 수 있는 경우는 드물었다. 치과 진료 예약, 고양이 예방 접종, 체조 대회 등이 있었다. 그녀는 체조 대회를 언젠가 소설에 활용할 수 있을 것이라고 자신을 납득시켰다. 세 번째 챕터를 완성했을 때는 여름방학이 시작되어 또다시 아이들이 집에 있게 되었다. 6월에는 소설 작업은 제쳐두고 아이들을 돌봐야 했다. 그 시점에서는 다음에 무슨 내용을 쓰려고 계획했는지조차 잊어버렸다. 7월에 거는 기대가 컸지만 딸아이가 심하게 아팠다.

그녀에 따르면 글 쓸 시간을 내기 위한 방법을 찾아야만 하는 것은 여성들뿐만이 아니다. 소아 정신과 의사이자 작가이기도 한 그녀의 남편도 똑같은 난관에 부딪혔다. 타일러는 가능할 때 글을 쓰면서도 글을 쓰지 않을 때는 나머지 생활에 충실하는 방법을 배웠다고 말한다. 그녀는 글 쓰는 작업을 옆으로 제쳐두고 일상에서 일어나는 다른 일에 신경을 쏟다 보면 작업이 늦춰질 수 있다고 했다. 하지만 글을 쓸 때만큼은 자신 안에서 더 많은 이야기가 흘러 나왔다고 한다.

작가가 무한한 시간 의식을 가지면 삶에서 일어나는 모든 일에 집중할 수 있다. 타일러는 소설을 쓰고 부엌 천장에 회반죽을 바르고 아이들을 위한 파자마 파티를 준비하는 불규칙적인 삶을 능숙하게 헤쳐 나가는 자신을 바라본다. 그녀는 자신이 예외적으로 긴 삶을 살고 있다고 상상하면 삶의 나머지 부분에도 충실하면서 글을 쓸 수 있다고 말한다.

나는 학생들에게 정신없이 바쁜 생활 속에서도 글을 쓰는 사람들의 이야기를 해주고 싶어 앤 타일러 같은 작가들의 사례를 찾으려고 애쓴다. 싱글 맘에 풀타임으로 학생들을 가르치면서 《거짓말쟁이들의 클럽

The Liars' Club》을 쓴 메리 카Mary Karr 같은 작가도 있다. 그녀는 2년 6개월 동안 전 남편이 아들을 맡는 주말과 여름방학 내내를 포함한 학교 공휴일 동안 작업해 회고록을 완성했다.

노벨 문학상 수상자 앨리스 먼로Alice Munro는 20세에 결혼해 21세에 첫 아이를 낳았고 36세에 첫 책을 출간했다. 그녀는 그 이후에는 글을 쓸 수 없을까봐 임신 기간 동안 필사적으로 계속 글을 썼다고 말했다. 하지만 그녀는 아이들을 키우고 애완동물들을 보살피고 첫 남편과 서점을 운영하고 집안 살림을 하면서도 계속 글을 썼다.

아이들이 어릴 때는 아이들의 낮잠 시간을 이용해 오후 1시부터 3시까지 썼다. 두 번째 작품《소녀와 여성의 삶Lives of Girls and Women》을 쓸 당시 그녀는 네 아이를 키우면서 서점에서 일하고 있었는데 새벽 1시까지 글을 썼다. 그 일 년은 심할 정도로 일을 많이 해서 심장마비를 일으키지 않을까 두려웠다고 한다. 타자기 앞에 앉아 있을 때 딸아이가 다가오면 한 손으로는 아이를 밀어내고 한 손으로는 타자를 쳤다. 지금도 그 생각만 하면 끔찍하다고 한다. 하지만 그 시간은 엄청나게 생산적이었고, 정신없이 바쁜 삶 속에서 일구어낸 성과가 그녀는 자랑스러웠다.

아이들이 좀 더 자라서는 아이들이 학교에 가자마자 글을 쓰기 시작했다. 집안일을 해야 하는 정오까지 쓴 후 서점으로 나가 일했다. 매일 서점에서 일하지 않을 때는 아이들이 점심을 먹으러 집에 올 때까지, 그리고 다시 나간 다음인 약 2시 30분까지 글을 썼다. 그 다음에는 잠깐 쉬면서 커피 한 잔을 마시고 아이들이 돌아오는 늦은 오후 전까지 미친 듯이 집안일을 했다.

나는 먼로처럼 글을 써야만 하는 시간과 쓴 글의 양에는 아무런 상관관계가 없음을 깨달았다. 내 경우에는 오히려 정반대라고 할 수 있었다. 글쓰기 시간이 많을수록 단어 하나마다 걱정이 되고 결정을 내리기가 힘들며 초점을 잃고 시간이 낭비된다. 아이들이 어릴 때, 지금보다 강의를 더 많이 하던 시절에 오히려 글을 더 많이 썼고, 더 많은 책을 출간했다.

나에게 글을 쓰기 가장 어려운 시간은 언제나 여름과 안식년이다. 요리와 빨래, 육아 같은 할 일을 전부 대신 해주는 사람이 있어 아침 식사 후 책상에 앉았다가 저녁에 다시 모습을 드러내는 작가가 되는 것은 상상조차 할 수 없다. 나는 글쓰기를 '유일한 할 일'이 아닌 '할 일의 하나'로 생각하는 것이 좋다. 이상적인 작가의 삶에 대한 이미지야말로 많은 사람이 글쓰기를 시작하지 않는 이유 중 하나일 것이다. 소위 목가적인 작가의 삶은 생계를 위해 나서야 하는 대부분의 사람들에게 불가능하다.

먼로는 "평소보다 나은 글을 쓸 만한 조건이 있다."라는 말을 절대로 이해할 수 없다고 이야기한 적이 있다. 그녀가 글쓰기를 중단한 유일한 때는 《사무실The Office》이라는 작품을 쓰기 위해 개인 작업 공간을 마련했을 때뿐이었다.

그녀는 이렇게 말했다.

"정말로 사무실을 얻었는데 거기에서는 그 이야기밖에 다른 글은 써지지가 않았다. 시간도 많았는데 사무실에 가만히 앉아 생각만 했다. 내 의도와는 달리 온몸이 마비된 듯 그 어떤 것에도 다가갈 수 없었다."

09

글의 소재

작가들에게는 집필 작업을 시작하는 자신만의 방식이 있다. 미리 계획해 자세히 개요를 만들어놓는 쪽을 선호하는 이들도 있고, 또 어떤 이들은 쓰는 과정에서 주제가 저절로 모습을 드러내리라는 믿음으로 모호한 상태에서 곧바로 작업에 뛰어든다. 하지만 내가 아는 작가들 중 그 누구도 무無에서 시작하지는 않는다. 다수가 아직 구체적 용도를 알지 못하는 상태로 소재를 수집한다. 집필 작업을 시작한 후 소재에 대한 연구를 시작하는 경우도 있다.

《폭시베이비Foxybaby》를 비롯해 호주 서부의 삶을 다룬 소설을 쓴 엘리자베스 졸리Elizabeth Jolley는 절대로 시놉시스나 개요를 쓰는 것으로 시작하는 법이 없다. 시작도 하기 전에 지나치게 융통성 없는 계획이 작품을 옭아맬까봐 두려워서였다. 대신 그녀는 시행착오를 통해 특정한 이야기에 필요한 특정한 언어의 에너지와 리듬을 찾으려고 했다.

그녀의 작업은 작품을 위한 소재, 즉 드문드문 흩어진 조각의 글들을 축적하는 것에서 시작한다. 그러한 초기 단계에서 책 한 권을 만드는 과정으로 옮겨가려면 그 조각들을 합쳐야만 했다. 이후에는 고쳐 쓰는 작업이 많다. 또 그녀는 첫 페이지를 마지막에 쓰고 맨 마지막 부분은 오랫동안 미룰 때가 종종 있다.

이렇게 소재를 만드는 방식은 그녀의 소설에 위험이 따르게 했다. 그녀는 떠오르는 이야기를 자유롭게 지켜볼 수 있었고, 상당한 분량의 원고를 축적한 후에도 작품의 디자인을 개방적으로 결정할 수 있었으며, 끝부분에 이를 때까지 시작과 결말에 대해서 생각하지 않았다.

《인간들Mortals》의 작가 노먼 러시는 젊은 시절에 한국 전쟁 발발에 따른 군 복무를 거부한 이유로 2년 동안 개방 교도소—minimum security prison, 화이트칼라 범죄 등 엄중한 감시와 자유 제한이 필요하지 않은 죄수들을 수감하는 교도소(역주)—에 투옥되었다. 그곳에서는 어떤 글이건 무조건 압수당했으므로 얇은 투명 용지의 앞뒤에 작은 글씨를 꾹꾹 눌러가며 몰래 소설을 썼다. 교도소 내 목공소에서 비밀 칸막이가 딸린 체스판을 만들어 그 안에 소설의 절반을 숨겨놓았다. 나머지 절반은 화장지 휴지심에 몰래 넣어 친구에게 부탁해 교도소 밖으로 빼돌렸다. 그리고 출소해 두 개를 합쳤다.

그는 그 소설에 대해 가상의 남아메리카 독재 정권을 배경으로 세 명의 똑똑한 인물들이 라르코 투르Larco Tur라는 독재자에게 대항하기 위해 일으킨 평화로운 반란을 그린 우스꽝스러운 첫 작품이라고 말했다. 하지만 그는 그 책을 출간하지 않았고, 첫 책을 세상에 내놓은 것도 아내 엘사와 평화봉사단의 일원으로 보츠와나에 파견된 후인 53세가 되던 해였다. 그는 여전히 반란이라는 주제에 매력을 느껴 처녀작 《인간들Mortals》에서 다루었다.

러시는 보츠와나에 갔을 때 용수철 달린 공책을 항상 가지고 다니면서 보고 들은 일을 전부 기록했다. 학교 일지와 정기간행물, 신문, 관공서 문서를 수집했다. 그것들이 지역 지도자와 계약 CIA 요원, 이상주의적인 의사가 등장하는 보츠와나 반란을 그린 《인간들》의 소재가 되었다. 미국으로 돌아온 그에게는 한 상자 분의 소재가 있었다. 그것을 바탕으로 성, 정치, 민간요법 같은 국외 이주자들의 관심사로 가득한 단편집 《화이트Whites》와 내셔널 북 어워드National Book Award 수상작으로 비밀스러운 유토피아 마을을 찾고자 홀로 칼라하리 사막을 건너는 여자 대학원생의 이야기를 그린 《메이팅Mating》을 썼다. 그는 소재를 모으면서 언젠가 유용하게 사용할 날이 오리라고 믿었다. 정말로 그랬다.

러시의 사례는 작가가 어디를 가든 노트를 가지고 다니며 그때그때 중요한 메모를 담는 일이 얼마나 유익한지 말해준다. 이사벨 아옌데는 침대 옆에 노트를 두고 꿈에 등장한 소재를 기록한다. 마거릿 애트우드는 작가라면 "어디를 가든 소재가 떠오르는 순간에 대비해 항상 노트를 가지고 다녀야 한다. 그런 순간에 아무것도 없어서 칼로 다리에 새기는 수밖에 없다면 얼마나 최악이겠는가." 라고 말했다. 애트우드는 작품에 이용할 만한 소재를 모으는 방법으로 포스트잇을 좋아하고 침대 머리맡에 노트도 항시 준비해둔다.

많은 작가가 말하기를, 최고의 아이디어나 영감은 책상에서 떠나 있을 때 나온다고 한다. 그것은 작가의 잠재의식이 주는 선물이며 작가는 이를 기록할 의무가 있다. 당시에는 어떻게 사용할지 모를 수도 있지만 언젠가는 사용할 날이 반드시 온다.

재상영되는 영화 〈브레드레스〉를 보기 위해 뉴욕 시내에 간 적이 있다. 당시 나는 천식 환자로서의 내 삶을 다룬 《브레드레스Breathless》라는 책을 쓰고 있었다. 평소 습관대로 영화관에 일찍 도착했다. 극장 안은 어두침침했고 좌석도 편안했다. 긴장이 풀리자 느긋해졌다. 아무것도 하지 않고 앉아 있는 기쁨을 만끽하고 있을 때, 느닷없이 내가 쓰고 있던 책의 전체가 마치 다이아그램처럼 떠올랐다. 나는 얼른 펜과 노트를 꺼내 이어서 쓸 부분의 다이아그램을 그렸다. 나는 그 표를 책에 포함시켰다.

전혀 예상하지 못한 '통찰'의 순간이었다. 그 순간은 책에 필요한 모든 소재를 제공해주었다. 하지만 펜과 노트가 없었다면 번쩍 떠오른 통찰의 상당 부분이 날아갔을 것이다. 완전하게 기억하기란 불가능했을 테니까. 어디에 있건 언제 아이디어가 떠오르건 소재를 모을 수 있는 '준비'를 갖추는 것도 작가의 의무라고 생각한다.

오랫동안 자신의 어린 시절에 대한 글을 썼던 노벨 문학상 수상자 앨리스 먼로는 '좀 더 관찰에 가까운 이야기'를 쓰기로 결심했다. 그녀는 자기 자신이나 가족이 아닌 타인의 삶에 대해 쓸 때는 소재가 나타나기를 기다리는데, 언제나 틀림없이 나타난다고 한다. 어떤 이야기를 쓸지 결정되면 소재를 찾아 작품 속에서 변화시켜야만 한다. 빅토리아 시대의 여류 작가에 관한 소설을 쓸 때는 신문에서 오려낸 기사들을 살펴보면서 주인공이 사는 도시에 대한 강렬한 이미지를 얻었고 월리Walley라는 이름을 붙였다. 그녀는 오래된 자동차나 1850년대 장로교회에 관한 정보 등 특정한 소재가 필요할 때면 도서관 사서의 도움으로 소재를 모아 이야기 속에서 변화시킨다.

마고 프라고소Margaux Fragoso는 그녀보다 훨씬 나이가 많은 남자 피터Peter와의 성관계를 그린 회고록《타이거, 타이거Tiger, Tiger》를 쓸 때 그녀가 지내온 아동기와 청소년기가 글에서 순간순간 분명하게 나타나지 못한다는 사실을 깨달았다. 그녀의 기억이 모호했기 때문이었다. 사실적 디테일이 많기를 원한 그녀는 오랫동안 모은 소재를 활용하기로 했다. 바로 어린 시절에 쓴 일기와 그동안 간직해온 남자가 보낸 편지였다. 그녀는 노트를 들고 사건이 일어난 장소를 찾아 그 장소에 대한 느낌을 표현해주는 것이라면 무엇이든 적었다.

그런 다음에는 초고로 돌아가 일기에서 발견한 소재의 목소리를 토대로 당시의 사건을 어린아이의 관점으로 재창조했다. 소재를 어떤 형태로 만들어야 할지 결정하기가 너무 어려웠으므로 그런 정보가 집필 과정을 더욱 복잡하게 만들기도 했다.

만약 일기와 피터의 편지가 없었더라면 프라고소는 오랫동안 성적 학대를 겪고 학대자를 사랑하기까지 했던 어린아이의 목소리를 되살리기가 불가능했을 터였다. 프라고소가 보관해온 소재는 그녀가 피터에 대한 사랑과 애정을 품었다는 사실을 드러내도록 결심하게 해주었다. 어린 시절의 자화상을 매우 복잡하게 만들어도 좋다는 스스로의 '허락'이었다.

10

산책과 영감

    지금까지 실제로 만나보거나 연구한 작가들 중 다수가 매일 오랫동안 산책을 한다. 산책은 그들의 창작 과정에서 필수적인 부분이다. 이언 매큐언은 친구 레이 돌런Ray Dolan과 자주 하이킹을 한다.

    그들은 한 사람이 알츠하이머에 걸리면 나머지 한 사람이 암스테르담으로 데려가 합법적으로 안락사 시킬 것이라는 농담을 하기도 한다. 매큐언은 돌런과 영국의 레이크 디스트릭트Lake District에서 하이킹을 하다 '평소 그런 이야기를 나눴던 두 인물이 사이가 틀어지는 바람에 서로 동시에 상대방을 암스테르담으로 끌어들여 죽이려고 하는 이야기'를 구상했다. 당시 다른 소설을 쓰고 있었으므로 그 날 밤 아이디어의 개요만 적어두고 제쳐놓았다. 그 아이디어에서 영감을 얻은 《암스테르담》을 쓸 때 이야기는 저절로 생명력을 띠었다. 그는 자신과 돌런의 산책길을 주인공 클라이브 린리가 걷는 길로 소설에 넣었다.

노벨 문학상 수상자 앨리스 먼로는 매일 약 5킬로미터를 걸었다. 산책은 글쓰기와 마찬가지로 매일 하루 일과였다. 먼로는 항상 경각심을 가지고 사물에 반응하는 능력을 훈련하기 위해 걷기가 꼭 필요하다고 생각했다. 덕분에 자신이 쓰는 글에 완전히 깨어 있을 수 있었다. 그녀는 매일 걷기를 통해 작가에게 필수적인 활력을 유지하고 기르는 것이 중요하다고 보았다. 그렇지 않으면 세상을 바라보는 능력이 어떻게든 정지된다고 생각했다. 그래서 그녀는 매일 경계를 늦추지 않고 걷고 글 쓰는 일을 계속했다.

버지니아 울프는 《올랜도》의 집필을 시작하기 전인 1927년 3월, 자신의 친구인 비타 색크빌 웨스트Vita Sackville-West에게 보낸 편지에서 새 책을 구상하는 순간과 방법에 대해 좀 더 경각심을 가져야겠다고 다짐했다. 그녀는 자신의 창작 과정에 관심을 기울이게 되었다. 그 과정을 통제하려는 것이 아니라 이해하고 싶었다. 그녀는 당시 《등대로》의 교정쇄 검토 작업을 마무리하는 중이었는데 자신이 소극적이고 아이디어가 없다고 느꼈다.

그녀는 몇 주 전 당시 하고 있던 작업에 따르는 압박감을 해소하고자 길고 낭만적인 런던에서 산책을 하기로 마음먹었다. 그녀는 산책이 기분을 상쾌하게 해줄 뿐만 아니라 창조 과정에도 필수임을 알고 있었다. 그녀는 1927년 3월 14일 밤에 갑자기 새로운 책을 구상했다. 《제사미의 신

부들The Jessamy Brides》이라고 불리게 될 판타지였다. 그녀는 캐릭터가 보이기 시작했다. 완성해야 할 다른 작업들 때문에 《올랜도》라고 이름 붙여질 그 책의 집필은 미뤄져야만 했지만 그녀는 이 모든 것이 한 시간 동안 하나씩 쌓이면서 기이하고 급하고 예상하지 못한 방식으로 저절로 만들어지는 과정을 기록해 기억하고자 했다. 그녀는 런던의 타비스톡 광장에서 어느 날 오후 《등대로》를 구상했던 때를 기억했다. 그녀는 《과거의 스케치A Sketch of the Past》에서 이렇게 회상했다.

"어느 날 타비스톡 광장을 걷다가 《등대로》를 구상했다. 때로 다른 책들이 그런 것처럼 나도 모르게 빠르게 만들어졌다. 봇물 터지듯 하나씩 터졌다. 파이프로 물방울을 불듯이 내 머릿속에서 아이디어와 장면의 무리가 빠르게 터져 나오는 느낌이었다."

그녀는 편하게 걷는 동안 눈에 보이는 풍경에 주의를 기울였고, 수용적이고 소극적이고 명상적이지만 경각심을 늦추지 않는 상태로 돌입했다. 그러자 새로운 작품을 위한 영감이 매우 자세하게 수면으로 떠오르는 최적의 상태가 만들어졌다. 그녀는 그럴 때마다 떠오른 영감을 제대로 포착하고, 기억하고, 기록할 수 있도록 의식을 분명하게 하는 훈련을 했다.

언젠가 전업 작가를 만난 적이 있는데 그는 일하기 위해서 걷지만 글을 쓰는 것은 집에서 한다고 했다.

"일하기 위해서 걷지만 글쓰기는 집에서 한다고요?"

어리둥절해진 내가 물었다. 그는 매일 아침 식사 후 아이들과 함께 걸어서 학교에 데려다준 후 집으로 돌아와 샤워를 하고 방금 아이들을 데려다줄 때의 편한 운동복이 아닌 좀 더 말끔한 차림으로 갈아입고 다시 밖으로 나갔다가 집으로 돌아와 일을 한다.

그는 매일 똑같은 길을 걷는다. 동네를 걸으며 길거리 가판대에서 신문을 사고, 커피를 마시고, 채소 가게에서 저녁거리도 산다. 산책은 15~20분 정도가 걸린다. 걸으면서 직장에 출근하는 사람들을 보노라면 자신 역시 직장인처럼 느껴진다. 집으로 돌아와 책상에 앉으면 곧바로 무엇을 해야 할지 안다. 걷는 동안 한 챕터의 퍼즐을 풀거나 한 장면, 심지어는 책 전체를 다 구상하기 때문이다.

작가,
그 오랜 기다림의 시간

2장

Slow
writing

　책을 출간한 작가들에 대한 잘못된 생각 중 하나는 그들이 어린 시절부터 재능이 있었고, 어른이 된 후에 타고난 재능으로 글을 썼다는 것이다. 그러나 유명 작가들 대부분이 일찍부터 재능을 드러내지는 않았다. 문학의 역사에는 성공작을 완성하기까지 오랜 수습 기간을 거친 작가들의 이야기로 가득하다. 첫 성공작이 출간되기까지 걸리는 시간을 알면 작가에게도 오랜 수습 과정이 필요하다는 사실을 깨달아 글쓰기를 배우고 완벽하게 하는 과정에 좀 더 인내심이 생길 것이다.

　마가렛 애트우드는 이렇게 말했다.

　"글쓰기는 도제徒弟 방식으로 습득하지만 스승은 직접 선택한다. 스승이 이미 세상을 떠났을 수도 있다."

　윌리엄 서머셋 모옴W. Somerset Maugham은 《인간의 굴레》에 들어간 머리말에서 두오모가 내려다보이는 피렌체의 수도원에서 작가가 되기 위해 준비하며 보낸 '노동의 나날'에 대해 설명했다. 그는 매일 아침을 입센Ibsen의 책을 몇 페이지씩 시작하는 것으로 시작했다. 대사를 쓰는 기법에 숙달하고 편안해지기 위해서였다. 그는 작가가 되려면 얼마나 오랜 시간이 걸리는지 아는 사람이 많지 않다고 했다.

헨리 밀러는 1930년에 파리로 건너갈 때 뉴욕에서 쓴 소설 두 편을 가져갔다. 비아트리스 실바스 위킨스Beatrice Sylvas Wickens와의 첫 번째 결혼 생활을 그린 《몰록Moloch》과 준 밀러Jule Miller와의 두 번째 결혼생활에 대한 《미친 수탉Crazy Cock》의 원고를 수정하기 위해서였다. 그는 6년 동안 진지하게 글을 썼고 몇몇 작품이 출간되기도 했지만 '노동계급 프루스트'가 되고 싶은 꿈을 이루지는 못한 상태였다. 또한 그에게는 준과의 괴로운 삶을 다룬 차후 명작의 개요도 있었다. 26세에 퀸즈의 공원 관리부서에서 일할 때 써둔 초고였다. 작가는 언제나 그의 꿈이었지만 그는 스스로 재능이 부족하다고 생각했다.

그는 파리에서 빈곤한 생활을 하면서 《북회귀선》을 쓰기 시작했다. 1인칭 시점을 이용하는, 처음으로 자신의 목소리로 된 소설이었다. 완성까지 2년이 걸렸고 외설 작품이라는 평가가 두려워서 남몰래 출판했다. 그 작품은 전쟁 이후 적지만 꾸준히 독자들을 확보했다. 하지만 미국에서 출간된 것은 프랑스에서 출간된 지 27년이나 지난 1961년이었다. 다른 작가라면 사기가 꺾였겠지만 밀러는 아니었다. 그는 작품에 대한 세간의 공격에도 굴하지 않고 계속 글을 썼다.

《거짓말쟁이들의 클럽》을 쓰기로 결심했을 때 메리 카는 시집을 펴낸 시인이었으므로 회고록 쓰는 방법을 처음부터 배워야 했다. 그녀는 글쓰기를 준비하면서 스스로 지침서를 만들어나갔다. 특히 마야 안젤루Maya Angelon의 《새장에 갇힌 새가 왜 노래하는지 나는 아네》에서 큰 가르침을 얻었다. 평범한 사람들에 대해 쓰는 것이 중요하다는 사실도 배웠다. 또 그녀는 해리 크루스Harry Crews의 《어린 시절A Childhood》를 읽었고, 힘든 상황과 어려운 유년기 묘사의 유용한 모델로 삼았다.

카는 회고록 형태에 숙달하고 정유 공장이 있는 텍사스 동부 마을에서 보낸 어린 시절을 묘사할 적절한 목소리를 찾는 데 시간이 걸리리라는 것을 알았다. 그 기간 동안 시적 화법과 텍사스 지방의 거친 언어, 대단히 냉소적인 유머가 합쳐진 목소리를 발전시켜 나갔다. 글 쓰는 작업이 기력을 다 빼놓았기 때문에 매일 낮잠을 자야만 했다.

퓰리처상을 수상한 《깡패단의 방문A Visit from the Goon Squad》을 쓴 제니퍼 에간Jennifer Egan은 작품마다 새로움을 추구했다. 새 디자인을 고안하기 위해 이전 작품의 접근법과 목소리, 분위기와의 접촉을 끊고 거리를 두었다. 다시 수습 기간으로 들어가 초보가 되어 글에 대해 생각하고 다음 소설을 위해 알아야 할 것들을 배운다. 지금까지 배운 것을 잊어버리는 과정인 동시에 다음 작품에 필요한 기술을 배우는 과정이다.

에간은 마르셀 프루스트Marcel Proust의 작품을 읽는 동안 드라마 〈소프라노스〉도 시청했다. 그녀는 프루스트의 기술을 좀 다르게, 압축적으로 구현할 수 있는 방법을 고심했다. 또한 《깡패단의 방문》을 위해 〈소프라노스〉 같은 드라마에서 나타나는, 주연 캐릭터가 조연 캐릭터가 되고 한동안 사라졌다가 변장해 다시 등장하는 기법을 사용하기로 했다.

범죄 소설가 수 그래프턴Sue Grafton은 인내할 줄 아는 작가가 성공할 수 있을 것이라고 말했다. 능력은 있지만 예술가라면 으레 거쳐야만 하는 오랜 수습 기간을 견디지 못하는 사람들이 많기 때문이다. 초보 작가들은 낙심해서 너무 일찍 포기하는 경우가 매우 많다. 하지만 기술을 익힐 때까지 참고 견딘다면 훌륭한 작가가 될 수 있을 것이다. 이 조언은 수습 기간에 들어갈 때 반드시 기억해야 한다.

01

글쓰기의
수습 기간

　시작하는 작가들 중 다수가 기적을 바란다. 글쓰기의 기본을 배우기
도 전에 1~2년 안에 완성할 수 있으리라는 생각으로 곧바로 장편 작업에
뛰어든다. 이런 비현실적인 기대를 가진 초보 작가들에게 하워드 가드너
Howard Gardner의《열정과 기질》을 추천한다.

　예술적 언어를 배우고, 기술을 완벽하게 활용하고, 자신만의 표현 방
식을 발전시키기까지는 오랜 시간이 걸린다. 어렸을 때부터 사용한 언어
이기에 장편 작품을 시작하기 전 수습 기간이 필요하지 않다고 생각할
수도 있다. 하지만 그렇지 않다. 기술을 배우려면 시간이 걸리는데, 이는
매우 값지게 쓰이는 시간이다. 유명 작가들의 초기 생애를 살펴보고 그

들이 보낸 수습 기간의 패턴을 살펴보면 대단히 유익할 것이다.

　나는 글쓰기를 시작하기 전에 버지니아 울프의 수습 기간에 대해 연구했고 그것을 모방해 나만의 수습 기간을 만들었다. 버지니아 울프는 일기에 일상의 사건이나 읽은 책에 대한 생각, 주변 사람들에 대한 설명을 간략하게 적어 놓았다. 여행할 때는 사람들과 장소, 대화에 대한 스케치로 글쓰기를 연습했다. 성숙한 작가가 되어서는 일기를 작품의 정보원으로 활용했다.

　세 번째 소설 《야곱의 방》에는 그리스 여행에서 작성한 메모가 사용되었다. 그래서 나도 일기를 쓰기 시작했다. 초기에 일기 내용은 그저 목록에 불과했다. 하지만 시간이 지나면서 내 삶에서 일어나는 사건들에 대한 완전한 보고서가 되었다. 울프와 마찬가지로 나도 일기를 소중한 자원으로 활용했다. 이를테면 회고록 《현기증Vertigo》에서 여동생의 자살과 어머니의 죽음을 설명할 때였다.

　버지니아 울프는 독서 프로그램을 만들어 문체를 개선했다. 그냥 읽는 것이 아니라 손에 펜을 쥐고 읽음으로써 자신의 작품을 개선하려고 했다. 장면을 쓰고, 풍경을 묘사하고, 이미지 패턴을 구성하고, 시간의 흐름을 그리는 방법을 배우고자 책을 읽었다. 그녀는 읽은 책을 노트에 적어 평가했고 기교를 익히는 데 도움이 될 만한 구절을 모방했다. 이반 투르게네프Ivan Turgenev의 소설을 읽고 형태에 대해 무엇을 배웠는지를 적기도　했다.

나의 첫 번째 독서 프로그램은 버지니아 울프의 작품을 전부 연구하는 것이었다. 울프의 첫 소설 《출항》 초고를 천 페이지가 넘게 손으로 따라 쓰면서 문체 쓰는 법을 배웠다. 그 덕분에 속도를 늦추고 문장과 문단, 장면을 구성하는 법을 배웠다. 울프가 문장을 삭제하고 더하거나 바꾸는 법을 연구해 수정하는 법을 배웠다. 그 전에는 기존 작가들이 어떻게 수정을 하는지 알지 못했다. 그 소설의 가장 첫 번째 초고는 최종 원고와 상당히 다르다. 덕분에 원하는 효과에 대해 생각하고 —울프의 일기에 설명되어 있다— 시간이 지나면서 작품을 바꾸는 방법을 배웠다. 그러나 무엇보다 가장 큰 가르침은 그녀의 첫 소설이 완성까지 7년이나 걸렸다는 사실이었다.

울프의 수습 기간에 대해 연구하면서 그녀의 글쓰기 습관과 하루 일과에 대해서도 알게 되었다. 매일 꾸준히 책상에 앉음으로써 작가의 수습 기간을 다른 직업과 똑같이 취급하는 법을 배웠다. 삶의 중요한 부분에 대한 글을 쓰고, 사랑하는 사람들의 지지를 얻고, 작가 공동체에 합류하고, 그 날 하루 일을 시작하거나 끝내고, 매일 운동을 하는 것 말이다.

헨리 밀러가 《북회귀선》을 쓰기 전까지의 수습 기간은 수년 동안이나 계속 되었다. 하지만 그는 그 소설에서 중요하게 그려진 파리에 대해 배워야 한다는 사실을 알았다. 그는 파리 거리를 돌아다니면서 그 도시에 대해 가능한 전부를 배우는 숙제를 스스로에게 냈다. 노트를 들고 다니면서 자신이 보고 경험한 것을 스케치했다. 그래서 집필을 시작했을 때는 준비가 되어 있었고 활용할 만한 소재도 가득했다.

그는 버지니아 울프처럼 실력을 개선하기 위해 독서를 했다. 빅토르 위고Victor Hugo의 《레미제라블》과 토마스 만Thomas Mann의 《마의 산》 등 그에게 가장 큰 영향을 끼친 작품들이 《내 인생의 책들The Books in My Life》에 언급되어 있다. 그는 어휘를 공부하고 작품에 사용할 단어 목록을 만들었다. 《북회귀선》의 집필을 시작하기 전에 개요와 캐릭터 및 사건의 차트와 그래프를 만들었다. 《북회귀선》은 무질서하고 재빨리 쓴 것처럼 보이지만 그의 오랜 수습 기간 동안 꼼꼼하게 계획되고 준비되었다. 그의 자연스러운 문체는 수년간의 수습 기간과 준비 작업으로 가능했다.

그러나 시작하는 작가들 중 이러한 준비 기간을 거치지 않으려고 하는 경우가 있다. 오랜 시간을 투자한다고 해서 책 한 권을 쓰는 기술을 터득할 만큼 스스로 재능이 있다고 생각하지 않기 때문이다. 퓰리처상을 수상한 《스톤 다이어리》의 작가 캐롤 쉴즈는 작가가 되겠다는 생각이 주제넘은 짓이라고 생각한 적이 있다고 말한 적 있다.

울프나 밀러와 마찬가지로 쉴즈의 독서는 그녀의 작품과 긴밀하게 엮여 있었다. 특히 제인 오스틴Jane Austen을 비롯해 쉴즈가 접한 작가들은 책을 읽으며 공부하는 그녀에게 스승이 되어주었다. 언젠가 그녀는 시를 쓸 때 작품을 완벽하게 다듬어 대회에 출품하고 싶어서 스스로에게 물었다.

"이것이 내가 정말로 의미하는 바인가?"

그녀가 작가 생활 내내 끊임없이 떠올리게 된 그 질문은 그녀만의 독특한 목소리를 만들고자 고안한 방식이었다.

루치아노 파바로티Luciano Pavarotti처럼 엄청난 재능을 타고난 사람도 탄탄한 토대를 쌓으려면 오랜 수습 기간을 거쳐야만 한다는 사실을 알고 있었다는 사실은 나를 기분 좋게 한다. 그는 일부러 공연 무대에 서지 않았기 때문에 일찍 성공을 거두지는 못했지만 오래도록 이어진 뛰어난 커리어라는 훨씬 값진 것을 얻었다.

출판을 위한 글쓰기도 일종의 공연이다. 작가가 너무 일찍 공연을 한다면 파바로티의 생각처럼 위험할 수 있다. 버지니아 울프와 헨리 밀러처럼 작가도 자신만의 수습 기간을 정할 수 있다. 재능을 완벽하게 만들고자 했던 파바로티에게 커리어를 쌓을 시간이 필요했던 것처럼 글쓰기 기술을 배우는 데 연습 기간이 필요하다. 쉴즈처럼 작가가 된다는 것이 주제넘은 일 같아 걱정되더라도 그 시간을 잘 보낸다면 값진 결과를 얻을 수 있다.

02

느리고,
풍요롭게

오래전 초보자를 위한 회고록 작문 시간에 파이어 아일랜드Fire Island 를 배경으로 하는 작품을 쓰는 학생이 있었다. 그녀가 쓰기 시작한 회고록은 어머니와의 복잡한 관계를 설명해주었고 수습 기간 작품으로써 훌륭했지만 굳이 파이어 아일랜드가 아니라 다른 배경이라도 상관은 없었다. 파이어 아일랜드에서의 삶이 그녀와 그녀의 어머니, 그리고 모녀 관계에 끼친 영향이 빠져 있었던 것이다. 나는 파이어 아일랜드에서의 모녀 관계는 장소가 맨해튼일 때와 달라야 한다고 조언해주었다.

또 그 학생은 집 안에서 글을 쓰는 데 엄청난 어려움을 겪었다. 그녀는 학교에 다니면서 파트타임으로 일했는데 빨래, 청소, 전화 통화를 하

101

느라 소중한 글쓰기 시간을 조금씩 잃어버렸다.

"어떻게 하죠?"

그녀가 컨퍼런스에서 물었다.

"집에서 나가요. 카페에서 써요. 노트를 들고 파이어 아일랜드에 가서 써요. 예전 일을 기억하는 데 도움이 될 수도 있어요."

처음 글을 쓰기 시작했을 때 집 밖으로 나가는 것이 큰 도움이 되었던 기억이 떠올라 집이 아닌 어디에서나 쓰라고 조언했다. 계속 집에만 있었더라면 절대로 첫 번째 책을 완성하지 못했을 것이다.

첫 초고는 대부분 라마포 대학교Ramapo College 도서관의 테이블에 앉아서 가을과 겨울, 봄 동안 상록수가 있는 스탠드를 내려다보면서 썼다. 여름에는 아이들이 동네 수영장에서 수영하는 동안 라운지체어에 앉아, 혹은 커다란 그늘을 만들어주는 나무 아래에 놓인 작은 식당의 야외 테이블에서 썼다. 밖에 있으면 오로지 글에만 집중할 수 있었다. 일 년이 지나자 대략적인 첫 초고가 완성되었다. 집에만 있었다면 불가능했을 것이다.

강의를 시작한 후에도 학생들이 글쓰기에 어려움을 겪고 있으면 집 밖으로 나가서 쓰라고 조언했다. 어니스트 헤밍웨이가 《태양은 다시 떠오른다》를 그가 사는 파리 노르트담 데 샹Notre-Dame-des-Champs에서 가장 가까이 있는 카페에 앉아 오후의 햇살을 받으면서 썼다는 사실도 알려주었다.

집 밖으로 나가서 작업하면 글쓰기가 집에서처럼 무섭게 느껴지지 않는다. 사람들에 둘러싸여 있는 경우가 많으므로 작업이 덜 벅차게 느껴진다. 진지하고 중요하기보다는 즉흥적인 작업으로 다가온다. 하지만 처음부터 완벽함을 목적으로 하지 않고, 즉흥적으로 하는 것이 작품을 시작하는 더 좋은 방법이라는 것을 그때는 몰랐다.

나는 지금도 여전히 밖에서 글을 쓴다. 책상에서만 쓰면 글이 지나치게 사색적이고 자기 성찰적으로 흘러간다. 집을 떠나서 쓰는 글은 컴퓨터로 쓰건 손으로 쓰건 안에서 쓰는 글과 다르게 느껴진다. 시간의 흐름이 느려진다. 잠시 멈추고 주변을 바라보면서 쓰고 싶은 말을 생각한다. 허둥지둥 급하게 쓰는 느낌이 없다. 서재의 고독함에 억압당하는 것이 아니라 주변 환경에 고무되는 자신을 느낀다. 그리고 집 밖에 있으면 글쓰기가 순수한 즐거움 그 자체로 느껴질 때가 많다.

언젠가 멕시코로 휴가를 떠났을 때, 나는 노트를 들고 태평양이 내려다보이는 호텔 베란다로 나갔다. 물 위로 도약하는 고래, 고기잡이 배, 해수면 위로 작은 반점처럼 빛나는 햇살, 가파른 바위에 부딪히는 파도가 보였다. 눈앞에 보이는 장면을 묘사하다가 안에서 글을 쓸 때는 잠깐 글에서 시선을 떼고 주변을 둘러보지 않는다는 사실을 깨달았다. 그도 그럴 것이 서재는 너무도 익숙한 공간이라 특별히 눈에 띄는 것이 없다. 하지만 집이 아닌 곳에서 쓸 때는 내가 있는 장소를 의식하게 된다. 주변 환경에 주의를 기울이게 되므로 한 템포 느려지고 일에서 멀리 떨어지지 않고 글쓰기 행위가 풍요로워진다. 가끔씩 몇 분 동안 눈앞에 보이는 장면에 대한 짧은 묘사를 적기도 한다. 또한 쓰고 있는 작품과 관련된 무언가를 생각하게 되는 자극을 받기도 한다. 평소라면 그냥 지나쳤을 것들이다.

바다의 모습을 묘사하면서 아버지가 제2차 세계대전 당시 태평양의 섬에 배치되었던 일을 다루는 챕터에 대해 생각하기 시작했다. 그 섬에 대해 더 알아야 한다는 사실을 깨달았다. 그곳이 얼마나 더운지, 태평양이 어떤 모습인지, 해변의 모래는 또 어떻게 생겼는지, 어떤 식물이 자라는지, 급수 시설은 있는지 등 알아야 할 것이 너무도 많았다. 그 섬에 있었던 아버지의 경험에 대해 다시 상상해볼 필요가 있었다. 단지 그곳에서 일어난 일들을 이야기하는 데서 그치지 않고 그곳에 있던 당시의 느낌이 어땠는지를 재현해야 했다. 서재에 갇혀 있었다면 깨닫지 못했을 사실이다.

데이비드 허버트 로렌스는 종종 밖에서 손글씨로 글을 썼다. 그는 아내와 영국 콘월Cornwal 하이어 트레거튼Higher Tregerthen에 있는 소박한 오두막에서 살 때 날씨가 좋을 때면 밖으로 나가 글을 썼다. 연한 잿빛 바위의 돌출부에 몸을 기대고 바다 쪽을 향한 채로 무릎에 노트를 올려놓고 썼다. 그는 밖에서 글을 쓰면 안전하고 외진 느낌이 든다고 말했다. 뉴멕시코에서는 나무 아래에서 저 멀리 있는 산을 바라보며, 멕시코에서는 타는 듯한 태양을 피하려 그늘 아래에서, 잉글리시 미들랜드의 시골에서는 차양 아래 앉아서, 독일에서는 눈 쌓인 밖에서 글을 썼다. 밖에서 글을 쓰는 작업은 그의 불안정한 마음을 진정시켜주었다.

그는 소설마다 자신이 살거나 글을 쓰거나 공부했던 곳의 풍경을 집어넣었다. 《길 잃은 소녀The Lost Girl》의 이탈리아 아브루치, 《캥거루Kangaroo》의 호주, 《도망간 여인The Woman Who Rode Away》의 뉴멕시코, 《날개 있는 뱀The Plumed Serpent》의 멕시코. 로렌스가 안에서만 글을 썼다면 장소의 정교한 묘사가 가능했을까? 인물과 환경의 관계를 그렇게 생생하게 그릴 수 있었을까?

03

과정 일기
쓰기

《태어날 시간A Time to Be Born》을 쓴 소설가 돈 파월Dawn Powell은 1915
년에서 1965까지 기록한 일기가 43권이나 되었다. 일기는 그녀의 집필 과정
에 중요한 부분을 차지한다. 일기에는 작품과 관련된 '만약' 의 상황이 들어
가기도 했다. 물론 일상에서 일어난 일이나 친구들에 관한 내용도 있다.

파월의 일기는 작가로서 그녀의 삶에 대한 상세한 이야기를 전달한
다. 그녀의 글쓰기 과정에 대한 기록이다. 미래 프로젝트에 대한 계획
―1965년, 어니스트 헤밍웨이를 깎아내리는 이들에게 반박하는 에세이―, 어떤 장면
의 초고, 구조에 대한 논고, 성공과 실망, 성취 등. 1942년에는 4시간 만
에 《오디션The Auditions》의 원고를 3천 200자나 쓴 것을 자랑스러워하는

내용이 들어갔다.

파월은 작품의 배경인 뉴욕으로 모험을 떠날 때도 일기와 함께했다. 가는 곳마다 대화를 기록하고 눈에 보이는 풍경을 묘사했으며 사람들의 행동을 스케치하고 장면에 대한 메모를 남겨 나중에 자세하게 썼다.

나의 작가도구 상자에서 가장 중요한 것 중 하나가 과정 일기process journal다. 2001년 사우스캐롤라이나 대학교에서 추리소설 《킨지 밀혼Kinsey Milhone》 시리즈의 작가 수 그래프턴의 강연을 듣고 과정 일기라는 것을 알게 되었다. 그래프턴은 작품마다 별도의 일기를 보관하고 있는데 소설보다 약 4배나 긴 분량이다. 그녀는 매일 작업을 시작하기 전에 일기를 기록한다. 하루 작업에 방해가 되지 않도록 자신의 감정을 기록하고 그날 있었던 일이나 도움이 되는 꿈, 작품이 앞으로 나아갈 방향에 대한 아이디어를 간략하게 적는다.

과정 일기는 그녀가 진행 중인 작품과 나누는 대화의 기록이다. 어떤 장면의 문제, 풀 수 없는 수수께끼, 생각해두기는 했지만 어떻게 활용해야 할지 모르는 대사, 단편적 대사 등을 적는다. 그녀는 작품을 쓸 때 발생하는 모든 문제에 대한 해결책은 원고가 아니라 일기를 쓸 때 나온다고 말한다. 한 걸음 뒤로 물러나 작품을 들여다보고 문제를 분명하게 표현하고 해결한다.

그래프턴은 적당한 소재가 있을 때 초고에 옮기기 쉽도록 과정 일기를 컴퓨터에 기록한다. 어떤 주제든 모든 일기에서 빠르게 검색해 찾을 수 있다. 그녀는 정기적으로 일기를 인쇄한다. 문제의 해결책을 찾으려고 읽어보고 쓸모 있는 부분에는 강조 표시를 한다. 그녀는 해결책이 일기에 들어 있어 문제가 이미 해결된 경우를 종종 만난다. 또한 새 책을 시작할 때 예전 일기를 통해 두려움과 마주한다. 일기를 읽으면서 처음에는 늘 자신이 없었다는 사실을 떠올리며 스스로를 다독인다.

나는 그래프턴의 강연을 들은 후 컴퓨터에 과정 일기를 만들었는데 작업에 엄청나게 도움이 되었다. 이탈리아 남부 출신인 우리 가족의 역사를 그린 회고록《크레이지 인 더 키친Crazy in the Kitchen》의 다양한 목소리를 계획하는 데 활용했다. 내가 과정 일기를 활용하는 방법은 이렇다. 우선 프로젝트를 계획하고 읽고 싶은 책의 목록을 작성하고 쓰고 싶은 주제에 대해 적는다. 그리고 글쓰기 과정이란 무엇인지에 대해 깊이 생각한다. 나의 작품에서 잘 되고 있는 부분과 그렇지 않은 부분은 어디인지, 작업 일정에 변화가 필요하지는 않은지, 작품에 대한 내 생각은 어떤지를 고민한다. 장면을 스케치하고, 작품 구조에 대해 생각하고, 눈앞에 놓인 도전 과제를 하나씩 풀어나가고 가능한 해결책을 떠올리는 데 사용한다. 그래프턴과 마찬가지로 나 역시 습관적으로 중요한 것을 전부 다 포착하기 위해 작품을 끝내기 전 과정 일기를 모두 다시 읽는다.

일기 기록은 더할 나위 없이 유용하다. 작업 과정을 기록할 뿐만 아니라 역사적으로도 중요한 문서다. 누군가 어떤 작품을 어떻게 썼는지 물으면 잘못된 기억에 의존할 필요가 없다. 과정 일기를 보고 집필 과정에 대해 설명하면 된다. 과정 일기는 작업 패턴과 작품에 대한 느낌, 작가인 자신에 대한 반응, 도전과 어려움에 대처하는 전략이 담긴 소중한 기록이다.

나는 글을 쓰다 막힐 때면 그래프턴처럼 예전 일기에서 비슷한 단계에 처했을 때에 관한 기록을 다시 읽어본다. 책이 어떻게 구성되어야 하는지 알기 직전에 습관처럼 책을 포기하고 싶은 생각이 들기 마련이라는 사실을 알게 되었다. 덕분에 더욱 자신감 있게 다시 작업에 몰두할 수 있다. 또한 일기를 통해 예전에도 책을 완성하기가 똑같이 힘들었다는 사실을 떠올린다. 힘든 날이 좋은 날보다 많다는 사실을 알고 힘들 때도 다시 작업에 매진할 수 있는 용기를 얻는다. 그리고 갑작스럽게 떠오른 통찰이었다고 기억되는 것이 사실은 서서히 발전한 것임을 알게 되므로 기다릴 줄도 알게 된다. 이렇듯 과정 일기는 작가로 하여금 성찰적으로 자신의 작품에 개입하게 해준다.

모든 조건이 완벽하게 갖춰어지기를 기다리면
아무것도 시작할 수 없다.

− 이반 투르게네프 −

04

인내, 겸손,
그리고 존중

나는 작가들이 새 책을 4년에 한 권씩만 쓰도록 되어 있다면 어떨까 생각해보았다. 그렇다면 작가들은 좀 더 겸손해질까? 이를테면 내부 독백이나 대사 같은 새로운 기교를 연마하는 데 온 시간을 쏟을까? 빨리 끝내고 싶은 집착을 버리고 과정에 더욱 집중하게 될까? 작품이 하나 완성되려면 시간이 걸린다는 사실을 이해할 수 있을까? 오랜 시간이 걸린다는 사실을 알면 스트레스가 줄어들어 느리고 꾸준한 과정에 익숙해질 수 있을까? 성급함과 시장의 압박, 또는 가능한 빨리 출판하고 싶은 욕망과 타협하지 않게 될까?

작가는 스스로 훈련과 연습을 시작해야 하고 무엇보다 자기 자신에게 의지해 자신만의 스타일을 만들어야 한다. 글쓰기를 '성취'가 아닌 '연습'이라고 보면 중요한 관점의 변화가 일어난다. '되도록 빨리 작가가 되고 싶다'가 아니라 '기술 연마에 최대한 헌신하겠다'로 바뀐다.

그런 관점에 앞서 작가가 가져야 할 중요한 기질 세 가지가 있는데 그 첫째는 '인내'다. 마이클 샤본은 여덟 번째 소설 《텔레그래프 애비뉴》를 5년에 걸쳐 완성했는데 일주일에 5일 동안 매일 밤 10시부터 새벽 2~3시까지 글을 썼다. 도나 타트Donna Tartt는 《작은 친구The Little Friend》를 쓰는 데 10년이 걸렸다. 그는 "책 한 권이 일 년 만에 나오는 것보다 더 끔찍한 일은 없다."라고 말하기도 했다.

뉴욕과 라스베이거스, 암스테르담을 배경으로 하는 다음 작품 《골드핀치 The Goldfinch》에 사용된 초기 메모는 그녀가 20년 전인 1993년에 암스테르담에 머무르면서 쓴 것이었다. 그녀는 주인공 토비의 캐릭터가 뚜렷해지기까지 대단히 오랜 시간이 걸렸다고 설명했다. 그는 쓰기가 매우 어려운 캐릭터이기 때문이다. 하지만 타트는 《골드핀치》를 쓰기 시작한 지 3년째 되어 라스베이거스로 여행을 가서야 비로소 작품의 중요한 주제인 예술과 더러운 돈, 기회와 행운의 관계를 두드러지게 해주는 세 번째 배경을 발견할 수 있었다.

둘째는 '겸손'이다. 칼럼 매캔은 평단의 호평과 함께 내셔널 북 어워드를 수상한 《거대한 지구를 돌려라》에서 여러 목소리를 다루기가 어렵지 않았느냐는 질문에 이렇게 답했다.

"그것은 단지 일의 일부분이었고 편집 작업이 많이 필요했다. 유기적 흐름을 원했기에 힘들여 쓴 부분을 삭제하기도 했다. 이제는 내가 무언가를 모른다는 사실을 드러내는 데 불편함이 없다."

마지막은 바로 '존중'이다. 맥신 홍 킹스턴은 《차이나 맨China Men》의 집필을 시작했을 때 책에 나오는 육체 노동자들에 대한 공감이 부족할까 봐 그들이 사용하는 연장의 사용법을 직접 배웠다. 육체적으로 힘든 일을 할 때 몸이 어떤 느낌인지 알아야만 그들의 경험을 존중심을 담아 묘사할 수 있기 때문이었다.

05

배우는 법을
배우다

라디오 프로그램 〈디스 아메리칸 라이프〉의 제작자이자 진행자이며 각본을 담당하는 이라 글래스Ira Glass는 '이야기꾼' 이 되는 방법에 대해 말한 적이 있다. 그는 처음 일을 시작했을 때 사람들이 글을 쓰고 싶어 하는 이유는 스스로 안목이 뛰어나고 열렬한 독서가이며 좋은 글이 어떤 것인지 알기 때문이라는 사실을 알았더라면 좋았을 것이라고 말한다. 그러나 작가들이 수습 기간의 맨 처음 단계에서 쓰는 글은 별로 훌륭하지 못하다. 그들은 어떤 것이 좋은 작품인지 알기에 자신의 작품이 별로 훌륭하지 않다는 사실을 알고 실망한다.

글래스는 시작하는 작가들의 다수가 그 단계를 지나치지 못하고 포기하는 경우가 많은데 그러지 말아야 한다고 말한다. 처음에 시작할 때는 작품이 생각처럼 훌륭하지 못해도 오랫동안 계속 해나가야 한다는 사실 자체가 중요하다. 그것이 작가 수습 기간의 현실이다. 만족스러운 작품이 나오기까지는 인내가 필요하고 오랜 시간이 걸린다. 결국 작가로 성공하는 사람은 그 기간을 거친 사람이다.

글래스에 따르면 글쓰기 기술을 익히는 가장 중요한 방법은 직접 데드라인을 정해서 엄청나게 많은 양을 쓰는 것이다. 매주, 또는 매달 이야기 하나를 끝내야 한다. 좋은 이야기를 쓰려고 생각하지 말고 끝내려는 생각만 하는 것이다. 데드라인에 대해 생각하는 것은 느린 글쓰기 과정을 거스르는 것처럼 보인다. 하지만 스스로 데드라인을 선택하는 것이 과정을 서둘러야 한다는 뜻은 아니다. 작품을 끝내고 싶은 시기를 직접 결정하면 창작에 필요한 에너지가 제공될 수 있다.

작가들은 작가 인생을 출발하게 해준 첫 번째 출간작 이전에 쓴 성공하지 못한 작품들이 있는 경우가 많다. 일명 수습기간에 쓴 '실패작'이라고 할 수 있는데 그것들은 꼭 필요하다. 어떻게 작업해야 하는지, 어떤 것이 효과적이고 아닌지, 어떻게 실패하고 또 어떻게 성공하는지를 알려주기 때문이다.

《눈물의 케미스트리The Chemistry of Tears》의 작가 피터 캐리는 두 번째 소설을 출간하지 못했다. 그가 다시 읽어보니 출판사에서 마음에 들어 하지 않은 이유를 알 수 있었다. 그 자신도 마음에 들지 않았기 때문이다. 당시 그는 이미 개인의 삶에 대한 관료주의적 수사를 다룬 엄청 어렵고 독특한 다른 작품을 집필 중이었다. 그 작품을 끝낸 후 캐리는 전혀 애정을 느낄 수 없는 작품이었다고 말했다.

그는 새로운 소설을 쓸 때마다 커다란 희망을 갖고 시작했다. 하지만 소설을 끝냈을 때는 뭔가 실패작이라고 생각했다. 그러나 이런 경험은 결국 그에게 최고의 소설을 쓰는 방법을 가르쳐주었다. 캐리는 실패작임을 알고 있는 소설을 두 편이나 썼지만 포기하지 않았다. 그는 일주일에 이야기 하나를 쓰는 방식에 의존했다. 그때쯤 이르러 무언가 바뀌었고, 그는 자신이 마침내 작가가 되었다는 사실을 깨달았다. 그에게 도움을 준 것은 끊임없는 독서였다.

호르헤 루이스 보르헤스Jorge Luis Borges의 작품을 읽고 단 몇 페이지만에 세상을 재창조하는 일이 가능할 수 있다는 사실을 배웠다. 그는 장엄한 궁전을 짓는 대신 작은 헛간과 오두막 같은 이야기를 만들기로 했다. 그렇게 쓴 이야기들을 모아 출간했고, 또 다른 단편집을 썼다. 그 후에는 부르주아 남성에 관한 소설《블리스Bliss》를 집필했다. 모든 단편작이 결실을 맺었다.

실제로 작가는 작가가 되는 법을 스스로 배워야 한다. 그것은 두려운 동시에 신나는 일이다. 《내 젊은 날의 소년들The Boys of My Youth》의 작가 조 앤 비어드는 글쓰기는 새로운 일을 하는 것이라고 했다. 정식으로 글 쓰는 법을 배웠더라도 모든 작가가 무엇을 배워야 하는지 스스로를 통해 깨달아야 한다.

비어드의 초기 작품은 캐리의 경우와 마찬가지로 성공하지 못했다. 그녀가 쓴 첫 이야기는 세계 종말이 찾아온 이후 아이오와 시티를 배경으로 개를 안락사 시켜야 하는 내용으로 투탕카멘과 원시인 같은 캐릭터가 등장했다. 두 번째 이야기는 부유한 집안의 어린 소녀가 조부모에게 독약을 먹이는 이야기였다. 비어드는 수습 기간의 작품에 대해 이야기하면서 "당연한 이야기지만 오랫동안 책을 내지 못했다."라고 말한다.

그녀는 출판사에 거절당한 덕분에 길을 찾을 수 있었다고 이야기한다. 작가들은 아무도 자신을 도와줄 수 없으며 오로지 혼자 자신의 길, 즉 어두운 골짜기를 지나야 한다는 사실을 알아야 한다. 그녀는 성공작을 발표한 후에도 항상 새롭게 시작해야 한다고 말한다. 그녀가 시작하는 작가들에게 하는 조언은 문학과 끊임없는 글쓰기 연습에 푹 빠지라는 것이다.

매일 연습하라. 작가는 자신이 오랫동안 실패하리라는 사실을 알아야 한다. 인내심을 가지고 관련 분야의 독서를 통해 선구자들은 물론 동시대에 활약하는 이들에 대해 살펴봐야 한다. 그래야 외부와 단절되지 않을 수 있다. 가장 좋은 '보기'를 찾아 배움을 얻어라. 다른 분야의 사람들은 어떻게 창조하는지 알아보고 자신의 일과 과정에 적용할 수 있는 가르침을 얻는 것을 습관화하라. 책이 만들어지는 방법을 알고 출판 및 자가 출판에 대해서도 알아보자. 글쓰기를 잘하기까지 오랜 시간이 걸린다는 사실과 책 한 권이 쓰이고 출판되기까지 한참 걸린다는 사실을 알고 헛된 기대를 가지지 않도록 한다. 여건이 된다면 좋은 스승을 찾아보고 평가에 귀 기울여보는 것도 좋지만 꼭 필요한 것은 아니다. 성공한 작가의 다수가 정식으로 작문 교육을 받지 않았다. 작가, 또는 작가지망생 커뮤니티에 가입해 그들과 소통하는 것도 좋은 방법이다. 마지막으로 이라 글래스의 말을 기억하기를 바란다.

'너무 일찍 포기하지 마라.'

06

노동과 관리

내가 작가로서 가장 힘들어하는 일 중 하나는 내 일을 '감독'하는 것이다. 언제 글을 써야 할지, 또는 쓰지 말아야 할지 매일 무엇을 해야 하는지 목표를 세우거나 방향을 바꾸거나 하는 일들 말이다. 작가들은 일하는 동시에 자신의 일을 감독하기도 한다. 언제 일을 하고, 쉬어야 하고, 어떤 내용을 쓰고, 언제 수정을 하고, 언제 일이 완료되고, 또 언제 추가 수정을 해야 하는지 결정해야 한다. 물론 라이팅 파트너나 라이팅 그룹, 에이전트, 편집자의 조언을 중요하게 여기지만 언제 시작하고 중단하고 완전히 끝내고 다음으로 넘어가라고 말하는 사람은 없다.

한때 나는 내 일을 감독—관리—하는 것보다 글쓰기 자체—노동—에 더 많은 관심을 기울였다. 글을 쓰는 것은 언제나 할 수 있었다. 하지만 계획 없이 충동적으로 너무 조금, 혹은 너무 많이 일했다. 따라서 하루를 보내도 전혀 보람을 느낄 수 없었다. 항상 '일'만 하고 있을 뿐 '목표'가 없었기 때문이다. 따로 시간을 내어 계획을 세우거나 하루 일과를 정하거나 일을 평가하지 않았다. 언제 쉬어야 할지, 아니 쉬기는 해야 하는지조차 몰랐다. 물론 책을 완성하기는 했다. 하지만 글을 쓸 때는 늪에 빠져 이도저도 하지 못하는 기분을 느꼈다. 점점 견딜 수 없을 정도가 되어 한동안 글쓰기를 그만둘까 고민하기도 했다.

나는 노동이나 관리에 탁월한 작가들을 많이 발견했다. 글만 쓰는 작가들도 있었다. 그들은 수천 페이지를 쓰지만 다시 읽거나 수정하거나 구성을 짜거나 책으로 만들 계획은 세우지도 않았다. 작가가 단지 글을 쓰는 사람이라고 착각하는 것이다. 반대로 관리만 하는 작가들도 있다. 그들은 쉬지 않고 새로운 작품을 구상하고 끝없이 작업 공간을 재구성하며 새로운 워드 프로세스 프로그램을 익히고 전혀 전진 없이 몇 페이지를 쓰고 또 고쳐 쓰고 한다. 그들은 작가란 자신의 일을 구성하고 판단하는 것이라고 착각하고 있다. 전자의 경우는 '노동' 역할만 하고 두 번째는 '관리' 역할만 하고 있다. 글을 쓰는 동시에 글 쓰는 삶을 관리하기까지 하려면 용기와 자기검토가 필요하다. 부족한 기술을 스스로 배우는 자기훈련도 요구된다.

나는 노동과 관리 모두 효율적으로 하는 방법을 존 스타인벡의 《소설 일기Journal of a Novel》, 《문자들Letters》, 《노동의 나날Working Days》을 읽고 배웠다. 각 소설과 함께 일기를 읽음으로써 전문 작가로서 어떻게 해야 하는지 배울 수 있었다.

스타인벡은 《에덴의 동쪽》을 집필하는 동안 기록한 일기의 1951년 4월 9일자에서 연필로 작성한 초고에 연필 자국이 지저분하게 번지지 않게 하는 방법과 빨래하기에 가장 좋은 시간에 대해 적었다. 또한 매주 작업 계획을 세우고, 글을 더 많이 쓰기로 했으며, 자신의 체력을 평가하고, 작업에 방해를 받을까봐 두려운 마음에 대해서도 이야기했다.

그날 일기의 끝 부분에서는 하루의 작업에 대한 계획을 세웠다. 캐시가 등장하는 장면을 다시 쓸 것이며 가능한 여유롭게 작업하기로 다짐하고 악이라는 주제를 전개시키기로 다시 한 번 결심한다. 하루 작업이 끝난 후에는 그날 쓴 글의 내용을 요약하고 다음 날의 작업을 계획했다. 이처럼 스타인벡은 글쓰기 노동을 시작하기 전에 의도적으로 일을 관리했다. 그는 하루 계획을 세우고, 새로운 장면을 스케치하고, 자신의 감정을 다루고, 진행 상태를 요약하고 평가하며 앞으로의 진행 방향에 대해 생각했다. 매일 이 과정을 실시했다.

나는 스타인벡을 따라 매일 아침에 시간을 내서 글쓰기 작업을 관리하기 시작했다. 곧바로 작업은 물론 삶의 만족감도 커졌다. 글을 언제 쓸지, 언제 쓰지 않을지 알고 있게 되었다. 뭘 해야 하는지 한 번에 한 걸음씩 천천히 생각했다. 쓴 글에 대해 곰곰이 돌아보면서 내 습관과 목표에 관한 결정을 내리는 한편, 다음에 무엇을 하고 수정은 어떻게 하고 구조를 어떻게 세우고 어떻게 끝낼지 등 작가가 집필 중인 작품에 대해 내려야 하는 선택들도 했다. 그러자 훨씬 분명하고 초점이 정확해진 상태로 일할 수 있게 되었다. 또한 작업 시간의 경계를 세워 놓았으므로 책상에 앉아 있지 않은 시간도 즐길 수 있었다. 현재 진행 상태와 앞으로 나아갈 방향을 모두 알고 있었다.

하루를 시작하면서 나의 '관리자'는 언제, 얼마나 오래 글을 쓰고 또 어떤 작업을 할 것인지 결정한다. 그리고 나의 '노동자'는 글을 쓴다. 하루가 끝나면 '관리자'가 다시 돌아와 결과가 아니라 과정을 평가하고 다음 날 할 일을 결정한다.

나는 스타인벡과 마찬가지로 과정 일기로 작품에 관련된 나의 감정을 기록한다. 또한 진행 중인 작업에 관한 질문 목록도 만든다. 스타인벡이 떠올렸던 질문과 앤서니 라빈스Anthony Robbins의 《네 안에 잠든 거인을 깨워라》에 나온 질문을 토대로 적는다. 글이나 과정에서 만족스러운 것은 무엇인가? 흥분되는 것은 무엇인가? 자랑스럽거나 감사한 것은? 가장 즐거운 것은? 가장 헌신하고 있는 것은? 일에 대해 좋은 것은? 내 작품이 사람들에게 무엇을 줄 수 있을까? 나는 무엇을 배웠는가? 작품이나 작가의 삶의 질을 더하기 위해 내가 한 것은 무엇인가? 지금까지 무엇을 이루었는가? 앞으로 무엇을 고대하고 있는가?

한 번에 하나씩 질문하고 매일 몇 분 동안 답을 적으면 글 쓰는 삶과 집필 중인 작품에 대한 통찰이 생긴다. 내 경우, 기분을 전환해주는 확실한 효과가 있다. 내가 글쓰기 작업을 좋아한다는 사실을 깨닫도록 해줄 뿐만 아니라 좀 더 일을 통제하고 있다는 느낌이 들게 한다. 글쓰기 작업이 글을 쓰고 감독까지 해야 하기 때문에 어려운 일이라는 사실을 의식하면 그때부터 좀 더 생산적이 된다. 두 가지 모두에 주의를 기울이고 한쪽을 소홀히 하는 일이 없다. 글쓰기의 양면인 '관리'와 '노동'에 둘 다 집중할 때 최고의 글쓰기가 가능해진다.

07

장기 계획
세우기

수습 기간에는 시간의 흐름에 따라 장기 계획을 세우면 도움이 된다. 내가 아는 가장 고무적인 장기 계획은 헨리 밀러가 단 한 권의 소설도 출판하기 전인 1927년에 작가가 되는 법을 배우던 때 고안한 것이다. 그는 자신이 일하던 퀸즈 공원 관리부서 사무실에 놓인 타자기 앞에 앉아 다음에 쓰고 싶은 작품에 대한 상세한 계획을 적었다. 두 번째 아내 준에 대한 소설로써 결혼생활이 모두 끝나버린 시점에서 시작하는 것이었다. 그는 18시간 동안 그 자신의 일대 작품이 된 소설의 개요를 적었다.

준을 처음 만난 날의 이야기에서 시작해 그녀가 애인 장과 프랑스로 떠난 날로 끝냈다. 첫 아내와의 이별, 준과 사탕을 팔며 생계를 꾸리려고 했던 것, 웨스턴 유니언에서의 우울한 업무, 준의 불륜을 다루는 각 챕터의 개요를 만들었다. '사건과 위기' 목록도 만들었다. 활용 가능한 원고 및 편지의 목록도 적었다. 계획서 작성이 끝났을 때는 빼곡하게 타이핑된 '준'이라고 이름 붙인 32페이지가 만들어졌다.

실제로 밀러는 평생 동안 집필한 자전적 소설의 계획서를 전부 만들었다. 《북회귀선》, 《남회귀선Tropic of Capricorn》, 《섹서스Sexus》, 《플렉서스Plexus》, 《넥서스Nexus》 모두 그 짧은 기간 동안 구상되고 계획되었다. 밀러는 준에 관한 마지막 소설 《넥서스》를 완성하고 1927년에서 1959년까지의 계획이 담긴 문서를 언급했다. 밀러는 작가 생활 초기에 장기 계획을 세울 가치가 있음을 가르쳐준다.

나는 버지니아 울프의 일기를 읽고 그녀가 매해 초마다 앞으로 몇 달간 작업하고 싶은 것에 대해 생각했다는 사실을 알아차렸다. 그러한 계획은 그녀의 글쓰기 프로그램이 되었고 계속 수정이 이루어졌다. 한 예로 《파도》 작업에 한창이던 1932년 1월 13일에는 자신이 곧 50세가 된다는 사실을 떠올리면서 앞으로 20년 동안 활발하게 작품 활동을 할 수 있기를 바랐다. 또한 죽기 전에 쓰고 싶은 책들에 관해 생각했다.

나는 초기에는 멀리까지 생각하지 않고 그냥 하루하루 글을 썼다. 자주 좌절감을 느꼈는데 장기적인 계획 없이 무작위로 프로젝트를 시작한 탓이었다. 자세히 계획을 세우는 작가와의 대화를 통해, 그리고 밀러와 울프 같은 대작가들도 그렇게 했다는 사실을 알게 된 후 똑같이 하고 싶은 충동이 들었다.

브라이언 P. 모런Brian P. Moran과 마이클 레닝턴Michael Lennington이 《12주 실천 프로그램》에서 제안한 '주간 계획 세우기'는 중요한 일에 대한 명확함과 매일 필요한 일을 해야 한다는 것을 느끼는 데 도움이 된다. 헨리 밀러 같은 수습 작가이건 버지니아 울프처럼 오랫동안 글을 쓴 작가이건 꾸준히 계획서를 만들고 수정하면 다음에 책상에 앉았을 때 무엇을 쓸지 결정하는 데 큰 도움이 된다. 계획서는 자신에게 책임을 지우고 확실하지 않은 것을 가능하게 만든다. 헨리 밀러가 준에 대한 여러 소설을 썼고 버지니아 울프가 남은 생애 동안 다수의 작품을 썼으며 내가 글쓰기에 관한 책의 수정 작업을 끝마친 것처럼 말이다.

08

묵묵히,
그리고 치열하게

언젠가 작가 친구와 저녁 식사를 했다. 오랫동안 알아온 그녀는 열심히 사는 여성이었다. 또다시 출판사와 계약을 할 수 있을지 알 수 없던 때도 있었고, 출판사에서 책 세 권을 당장 써내라고 한 적도 있었다. 내가 알아온 시간 내내 그녀는 글을 써왔다. 마지막으로 출판한 책이 마침내 인정받기에 이르렀고, 몇 달 동안 베스트셀러에 올랐다. 그동안 많은 기복이 있었지만 그녀는 해야 할 일들을 해왔다. 제대로 된 기회가 올 때까지, 혹은 건강 문제가 나아질 때까지 마냥 손 놓고 있지 않았다. 그녀는 자신의 예술을 존중했고 매일 글을 썼다.

우리는 둘 다 아는 사람에 대한 이야기를 나눴다. 유명 작가가 되고 싶지만 목표를 이루고 있지 못하는 여성이었다. 그녀는 책상에 앉아 있지 못하고 다시 작업을 시작할 수 없는 온갖 핑계거리를 어떻게 해서든 찾아냈다. 출간한 책이 관심을 받지 못한다고, 출판 시장이 예전 같지 않다고, 편집자들이 더 이상 쓸모가 없다는 이유로 글을 쓰지 않으려고 했다. 자리를 지키고 있지 않으니 써지는 글도 없었다. 써지는 글이 없으니 경력도 정체 상태다. 그런데도 그녀는 작가로서 큰 성취를 해내지 못한 것에 대해 오로지 '자신'만 빼고 모든 것을 탓한다.

나는 성공한 작가 친구처럼 글쓰기를 신격화하지 않고 무슨 일이 있어도 매일 해야만 하는 일로 여긴다. 작가 지망생들은 영감이 없어서, 뭘 써야 할지 몰라서, 몸 상태가 안 좋아서, 작품이 인정받지 못해서 등 여러 가지 이유로 글에서 손을 놓는다. 하지만 《속죄》의 작가 이언 매큐언은 글쓰기를 직업으로 생각하고 접근한다. 매일 아침 9시 30분이면 이미 출근한 상태다. 48년 동안 단 하루도 일을 쉬지 않았던 그의 아버지로부터 배운 직업윤리다.

내 책장에는 작가가 되고 싶으면 무슨 일이 있어도 글을 써야 한다는 사실을 상기해주는 책이 두 권 꽂혀 있다. 첫 번째는 나왈 엘 사다위Nawal El Saadawi의 《여자 교도소에서 쓴 회고록Memoirs from the Women's Prison》이다. 엘 사다위는 이집트의 대표적인 페미니스트이자 의사, 작가로 무엇보다 여성 할례 반대 운동으로 잘 알려져 있는 인물이다. 그녀는 평생 이집트 여성 인권 향상에 앞장섰고 1981년에는 국가 반역죄로 구속되어

안와르 사다트Anwar Sadat 대통령이 암살된 후에 풀려났다.

엘 사다위는 그 책의 미국판에 수록된 작가의 말에서 자신이 수감된 여성 정치 사범을 투옥하는 여자 교도소의 환경을 생생하게 묘사하는 글을 처음 쓰기 시작한 일에 대해 이야기했다. 처음에 그녀는 펜과 종이조차 사용할 수 없어 한쪽 벽에 몸을 기댄 채 바닥에 앉아서 기억 속에 글을 썼다. 밤이 되면 그 기억을 다시 읽어보면서 글을 검토하고 종이에 펜을 놀리듯 부분을 더하고 지우고 했다.

하지만 엘 사다위는 자신이 쓰고 있는 모든 것을 기억할 수가 없었으므로 옆방의 매춘부를 통해 뭉툭한 검정색 아이브로우 펜슬과 낡고 해진 화장지를 구해 글을 썼다. 그녀는 석방될 때까지 기다렸다가 글을 써야겠다고 생각하지 않았다. 수많은 여성과 아이들로 꽉 들어차고 여자들이 공간과 먹을 것, 물을 가지고 싸우는 그야말로 생지옥인 교도소 생활을 사실적으로 담고 싶어서 어려운 조건에서도 글을 썼다.

자신이 관찰한 것을 꼭 쓰고 싶었다. 자신이 아니면 누구도 그런 글을 쓰지 않을 것임을 알았기 때문이다. 글을 쓴다는 사실이 발각되면 엄청난 처벌이 따를 것이라는 것도 알았다. 하지만 그녀는 글을 쓰는 환경이 너무 힘들거나 위험하다고 절대로 불평하지 않았다. 그렇게 끔찍한 환경에서도 그녀는 글을 썼고, 글을 쓴다는 행위 자체를 교도소 철창 안에 가둬놓은 불공평하고 억압적인 지배 계층의 압도적이고 독단적인 힘에 대한 승리로 여겼다.

나는 엘 사다위가 바르셀로나에서 남편에게 전화를 걸었을 때 그녀와 함께 있었다. 그녀는 너무 위험해 고국 이집트로 돌아갈 수 없다는 사실을 알게 되었다. 그래도 그녀는 자신이 할 일을 멈추지 않을 것이라며, 글쓰기를 중단하지 않을 것이라고 나에게 말했다.

내가 영감을 위해 가까이 두는 또 다른 책은 E. B. 슬레지E. B. Sledge의 《올드 브리드: 펠렐리우와 오키나와에서With the Old Breed at Peleliu and Oki-nawa》다. 제2차 세계대전의 대표적인 전투를 직접 겪은 젊은 해병대원의 이야기다.

군인들은 복무 중 전쟁에 관한 글을 쓰지 못하도록 되어 있었지만 슬레지는 군법 회의에 회부될 위험을 무릅쓰고 자신의 경험을 글로 적었고 신약 성경책에 숨겼다. 해병대 제1사단 제3연대 5대대 소속이었던 슬레지는 제2차 세계대전의 가장 끔찍한 전투에 참여했고 전쟁의 실상을 직접 목격했다. 그의 이야기는 20세기 전투에 관한 가장 중요한 책 중 한 권으로 불렸다. 해병대원이 처벌받을 수도 있다는 사실을 알면서 목숨을 잃을 뻔한 전투에 관한 글을 쓰는 심정이 어땠을지 상상해보라.

슬레지는 전쟁에서 쓴 메모를 보관했지만 전쟁이 끝난 후 곧바로 책을 쓰기 시작하지는 않았다. 제대 후 많은 군인이 그렇듯이 슬레지는 민간 생활에 적응하는 데 어려움을 겪었다. 그는 극심한 외상 후 스트레스 장애의 피해자였다. 당시는 그 증상에 대한 이해와 인식이 널리 퍼지기 전이었다. 전쟁이 끝난 후 전투에 심각한 영향을 받았다는 사실을 인정하는 것은 남자답지 못한 일로 여겨지던 시절이었다. 그의 아내는 남편이 전쟁 경험을 직접 글로 쓰면 회복에 도움이 될까 싶었다. 그녀는 그것이 사람들에게 꼭 알려야 하는 소중한 이야기라면서 남편에게 글을 쓰라고 격려해주었다.

비록 끔찍한 경험을 다시 떠올려야만 했지만 슬레지는 자신의 경험을 글로 쓰는 것이 도움이 된다는 사실을 깨달았다. 임의적인 메모를 일관성 있는 이야기로 풀어내는 경험을 통해 전쟁을 이해할 수 있었다. 그는 모든 일을 다시 겪지 않고도 이야기할 수 있다는 사실을 깨달았다. 그렇게 한 세대가 전쟁에서 겪은 일을 알려주는 《올드 브리드》가 탄생했다.

글쓰기라는 행위가 너무 쉽게 접근 가능하다는 생각이 들 때도 있다. 우리는 자기표현의 자유를 너무도 당연하게 받아들인다. 엘 사다위 같은 작가들이 글을 썼다는 이유로 박해받았고 계속 박해받고 있지만 여전히 글을 쓰고 있다는 사실을 잊어버린다. 선조들이 지금의 글이 있기까지 투쟁한 사실도 잊어버린다. 우리는 아무리 어려운 환경 속에서도 글을 쓸 시간과 열정을 찾고야 말았던 사람들이 있다는 사실을 꼭 기억해야만 한다.

09

재활 훈련과
글쓰기

스티븐 킹Stephen King은 1999년에 거의 목숨을 잃을 뻔한 교통사고를 당한 후 받았던 물리 치료에 대해 이야기하면서 PT가 '고통과 고문Pain & Torture'의 줄임말인 것 같다고 했다. 그는 재활 과정과 사고 전에 쓰기 시작한 비소설 《유혹하는 글쓰기》의 집필을 다시 시작하는 과정을 설명하며 회복 기간에 마주한 도전과, 한동안 글을 쓰지 못한 작가가 마주한 도전을 연결시켰다. 물론 두 상황이 동일한 조건인 것은 아니었다. 하지만 몸의 회복 과정과 마찬가지로 다시 능숙하게 글을 쓰게 되는 과정도 느리고, 오래 걸렸으며, 어려웠다.

킹은 사고를 당하기 직전에 《유혹하는 글쓰기》의 작업을 다시 하기로 결심했다. 그 원고는 골칫거리였다. 글쓰기를 어떻게 시작했는지에 대한 설명은 끝냈지만 글쓰기에 관한 질문에 답하는 중요한 부분은 아직 시작도 하지 않은 상태였다. 그는 어떻게 계속할지, 아니 시작은 해야 할지조차 확신할 수 없었다. 1997년 말에 그 책을 집필하기 시작했고 1998년 초에 중단했는데 18개월이 지나도록 절반밖에 완성되어 있지 않았다. 소설 집필은 여전히 즐거웠지만 비소설은 한 글자, 한 글자마다 고문이었다. 그는 좀 더 느긋하게 그 원고의 집필을 다시 시작하고자 답하고 싶은 질문과 다루고 싶은 핵심을 전부 모았다.

킹은 다시 시작한 원고를 몇 페이지 썼다. 그러다 교통사고가 났다. 그는 재활 훈련을 하면서 "다시 글을 쓰고 싶지 않았다."라고 말했다. 책상에 오랫동안 앉아 있는 것이 상상 이상으로 고통스러운 데다 그 책은 더욱 힘겹게 다가왔다. 그는 다시 글쓰기의 흐름으로 돌아가는 일이 쉽지 않으며 인내심을 가져야 한다는 사실을 깨달았다. 첫 번째로 든 충동은 글을 쓰지 않는 것이었다. 하지만 예전에 힘들 때 글을 쓰면서 힘을 얻었던 것처럼 이번에도 그럴지 모른다는 생각이 들었다.

언젠가 몇 년 동안 글을 쓰지 않은 작가와 이야기를 나눈 적이 있다. 그녀는 다시 소설을 쓰기로 했다면서 "예전에도 쓴 적 있으니까 그리 어렵지 않을 거야."라고 말했다. 그녀는 글쓰기를 멈추면 다시 시작하기가 어렵다는 사실을 모르는 듯했다. 글쓰기는 여타의 예술이나 기술과 똑같다. 지속적인 연습이 필요하며 새로운 시작에는 인내가 필요하다.

다시 글쓰기에 익숙해지려면 오래 걸리므로 매일, 혹은 적어도 일주일에 5일은 계속 글을 쓰면서 감을 유지해야 한다. 노트에 메모를 하거나 읽고 있는 책의 감상평을 써도 된다. 일상에 대한 기록과 성찰을 담을 수도 있다. 쓰고 싶은 책에 대한 상상도 좋다.

글쓰기의 회복 과정에는 차질이 생길 수도 있고 그 과정에서 화가 나거나 낙심하거나 분노할 수도 있다. 생각과 달리 전진은 결코 선형이 아니다. 오랫동안 쉬었던 글쓰기를 다시 시작하면 매일 전진이 나타나야 한다고 생각할 것이다. 하지만 그렇지 않다. 물론 한동안은 전진이 나타난다. 그 후에는 퇴보한다. 그리고 또다시 전진한다. 스티븐 킹이 교통사고 후 그러했듯 아무리 힘들고 전진이 없어도 견디는 것이 중요하다.

스티븐 킹은 처음 다시 글을 쓰기 시작한 날 1시간 40분 동안 작업했다. 끝났을 때는 극심한 통증이 느껴졌다. 그에 말에 따르면, 땀이 줄줄 흐르고 똑바로 앉으려고 하는 것만으로 녹초가 되었다. 50권의 소설과 200편의 단편을 발표한 베테랑 작가였지만 첫 500자를 쓰기가 마치 그 전에 한 번도 글을 써본 적 없는 것처럼 무서웠다. 그 날의 작업은 전혀 고무적이지 않았고 예전의 감도 그를 저버린 것만 같았다. 하지만 단호한 결의로 계속 버텼다.

스티븐 킹에게도 어려웠다면 우리에게는 당연히 어려울 것이다. 하지만 스티븐 킹의 말처럼 가장 두려운 순간은 언제나 시작하기 직전이다. 그 후에는 더 나아지기만 한다. 그는 어떤 날은 글쓰기가 매우 암울

한 난관이고 또 어떤 날은 작업에 다시 익숙해져서 올바른 단어를 찾아 정렬하는 기분을 느낄 수 있었다. 스티븐 킹에게 글쓰기는 독자의 삶을 풍요롭게 해주는 일일 뿐만 아니라 자신의 삶 역시 풍요롭게 해주었다. 그의 말대로 글쓰기의 목적은 살아남고, 이겨내고, 일어서는 것이다. 행복해지는 것이다.

10

작가의 노트

앞서 과정 일기의 장점에 대해 이야기했다. 하지만 작가에게 중요한 다른 유형의 일기가 또 있다. 소설가 존 디디온Joan Didion은 그것을 '노트'라고 부른다. 디디온은 자신이 관찰한 것들, 새로 알게 된 사실들, 요리 레시피 등을 노트에 적는다. 일할 때 꼭 이 노트를 참고하는 것은 아니다. 하지만 그녀는 작가로서 경험을 기억하는 것이 중요하고, 기억은 오로지 글로 된 기록으로만 가능하다고 생각한다.

그녀는 에세이 《노트 기록에 대하여On Keeping a Notebook》에서 노트에 대해 좀 더 자세히 설명한다. 그것은 정확한 사실적 기록이 아니다. 어떤 사건에 대한 기억은 개인마다 크게 다를 수 있기 때문이다. 또 그녀의 노트는 일상의 사건에 관한 충실한 기록이 아니다. 그런 것이라면 지루해질 수밖에 없고 별다른 의미를 전달하지 못하기 때문이다. 그리고 어떤 사건의 잊고 있었던 이야기를 노트에서 찾아 작품에 활용하겠다는 생각도 하지 말아야 한다.

디디온은 노트의 가치는 특정한 순간에 '내가 느끼는 감정의 기록'이라는 데 있다고 말한다. 그것이 노트에 담긴 진실이다. 타인에 대한 인상을 알아보는 데 사용할 수도 있지만 '나라는 사람이 어땠는지를 기억하는 것'이 언제나 노트의 핵심이다. 노트를 읽으면 과거의 나와 이어진다. 과거의 내가 어떤 느낌인지에 대한 기록은 회고록을 쓰거나 허구 캐릭터를 만들거나 시를 쓸 때도 무척 유용하다.

나 역시 그런 노트를 기록한다. 특히 힘들었던 시기의 기록이 있다. 어머니가 정신 병동에 갇히고 여동생이 자살했던 몇 달 간이었다. 《시스터 투 시스터Sister to Sister》라는 책을 엮은 패트리샤 포스터Patricia Foster가 그 책에 들어갈 에세이를 한 편 써달라고 부탁했다. '여동생의 자살'이라는 제목의 에세이를 제안하자 그녀도 수락했다.

이미 10년이나 지난 일이지만 그 일에 대해 쓰기란 쉽지 않을 터였다. 나는 초고에서 여동생이 그립고, 함께한 과거를 이야기할 사람이 없어 힘들다고 이야기했으며 여동생이 자살한 이유를 추측했다. 그런 글에는 수정 작업이 많이 필요하기 마련이다. 사건에 담긴 심오한 의미를 파고드는 데 시간이 걸리기 때문이다. 그 시간을 견뎌야 한다는 것을 알고 있었다. 하지만 동생의 죽음에 대한 진부하고 의미 없는 설명에서 벗어나는 방법은 알 수가 없었다.

처음에는 노트를 참고하지 않고 쓰기 시작했다. 내 기억에 관한 글이 되기를 바랐기 때문이다. 그러던 어느 날 무미건조한 글을 계속 읽기가 진력이 났다. 노트를 펼쳐 당시 내가 느낀 기분을 읽고 여동생의 죽음에 대한 내 반응을 진실하게 표현하려고 했다. 아니나 다를까, 노트에는 내가 전혀 기억하지 못하는 감정이 묘사되어 있었다. 내가 정말로 느낀 감정이라는 사실을 인정하기가 힘들었다. 하지만 진정성 있는 글을 쓰려면 반드시 들어가야 할 감정이었다.

노트에는 이렇게 적혀 있었다.

"질ᴊⁱˡˡ이 1월말에 자살했다. 드디어 탈출한 기분이다…… 물론 슬프기도 하다. 하지만 …… 희열에 가까운 자유를 느낀다. 더 이상 질을 책임지지 않아도 되기에. 내가 기억하는 한, 너무도 어렸을 때부터 오랫동안 책임져 왔기에."

그밖에도 몇몇 메모는 내 기억이 지워버린 감정을 담고 있었다. 하지만 내 경험에 대해 사실적으로 쓸 수 있도록 해주는 감정이었다. 부모님은 내가 어렸을 때부터 동생을 책임지게 하셨다. 어머니의 정신병 때문이었다. 노트 기록이 없었다면 사랑하는 여동생을 잃은 경험에 대한 그렇고 그런 글이 나왔을 것이다. 하지만 노트가 당시의 나를 기억하게 해주었다. 노트에는 작은 몸으로 너무 많은 짐을 지고 다니는 소라게가 된 것 같다는 당시의 심경도 적혀 있었다.

나는 학생들에게 디디온처럼 노트를 기록하라고 말한다. 무엇이든 기록해도 된다. 그 작은 행동이 글쓰기를 진지하게 받아들이게 해주고 경험을 글로 기록해 놓으면 글을 쓸 때뿐만 아니라 나중에도 유용하다. 이미 노트를 기록하는 사람이라면 디디온처럼 종종 다시 읽으면서 과거의 내가 누구였는지를 기억해보라고 조언한다.

디디온은 누구나 시간이 지나면서 변하고 자신이 예전에 어떤 사람이었는지를 잊게 된다고 말한다. 그녀는 이렇게 덧붙인다.

"나는 이미 몇몇 '예전의 나'와 연결이 끊어졌다."

노트 기록이 없으면 과거의 나를 잃어버린다. 과거의 나와 계속 이어지는 일은 매우 유용하다. 처음 글을 쓰기 시작했을 때의 나는 누구였는가? 처음으로 장편을 완성했을 때의 나는 누구였는가? 새로운 곳으로 이사했을 때 기분이 어땠는가? 사랑에 빠졌거나 사랑을 끝냈을 때는? 사랑했던 사람에게 배신당했을 때는? 사랑했던 사람이 세상을 떠났을 때는? 이 모든 일을 우리는 기억한다고 생각하지만 불가능한 일이다. 이 모든 것을 노트가 담아줄 수 있다.

디디온은 말한다.

"우리는 절대 잊을 수 없다고 생각한 것들을 너무 빨리 잊는다."

내가 여동생의 자살에 관한 글을 썼을 때처럼 작가의 노트에는 언젠가 장면과 해석, 설명과 묘사에 활용할 수 있는 보물이 묻혀 있다. "노트에 하는 글쓰기는 시간 낭비 아닌가요?"라고 묻는 사람도 있다. 빠른 속도로 '진짜' 글을 써야 하는데 말이다. 노트 기록에 쏟는 시간의 투자 수익을 분석하기라도 하는 것 같다. 그 어떤 글쓰기도 시간 낭비가 될 수 없다. 작가가 쓰는 단어 하나가 전부 유용할 수 있다. 누군가 읽을 것이라고 의식해 논란이 될 만한 부분은 생략한다면 이미 자신의 글을 구속하는 일이다.

실제로 노트에는 솔직하게 기록하지만 원고는 평범하고 안전하게만 쓰는 작가가 있었다. 나는 그녀에게 노트를 작품의 토대로 삼고 컴퓨터로 쓴 초고는 버리라고 제안했다. 과거의 사건이 아니라 그 사건이 일어났을 때 내가 누구였는지 알기 위해 노트를 참고하면 진정성이 담긴 글을 쓸 수 있다.

11

주변의
격려와 지원

글쓰는 이에게 주변의 격려와 지원은 집필 활동에 큰 도움이 된다. 《열정과 기질》의 하워드 가드너는 자기 분야에서 성공한 사람들을 연구한 결과, 그들이 중요한 지원 체계를 갖추고 있다고 말한다. 여기에는 애정이 담긴 지원과 돌파구의 본질을 이해할 수 있는 사람으로부터의 인지적 지원 둘 다 포함된다. 대부분 작가라고 하면 혼자 고독하게 일하는 사람으로 여기는데 생각보다 많은 이들의 지원과 도움이 필요한 일이다.

부커상을 두 차례나 수상한 작가 피터 캐리는 원래 동물학자가 되고 싶었지만 대학교 시험에 낙제하고 취직을 해야만 했다. 그는 광고 문구를 쓰는 일자리를 구했다. 동료 중 한 명인 베리 오클리Barry Oakley는 영어

교사 출신이었다. 캐리는 오클리를 비롯한 동료들이 매일 글을 쓴다는 사실을 알게 되었다. 그 광고 회사는 캐리의 소중한 첫 번째 작가 공동체가 되었다. 글을 쓰고 책에 대해 이야기를 나누고 서로의 작업을 지지해주는 사람들이 있는 공동체를 우연히 만난 것이다.

소설을 쓰기가 얼마나 힘든지 몰랐던 캐리는 저들이 할 수 있다면 나도 할 수 있다는 생각으로 밤과 주말을 가리지 않고 글을 쓰기 시작했다. 얼마 지나지 않아 첫 번째 소설의 일부가 문집에 실려 출간되었다. 오클리를 비롯한 동료들의 격려와 지원이 없었다면 그의 빛나는 작가 경력은 시작되지도 못했을 것이다.

이처럼 문학의 역사를 살펴보면 엄청난 성공을 거둔 작가들이 창조적인 인재들이 모인 집단의 구성원인 경우가 많다. 각자 자기 분야에서 자리 잡아가면서 서로의 성공을 응원해주는 집단이다. 그런 구성원들의 작품은 고립되어 혼자 일하는 경우보다 더 많은 관심을 받는다.

그렇다면 처음 작가의 길에 발을 들여놓은 사람이 애정과 인지적 지원을 어디에서 찾아야 할까? 캐리처럼 우연히 만나게 되는 경우도 있다. 하지만 적극적으로 찾아나서야 할 때가 많다. 값진 관계로 가꿔나가려면 시간과 노력도 필요하다. 첫 단계는 격려와 지원이 필요하다는 사실을 '아는' 것이다. 두 번째는 이미 존재하는 공동체에 합류할지 본인이 새로 만들지 '결정' 해야 한다. 그리고 지원과 방해를 구분하는 법을 배워야 한다. 후자라면 적극적으로 피해야 한다.

가장 가까이 있는 사람들에게는 꼭 지원을 요청해야 한다. 글쓰기에 진지하게 도전해보고 싶다고 말하고, 목표 달성을 위한 계획도 밝히고, 응원해줄 수 있는지 묻는다. 그 다음에는 자신이 하고 싶은 일을 이해해 주고 만남이나 지속적인 대화를 통해 격려해줄 다른 작가, 또는 작가들 집단을 찾아야 한다.

버지니아 울프와 비타 색크빌 웨스트의 애정 어린 우정은 두 사람 모두의 작품을 풍요롭게 해주었다. 울프는 비타 색크빌 웨스트가 처음으로 사귄 작가 친구였다. 울프는 비타 색크빌 웨스트가 최대한 능력을 발휘할 수 있도록 도와주었다. 두 사람은 책에 대한 토론을 했고, 비타 색크빌 웨스트는 울프의 도움으로 문체 개선에 필요한 알찬 독서 목록을 만들었다.

비타 색크빌 웨스트는 울프를 만난 후 《에드워드 7세 시대의 사람들 The Edwardians》,《모든 열정이 소진되다All Passion Spent》,《가족사Family History》등 자신의 생애에서 가장 훌륭한 작품을 썼다. 하워드 가드너의 주장처럼 작가들은 자신이 하고 싶고 아직 이루지 못한 일을 이해해주는 지원자들이 필요하다.

한편 울프는 비타 색크빌 웨스트로부터 자신의 폭넓은 성취가 성격적 결함이 아닌 강점 때문이라는 사실을 인정하는 법을 배웠다. 비타 색크빌 웨스트는 울프가 자신의 가치를 알아야 한다고 주장했다. 울프는 지금보다 더 많은 돈을 벌 수 있다는 사실을 알게 되었고 집안 가구, 그림, 실내 화장실, 새 옷, 결국은 자동차까지 자신의 쾌락을 위해 돈을 쓰기 시작했다. 울프는 비타 색크빌 웨스트로부터 작품에 대한 집착을 버리고 휴식과 여행, 외출 등에 시간을 할애해 작품 세계를 풍요롭게 만드는 법을 배웠다. 볼링과 자수, 뜨개질, 제빵, 음악 감상 등에 시간을 쏟게 되었다.

작가 생활을 최고가 되기 위한 투쟁으로 본다면 다른 작가들을 제치고자 최선을 다하려고 할 것이다. 경쟁이 지나치게 심해서 제대로 능력 발휘를 할 수 없다고 생각할지도 모른다. 하지만 작가 생활을 격려와 지원을 보내주는 작가 집단과 함께하는 프로젝트로 여긴다면 서로의 관계 덕분에 모두의 작품과 삶이 나아진다고 생각할 수 있다. 울프와 비타 색크빌 웨스트가 그랬듯이.

나 역시 작가 공동체의 격려와 도움이 없었다면 작가가 되지도, 글쓰기를 계속하지도 못했을 것이다. 우리는 책을 편집했고 친구들의 작품을 실었다. 친구들도 우리의 책을 편집하고 작품을 실어주었다. 작가 친구를 자신이 아는 편집자와 출판사에 소개해주기도 했다. 원고를 읽고 건설적인 비판을 해주었고 그들도 내 원고를 읽어주었다. 또한 서로의 글을 평가해주었다. 10년도 되지 않아 대다수가 첫 장편을 출간했다. 혼자라면 절대로 불가능했을 것이다. 우리는 서로에게 기댔다. 나는 여전히 이 너그러운 작가 공동체의 일원이라는 축복 속에서 살아간다.

12

기다림을 즐기다

작가의 수습 기간에는 독창적인 작품을 완성하는 데 걸리는 시간을 배우는 일도 포함된다. 장편 작업을 시작하기 전에 앙리 마티스Henri Matisse 같은 유명 화가와 제프리 유제니디스 같은 훌륭한 작가가 작품 완성까지 9년 이상 걸리기도 했다는 사실을 안다면 보다 겸허한 자세를 배울 수 있다.

현대 기술을 통해 앙리 마티스가 1909년부터 1916년까지 〈강가에서 목욕하는 사람들〉을 어떻게 수정했는지 밝혀졌다. 물감층을 분석한 결과, 시간이 지날수록 그의 작품이 강렬해지고 선명해졌다는 사실이 드러났다. 마티스는 초기에 여성들의 몸을 부드러운 선으로 표현했다. 시간이 지나면서 점점 엄격하고 추상적으로 만들었고 심지어 상징적이 되었다. 최종적으로는 대단히 급진적인 그림이 되었다. 마티스의 관점이 변화하는 데는 수년이 걸렸다.

소설가 제프리 유제니디스는 대담한 비전으로 유명하다. 세 편의 소설 《처녀들 자살하다》, 퓰리처상 수상작 《미들섹스》, 《매리지 플롯The Marriage Plot》은 서로 완전히 다르다. 《처녀들 자살하다》는 미시건 주 그로스 포인트Gross Pointe에 사는 리스본가 다섯 자매의 자살을 다룬 소설로, 그 집단적인 비극이 있은 지 20여 년의 세월이 흘러 어린 시절 자매들을 마음에 품었던 '우리', 즉 동네 소년들의 1인칭 복수형으로 전개된다.

《미들섹스》는 여자와 남자의 성을 모두 지닌 칼 스테파니데스Cal Stephanides의 시점에서 전개되며 그가 속한 이민자 가정의 역사라는 대서사와 함께 펼쳐진다. 《매리지 플롯》은 브라운 대학교 학생들의 졸업반 시절과 그 이후의 얽히고설킨 삶을 보여주면서 기호학과 조울증, 종교 개종에 대해 이야기한다. 유제니디스는 서로 너무도 다른 소설에 필요한 기교를 수년간 힘들게 연마했다. 똑같은 작품을 원하지 않았던 그는 느리고 방법론적인 과정에 의존해 각 작품을 한 문장씩 썼다. 몇 문장을 완벽하게 다듬는 데 오랜 시간이 걸리기도 했다.

그는 끊임없이 작품을 수정한다. 그래서 책을 자주 내지 않는다고 그는 말한다. 지금도 그는 매일 작업한다. 일주일에 하루도 빠지지 않고 매일 오전 10시부터 저녁 식사 즈음까지 별로 근사하지 않은 침실 겸용 사무실에서 컴퓨터로 글을 쓰고 한 달에 한 번 꼴로 인쇄해 손으로 직접 고친다. 그는 이렇게 헌신적인 작가의 삶을 살기 위해 희생을 감수한다. 하지만 그가 포기한 것들은 없어도 충분히 살 수 있는 것들이다. 생산적인 날도 있고 그렇지 못한 날도 있다. 하지만 시간이 지날수록 처음에 구상한 이야기가 계속 바뀐다. 완성작은 처음보다 훨씬 복잡한 사건이 되어 있다.

유제니디스는 일에 대해 지나치게 집착적일 정도로 비밀스럽다. 무엇에도 얽매이지 않는 자신만의 비전을 펼치고 싶기 때문이다. 그는 이렇게 말한다.

"나 혼자서도 보다 나은 작품을 쓸 수 있다면 누구에게도 보여주고 싶은 마음이 들지 않는다. 타인이 내 작품의 급진적인 측면을 약하게 만들고 싶어 할 수도 있기 때문이다. 작가가 타고난 천재라는 생각은 신화인 경우가 많다. 독창성을 위해서는 열심히 노력해야만 한다."

유제니디스의 모든 소설은 별다른 준비 없이 시작된다. 그는 어떤 내용의 책인지 미리 알지 못한다. 그의 작업 과정은 탐험이다. 어떤 작품인지 알지 못한다는 사실이 걱정되기 시작하면 애매한 개요를 만들고 줄거리와 구조에 대해서 생각한다. 몇 해 동안 처음에 구상한 바를 계속 수정한다. 새로운 소재를 발견하고 어떤 식으로 활용할지 아이디어를 얻기 때문이다. 어떤 내용의 소설인지 알려면 시간이 걸린다. 그의 작품은 그자신을 놀라게 하고 독자를 놀라게 하기 때문이다.

나는 대부분의 작가들처럼 처음에는 뭘 하는지 알지 못하고 확신이 없어 두렵다. 불분명하고 두려움으로 가득한 작품은 안전하고 제약적이며 소심하게 써지는 경우가 많다. 초반의 초고를 거치는 동안에는 그렇다. 하지만 내 작업 과정에서는 정상적인 일이다. 내가 아는 많은 작가도 그렇다.

이를테면 11번째 초고쯤에서 내가 어떤 작품을 쓰고 있는지 보이기 시작한다. 그쯤 되면 작업에 지치기 시작하므로 경계가 풀린다. 느리고 꾸준한 작업이 결실을 맺는 시점이다. 한 문단에서 플래시포워드—현재에서 미래 장면으로 넘어가는 기법(역주)-와 플래시백-과거 장면(역주)— 함께 쓰기, 시제 변화—한 페이지에서 과거에서 현재로 또 과거로—, 방금 떠오른 이미지나 제목 등으로 실험을 하기도 한다. 이러한 변화는 매우 빠르게 나타나기 시작하고 지금껏 왜 그렇게 작업이 힘들었는지 의아해진다. 하지만 작품의 새로운 비전 속으로 들어가려면 당연히 오래 걸릴 수밖에 없다. 마티스나 유제니디스보다 적은 시간이 걸릴 리가 있을까?

내가 아는 많은 작가가 작품이 매우 흥미로워지기 시작할 때 작업을 중단하거나 후퇴한다. 마티스의 경우 7년이 흐를 때까지 급진적 도약이 일어나지 않았다. 물론 도약을 향한 점진적인 변화를 볼 수는 있었지만 말이다. 급진적 도약은 지극히 평범한 요소 안에 숨어 있기 때문에 그것을 발견하고 발전시키려면 엄청난 모험이 필요하다. 작품을 예상하지 못한 전혀 새로운 방향으로 바꾸려면 인내와 용기가 필요하다. '아직 급진적 도약에 이르지 않았어.' 보다 '이 작품은 아니야.'라고 생각하기가 훨씬 더 쉽기 때문이다.

홀륭한 작품을 쓰게 되기까지 얼마나 오래 기다릴 수 있는가? 아니, 얼마나 오래 일할 의지가 있는가? 많은 작가가 작품이 제 목소리를 내기 시작할 때까지 기다리지 못하고 멈춘다. 안타까운 일이다. 마티스는 7년, 유제니디스는 9년이 걸렸는데 고작 1~2년 만에 훌륭한 작품을 완성할 수 있다고 생각하는가? 그들이 그랬듯 기다림을 즐기며 꾸준히 계속 나아간다면 독특하고 진실하고 강력한 작품이 탄생할 것이다.

끝없는
도전과 성공

3장

Slow
writing

실패를 창작 활동의 불가피한 일부분으로 받아들이고 고대하기까지 하는 사람이 얼마나 될까? 《거짓말쟁이들의 클럽》을 쓴 메리 카는 실패를 두려워했다. 하지만 그녀는 사무엘 베케트Samuel Beckett의 신조 '더 낫게 실패하라'를 책상 위에 붙여놓았다.

그녀는 기도하는 방법을 알려주는 책의 원고를 포기해야만 했을 때 느낀 절망에 대해 이야기한 적이 있다. 메리 카는 어느 날 자신이 쓴 페이지가 고무 칼보다 뭉툭하다는 사실을 깨달았다. 그러자 그녀는 지저분한 옷을 입고, 집안 곳곳을 걸레질하고, 인도 음식을 먹고, 엉엉 울고, 베토벤의 음악을 크게 틀어놓았다. 그런 다음 스승 로바트 하스Robert Hass에게 전화를 걸었다. 그는 아무리 형편없는 책이라도 좋은 문장이 몇 개는 있기 마련이라고 말해주었고 덕분에 그녀는 다시 작업에 복귀할 수 있었다.

마이클 샤본은 첫 소설 《피츠버그의 마지막 여름》으로 엄청난 성공을 거둔 후 《파운틴 시티Fountain City》를 쓰기 시작했다. 그는 5년이라는 시간과 1천 500페이지의 원고에 담긴 다양한 플롯 중에서 소설의 주제를 찾으려고 애썼다. 플로리다의 엄청난 부동산 거래…… 프랑스 요리, 파리와 가상의 파운틴 시티에 예루살렘 대신 전을 재건축하려는 정신 나간 꿈. 그 소설의 주제는 '상실'이었다.

샤본은 사랑에 관한 이야기이기를 원하기도 했다. 하지만 두 가지를 함께 설득력 있게 다룰 수 없었다. 편집자의 도움을 받아 마지막으로 수정하려고도 했지만 불가능하다고 결론 내렸다. 그는 그동안 쓸 수도 있었지만 쓰지 못한 훌륭한 작품들을 함께 떠올리며 《파운틴 시티》의 원고를 잃은 상실감을 달랬다.

샤본은 실패한 소설을 쓴 경험을 이용해 5년 동안 《원더 보이즈》라는 소설을 완성하려고 애쓰는 작가, 그레이디 트립Grady Tripp이라는 캐릭터를 만들었다. 《원더 보이즈》에는 그레이디 트립이 이미 세 번이나 시도한, 벌레로 들끓는 결말의 구덩이를 몇 시간이나 붙들고 있었다.

샤본은 《파운틴 시티》를 쓰면서 겪은 좌절과 실망, 슬픔, 절망을 전부 이용해 스스로 실패작임을 알면서도 작품의 완성에 혼신을 다하지만 포기할까 고민하는 작가의 전형적인 자화상을 창조했다. 한 장면에서 그레이디는 원고 몇 장을 가지고 작은 배를 만들어 배수로에 띄우고 떠가는 모습을 지켜본다. 이렇게 작품을 내려놓는 의식을 치른 후 그의 머릿속이 맑아진다.

그는 말한다.

"나는 행복하지 않았다. 몇 년이라는 시간을 그 책에 쏟아부었고, 이렇게 철저한 슬픔으로 그만두려는 생각은 아니었다. 하지만 마음이 가벼워진 것을 느꼈다."

《파운틴 시티》는 실패작이었을까? 다른 작가라면 소설 자체를 포기했을 것이다. 하지만 샤본은 그 경험을 다른 작품으로 변모시켰다. 직접 경험이 없었다면 실패한 작가의 모습을 그렇게 사실적으로 그리지 못했을 것이다. 그는 《파운틴 시티》로 돌아가 실패 이유를 찾고자 주석을 달며 분석하기 시작했다. 그리고 맥스위니스McSweeney's 출판사의 대표 데이비드 에거스David Eggers에게 그것을 보여주었다. 《파운틴 시티》는 주석과 함께 맥스위니에서 출간되었다.

창의성이 연속적인 성공을 뜻한다고, 혹은 그래야만 한다는 생각은 완전히 잘못된 것이다. 사람들이 실패라고 부르는 차질과 좌절은 작업 도중에 자주 발생한다. 하지만 그 후에 어떻게 하느냐가 중요하다.

존 스타인벡은 살리나스 계곡에서의 가족사를 담은 《에덴의 동쪽》이 자신의 대표작이 되기를 바랐다. 하지만 자신이 그 작품을 완성할 능력, 혹은 재능을 갖추었는지 확신하지 못했다. 그 소설을 쓰면서 기록한 일기를 통해 작업을 계획하고 성공적으로 완성하기 위해 어떻게 생활해야 하는지 생각했다. 작업 과정을 '느리게' 하는 것이 유일한 성공법이라고 결론지었다.

스타인벡은 느긋하게 작업하고 싶었고 서두를 수도 없었다. 평소 서두르는 경향이 있지만 이번에는 그러고 싶지 않았다. 좋은 작품을 쓰기 위해서는 그 스스로 좋은 작품이 되기를 원한다는 사실조차 잊어야 했다. 그는 작업 과정에 글을 쓰는 것 이외에 아무런 의도도 있어서는 안 된다고 생각했다.

스타인벡의 일기에는 그가 작품을 완성한 성공적인 공식이 기록되어 있다. 작가가 성공하는 유일한 방법은 과도한 작업량을 줄이고 작업을 '조금씩' 진행시켜서 매일 가능한 '최선'을 다하는 것임을 그는 깨달았다.

01

실패라고
느껴질 때

나는 작가들과의 일하면서 책을 쓰는 것은 '재능'이 아니라 성실하고 느리고 꾸준한 '작업'임을 깨달았다. 하지만 열심히 한다고 다 되는 것은 아니다. 내가 가르친 거의 모든 학생이 열심히 한다. 글쓰기 과정은 굴곡이 심하며 무엇을 하는지 모를 때도 있다. 불확실함과 망설임, 불안함, 실패작일지도 모른다는 생각을 다 이겨내고 계속 써야 한다. 그만두고 싶을 때일수록 끈기를 가지고 나아가야 한다.

나에게 가장 중요한 일은 작가들이 글쓰기 과정의 시련에 인내하도록 도와주는 것이다. 내 경험상 가장 힘든 단계는 가장 커다란 돌파구 직전에 올 때가 많다. 하지만 그 시점에서 많은 작가가 작업을 실패로 규정하고 포기한다. 작품이 실패이므로 자기 자신도 실패작이고 작가가 될 수 없다고 여기기도 한다.

단편 작가이자 회고록 작가로 《이 소년의 삶This Boy's Life》을 쓴 토비어스 울프Tobias Wolff는 장편을 쓸 때 다음과 같이 말했다.

"끝낼 수 있을지 없을지, 과연 훌륭한지, 지금까지 시간 낭비만 한 것이 아닌지 하는 초조한 의아함이 자리 잡는다. 누구나 시간 낭비를 싫어한다."

그는 작품을 쓸 때마다 매번 그렇게 느낀다. 작품 하나를 성공적으로 완성한다고 다음번에 용기나 확신이 커지는 것은 아니다. 어느 시점에 이르면 지금까지 쓴 모든 글을 그만둬야 할지도 모른다는 생각이 든다. 지금까지 쓴 가장 좋은 글도 어느 시점에 이르면 거기에 쏟아부은 노력이 전혀 가치 없게 느껴진다. 하지만 그는 그래도 앞으로 밀고 나가야만 한다는 사실을 안다.

그동안 써놓은 산더미 같은 원고를 책으로 만들기는 쉽지 않다. 중간에 실패를 예상하거나 기대하면 창작 과정의 굴곡을 무사히 헤쳐 나가기가 쉬워진다. 나는 종종 사람들에게 실패를 추구하라고 말한다. 순수한 성장을 가능하게 하는 유일한 방법이기 때문이다. 실패가 없으면 작업이 정체된다. 실패가 없으면 눈앞에 놓인 도전의 새로운 해결책을 찾아 나설 만큼 절망감을 느끼지 못한다.

나 역시 글쓰기 과정에서 가장 힘든 부분은 중간이다. 중간은 혼란스럽고 뒤죽박죽이다. 언제나 그랬다. 다음 책을 쓸 때는 잊어버리지만 말이다. 처음에 시작할 때는 흥분을 느낀다. 열정적으로 책상에 앉아서 한 페이지, 한 장면씩 써나간다. 아직 어떤 책이 될지는 모르지만 처음에는 알지 못해도 된다. 초기 단계에는 무엇이든 허용되기 때문이다.

시작의 힘찬 에너지는 프로젝트의 규모에 따라 며칠, 몇 달, 혹은 몇 년 동안 지속될 수 있다. 그러다 보면 페이지가 잔뜩 쌓인다. 변화를 주거나 손을 보기에 좋을 정도가 된다. 수정 작업도 재미있을 수 있다. 할 말이 더 많이 있다는 사실을 발견하기 때문이다. 하지만 아무리 페이지가 많아도, 아무리 잘 썼어도, 또 아무리 잘 고쳐도 책이 되기에는 불가능하다는 사실을 깨닫는 때가 온다. 책은 단순히 원고더미와는 다르다.

여기가 바로 두려운 중간 지점이다. 처음에는 알고 시작했다고 생각했는데 "이 책은 어떤 책이지?"라고 스스로 묻게 된다. 철저한 대사와 내러티브 변화, 충분한 구조가 없어 보인다. 뭘 하고 있는지, 어디로 나아가는지 알지 못한다. 그래서 실패처럼 느껴진다. 이 '통찰의 단계'에서 작업을 포기할 수도 있다.

사람들은 대부분 성장 과정이 어떤 모습이고 어떤 느낌을 주는지 배우지 못했다. 작품은 물론 자기 자신까지 실패작처럼 느껴지는 무서운 중간 단계가 창작 활동에서 피할 수 없는 지점임을 모르고 있다. 그런 단계가 올 것이고 불가피한 단계임을 안다면 대비할 수 있고 작업을 포기할 가능성도 줄어들 것이다.

내가 만난 최고의 학생 중 한 명은 이 교훈을 배운 직후에 훌륭한 작가가 되었다. 그녀는 열정적으로 작업을 시작했다. 다른 작가라면 이만하면 괜찮다고 여길 만한 초고를 몇 개나 썼다. 하지만 글쓰기 과정의 중간에 혼란에 빠졌고 모든 것이 뒤죽박죽되었다. 이리저리 옮겨도 보고 중요한 내러티브를 빼고 어울리지 않는 것을 집어넣었다. 지금까지 만든 작품을 오히려 파괴하고 있는 듯했다. 그러나 그녀는 예상치 못한 무언가에 가까워지는 중이었다.

마이클 샤본도 《텔레그래프 애비뉴》를 쓸 때 중간 단계를 지나는 것이 힘들었다고 말한다. 《텔레그래프 애비뉴》는 캘리포니아 버클리에 있는 집 근처 중고 레코드 가게를 배경으로 한 소설이다. 그는 말한다.

"이 소설에 2년을 쏟아부었지만 완전한 실패작이라고 느껴졌다. 다 그만두고 싶었지만 아내가 그러지 말라고 설득했다. 정이 많이 들어서 캐릭터들이 어떻게 되는지 보고 싶다는 것이었다."

그래서 샤본은 다시 시작했다. 캐릭터들은 그대로 두고 스토리를 완전히 고쳐서 원안의 거의 모든 요소를 버렸다. 이런 경험은 그에게 새로운 것이 아니었다. 인정하기는 싫지만 지금은 책을 쓸 때마다 매번 그렇다. 《캐벌리어와 클레이의 놀라운 모험》과 《유대인 경찰연합》을 쓸 때도 마찬가지였다. 샤본은 아내 덕분에 그 과정을 잘 거칠 수 있었다. 그의 아내는 그가 상황이 좋지 않은 곳을 무사히 지나칠 때까지 배의 키를 계속 붙잡고 있도록 채찍질했다.

아무리 풍부한 감각과 섬세한 인식을 가지고 있더라도,
일시적인 것과 개인적인 것들로부터 무너지지 않을 지속적인
건축물을 세울 수 없다면 아무 쓸모가 없다.

- 버지니아 울프 -

02

예술가들의
자기 의심

사람들은 자신의 글이 과연 가치 있는 작품인지, 과연 자신이 작가에게 필요한 기술을 갖추었는지 끊임없이 의심한다. 《그레이트 하우스》의 니콜 크라우스는 글이 자신을 어디로 데려갈지 아무런 의식 없이 글을 쓴다. 하지만 그녀는 그런 불확실함에 의해 빗나가지 않고 오히려 그것에 몰입한다. 그녀는 초고를 쓸 때 글쓰기 과정에 따르는 의심을 하나의 주제로 활용했다. 그 결과 《그레이트 하우스》를 너무도 많은 것이 불확실한 상황에서 삶에 헌신하는 사람의 이야기를 다룬 소설로 만들었다.

다른 작가들은 예술의 목적과 사회적 기능을 깊이 생각해보고 자신의 믿음에 관한 에세이를 쓰는 방법으로 의심에 대처한다. 그것은 글을 왜 쓰는지 좀 더 명확하게 이해하는 방법이다. 또한 글쓰기가 왜 중요하며 어떻게 힘든 시기를 버티게 해주는지 알 수 있다. 버지니아 울프는 때때로 자신을 의심했지만 소설의 기능에 대해 늘 생각했다. 그녀는 소설이 왜 중요한지 이해하는 시간을 가졌고, 글이 왜 자신에게 중요한지 알고 있었다. 그녀는 《자기만의 방》, 《3기니》, 《허구의 기술The Art of Fic-tion》, 《기울어진 탑The Leaning Tower》같은 작품에서 소설의 중요성에 대한 신념을 이야기하면서 문학의 역할에 대한 복합적인 통찰을 발전시켰다.

《자기만의 방》에서는 "예술 작품 창조에 필요한 조건은 무엇인가?"라고 물었다. 그녀는 인간과 인간의 관계, 그리고 인간과 사회의 관계가 자기 작품의 주제라고 적었다. 엘리트 특권 계층뿐만 아니라 계급에 상관없이 누구나 글을 써야 한다고 믿었다. 그러려면 사회가 좀 더 공평해져야 했다. 《댈러웨이 부인》에서 시인의 꿈을 이루지 못한 노동자 셉티머스 스미스라는 캐릭터를 선보임으로써 그러한 주장을 드러냈다.

울프는 오랫동안 소설의 주제였던 여성과 남성의 관계가 아니라 여성과 여성의 관계를 묘사하고자 했다. 《댈러웨이 부인》, 《등대로》, 《올랜도》같은 작품에서 그러한 관심사가 드러난다. 또한 그녀는 내면 세계에 대해 묘사하고자 했다. "결국 영혼의 깊이와 얕음, 허영, 관용을 비춰보아야만 한다. 계속 변화하는 세상과 자신의 관계에 대해." 라고 그녀는 적었다. 그녀는 이를 위해 다중 시점 소설이라는 자신만의 특이한 형식을 만들었다.

데이비드 허버트 로렌스 또한 소설 작업의 목적을 고찰하면서 자신이 하는 일이 왜 중요하다고 믿는지 이야기했다. 작품이 비난 받을 때도, 《무지개The Rainbow》가 금지되고 불태워졌을 때도, 《채털리 부인의 사랑》이 검열 당했을 때도, 자신의 작품을 아무도 출판해주지 않을 것임을 알았을 때도, 그는 자신의 작품 가치를 판단하지 않는 단단한 기준을 세웠다. 그는 다름 아닌 자신의 기준으로 작품을 평가했으며 타인이 자신의 작품을 판단할 권리가 있다는 개념 자체를 부인했다.

로렌스는 《예술과 도덕Art and Morality》, 《도덕과 소설Morality and the Novel》, 《소설은 왜 중요한가Why the Novel Matters》 같은 에세이에서 소설의 기능에 대한 자신만의 철학을 분명하게 드러냈다. 그는 소설이 사회를 변화시킬 수 있으며, 또 그래야만 하는 매우 중요한 교훈적 도구라고 믿었다. 《소설은 왜 중요한가》에서는 "진실로 존중하는 마음으로 소설에 고개를 돌려 당신이 살아 있는 사람인지 죽은 사람인지를 보라. 당신은 살아 있는 사람으로 저녁 식사를 할 수도 있고 단지 음식을 질겅질겅 씹는 시체에 불과할 수도 있다."라고 적었다.

로렌스는 자신의 작품이 중요하다고 확신했고 마치 메시아처럼 그것이 물질주의, 성, 사랑에 관한 사회의 태도를 바꿔줄 것이라고 믿었다. 다채로운 언어로 평론가들을 욕하고 곤충, 딱정벌레, 고슴도치 등으로 부르며 매도했다. 물론 그에게도 두려움은 있었다. 《채털리 부인의 사랑》이 출간된 후 로렌스는 단지 성 전문 작가로만 평가되었다. 하지만 목적

의식이 그를 글쓰기에 매진하게 만들었다.

로렌스는 직접 쓴 일에 대한 사명서에서 목표와 성공 기준을 명확하게 드러냈다. 그는 각 작품이 자신의 장대한 계획에 들어맞는다는 사실을 알고 있었다. 그냥 소설이 아니라 사회에 변화를 촉구하고, 남녀가 활력 넘치는 삶을 살 수 있도록 도와주라고 비판하는 소설을 썼다.

작가들은 정말로 자신의 작품이 가치 있는지 의심할 수 있다. 하지만 지나친 자기 의심에 빠지면 작업에 필요한 소중한 정신적 에너지가 낭비될 뿐이다. 의심에 꼼짝없이 휘둘리는 것이 아니라 의심을 지배해야 한다. 만약 자신이 쓴 책이 비난당하고 금지되고 불태워지면 어떻게 할 것인가? 로렌스처럼 비난이나 검열에도 아랑곳하지 않고 계속 글쓰기에 전념할 것인가, 아니면 내 작품의 가치에 대한 사회의 비난으로 무력해질 것인가?

학생들이 자기 작품의 가치를 의심할 때 나는 그들의 작품이 어디에 기여할 수 있는지, 예술의 기능에 대한 자신의 신념과 얼마나 일치하는 작품인지 묻는다. 짧막한 사명서를 써보라고도 한다. 그런 다음에는 초보 작가들이 작품 가치가 의심스럽다는 이유만으로 글쓰기를 중단한다면 어떻게 될지 생각해보라고 한다. 우리는 《그레이트 하우스》 같은 책이 없는 세상, 작가의 불확실함이 명작을 빛나게 만드는 세상을 살아야 했을 것이다.

03

작가에게
중요한 사람들

작가 강연회에 가 보면 작가의 작업 습관과 영감의 원천, 작품 완성에 걸리는 시간 등을 묻는 사람들이 많다. 하지만 "편집에 관련된 제안은 얼마나 많이 받았죠? 그 제안에 따라서 원고를 얼마나 고쳤나요?"라고 묻는 사람은 없다. 나는 이것이야말로 작가들에게 물어볼 수 있는 가장 중요한 질문이라고 생각한다. 시작하는 작가들은 진행 중인 원고를 멘토의 제안에 따라 절대로 바꿀 수 없으며 바꿔서도 안 되는 신성불가침이라고 여기는 경우가 많다. 마치 '내 작품이고 이것이 내가 원하는 방식이야.'라고 생각하는 것처럼 말이다.

작가야말로 자기 작품의 가장 훌륭한 심사위원이라는 가정이 맞을 때도 있다. 하지만 글쓰기 과정을 그런 관점으로 바라본다면 작가는 충분한 자격을 갖춘 사람의 제안이 있어도 원고를 수정하려고 하지 않을 것이다. 허울뿐인 변화를 주려고는 할 것이다. 하지만 내러티브의 굴곡이나 작품의 목소리, 관점, 순서 등에 대해서는 자신의 관점을 고수한다.

나는 함께 일하는 작가가 수정이 필요한 부분을 이야기해도 꼼짝하지 않으면 F. 스콧 피츠제럴드와 그의 담당 편집자 맥스웰 퍼킨스Maxwell Perkins가 《위대한 개츠비》에 관해 주고받은 편지를 읽어보라고 권한다. 최종 출간 버전 《위대한 개츠비》와 이전 버전 《트리말키오Trimalchio》를 비교하는 두 사람의 모습은 훌륭한 작가가 편집자의 조언에 따라 어떻게 원고를 고치는지 보여준다.

퍼킨스는 《트리말키오》를 칭찬하기는 했지만 원고에 나타난 세 가지 큰 문제를 지적했다. 두 개의 챕터에 문제가 있었다. 개츠비의 캐릭터가 약간 모호했다. 퍼킨스는 개츠비의 묘사가 좀 더 분명할 필요가 있다고 생각했다. 개츠비가 어떻게 큰 부자가 되었는지를 독자들이 이해할 수 있어야 한다고 생각했다. 그리고 퍼킨스는 제목이 마음에 들었지만 —트리말키오는 로마 시대의 풍자소설 《사티리콘Satyricon》에 등장하는 캐릭터 이름— 편집자들은 마음에 들어 하지 않았다.

피츠제럴드는 퍼킨스의 평가를 들은 후 복잡한 재집필과 재구성 작업을 실시했다. 문제의 챕터를 다시 썼고, 좀 더 앞부분에서 개츠비의 과거에 대한 정보를 소개했으며, 그가 부를 이룩한 경위를 암시했다. 또한

168

광범위하게 문체를 다듬었고 새로운 소재도 넣었다.

피츠제럴드는 전에도 소설의 제목을 여러 번 바꾸었다. 그가 고심했던 제목 중에는 《잿더미와 백만장자들 사이에서Among the Ash Heaps and Million-aires》, 《웨스트 에그로 가는 길On the Road to West Egg》, 《금색 모자를 쓴 개츠비Gold-hatted Gatsby》 등이 있었다. 피츠제럴드는 제목을 《위대한 개츠비》로 바꾸기로 처음 동의한 후 《성조기 아래서Under the Red, White, and Blue》 같은 제목을 제안했다. 하지만 퍼킨스는 《위대한 개츠비》라는 제목으로 출간되어야 한다고 주장했다.

기존 작가들은 출판 과정을 공유하지 않는 경우가 많다. 편집자의 제안에 따라 얼마나 원고를 고쳤는지 밝히지 않는 경우가 대부분이다. 원고가 전체적인 점검이 필요한 상태였음을 인정하지 않으려고 한다. 하지만 책이 출간되기 전에 협동 작업이 이루어지는 경우가 많다. 어느 유명 작가는 프로젝트 말미에 편집자와 호텔 방에 함께 숙식하며 원고를 완전히 재정비한다. 이처럼 작가는 출간된 책의 대략적인 원고를 내놓지만 훌륭한 작품에 대한 공은 편집자가 아니라 작가에게로 돌아간다.

작가는 원고를 완성하고 편집자는 원고를 평가한다. 그리고 그들은 원고를 최대한 좋은 책으로 만들기 위해 힘을 합친다. 작가들은 원고를 제출할 때 작품이 완성되었다고 생각할 수도 있다. 하지만 곧 아직 남은 작업이 많다는 사실을 알게 된다. 원고가 끝날 때쯤 작가는 작품과 너무도 가까워져 있어 제대로 바라보지 못하므로 수정이 필요한 부분을 알려

줄 객관적인 시선이 필요하다.

　내 경험상 이 단계에서는 때로는 협상, 심지어 언쟁이 발생하기도 한다. 하지만 나도 그렇고 내 친구들도 그렇고 상당한 수정 없이 출간된 책은 한 권도 없다. 베테랑 작가들이 편집에 관한 조언을 받아들이는 반면 초보 작가들은 썩 내켜하지 않는다.

　유명 작가들은 편집자들을 만난 후 전체적으로 고쳐 써야 하거나, 주요 캐릭터의 표현 방식을 다시 생각해봐야 하거나, 책의 구조가 효과적이지 않다는 사실을 깨닫는 경우가 많다. 그들은 편집자의 조언에 귀 기울여 수년 동안 힘들게 쓴 작품에 근본적이고 대대적인 변화를 준다. 글쓰기 과정의 끝이라고 생각했지만 사실은 또 다른 작업의 시작인 것이다. 하지만 초보 작가들은 안타깝게도 이 사실을 알지 못한다.

　메리 고든Mary Gordon은 시작하는 소설가 시절에 멘토의 조언에서 큰 도움을 얻었다. 그녀의 첫 소설 《최종 지불Final Payments》은 출간되기 전에 많은 수정 과정을 거쳤다. 가장 중요한 3인칭 시점에서 1인칭 시점으로의 변화는 바나드 칼리지Barnard College 재학 시절에 영어 교수였던 엘리자베스 하드윅Elizabeth Hardwick이 제안한 것이었다. 아버지를 돌보기 위해 자신의 삶을 포기한 30세 여성 이자벨 무어Isabel Moore의 목소리로 전개시킨 《최종 지불》은 완전히 다른 작품이 되었다. 그 소설은 선풍을 일으켰고, 페이퍼백 버전으로 100만부가 넘게 팔렸다.

　작가 노먼 러시는 아내 엘사 러시를 가리켜 '모든 단계마다 격려와 구체적인 조언으로 도와주는 집필 과정의 파트너'라고 부른다. 그들은 소설의 기능에 관해 자주 토론한다. 엘사는 독자들이 움직이는 사건이 일어나는 작품을 좋아한다고 생각한다. 러시의 소설은 캐릭터들에 의한 몇 페이지 분량의 비판과 내면 독백으로 유명하다. 엘사는 집필 과정에서 남편이 대장이며 쓰고 싶은 대로 쓸 수 있다고 생각하지만, 남편이 《인간들Mortals》에 150줄이나 되는 시를 넣으려고 했을 때 '자기 파괴적이고 정신 나간 짓'이라고 말했다. 결과적으로 러시는 두 개의 구로 된 14줄만 넣었다.

이처럼 베테랑 작가들은 재작업이 필요하다는 말을 들으면 수정을 한다. 자신이 완성한 버전에 무턱대고 집착하지 않는다. 그들은 전문가의 조언에 귀 기울이고 또 그대로 따르는 경우가 많다. 그래서 출간된 작품이 훨씬 좋아진다. 《위대한 개츠비》가 《잿더미와 백만장자들 사이에서Among the Ash Heaps and Millionaires》라는 제목으로 출간되었다면 과연 성공을 거둘 수 있었을까?

171

04

문제를
해결하는 방식

이언 매큐언은 《속죄》의 집필 과정에 대해 설명하면서 그 소설이 수 개월 동안의 스케치와 낙서에서 탄생했다고 밝혔다. 그러던 어느 날 아침 그는 한 젊은 여인이 야생화를 들고 꽃병을 찾으러 화실로 들어갔다 가 그녀가 보고 싶은 동시에 피하고 싶은 청년이 정원에서 일하는 모습을 보게 되는 장면을 묘사한 600자 정도의 글을 썼다. 그는 그것이 적어도 소설의 시작임을 알았다.

그 외에는 아무것도 알지 못했다. 매큐언은 서서히 한 챕터를 짜 맞추었다. 세실리아와 로비가 분수로 가고 꽃병이 깨지고 그녀가 깨진 조각을 줍기 위해 옷을 벗고 물속으로 들어가고 한 마디도 하지 않고 가버리는 내용이었다. 하지만 매큐언은 거기에서 멈추었고 약 6주일가량 생각에 잠겼다. 풀어야 할 문제가 너무도 많았다. 이 여성은 누구인가? 청년은 또 누구인가? 두 사람은 어떤 관계인가? 이 사건은 언제, 어디에서 벌어지는가?

한동안 중단한 후 다시 작업을 시작한 매큐언은 브리오니가 사촌들과 연극을 하려고 하는 챕터를 썼다. 그 챕터를 끝낸 후에는 어떤 소설인지 이해가 되기 시작했다. 가족 전체가 나타났다. 그는 자신이 결국 던커크와 세인트토머스 병원에 대해 쓰게 될 것임을 감지했고, 브리오니가 소설을 쓰고 있으며, 그녀가 끔찍한 실수를 저지를 것이고, 글쓰기는 평생 그녀에게 속죄의 형태가 될 것임을 깨달았다.

매큐언의 설명은 성공한 작가가 작품의 주제를 알지 못하는 상태로 작업을 시작할 수도 있음을 보여준다. 그는 얼마간 스케치에 시간을 쏟았다. 그 다음에는 한 장면을 썼고 창작에 따른 여러 문제를 풀어야만 했다. 그리고 각 문제에 대한 해결책을 상상했고 작품에 초점이 생겨나기 시작했다. 글을 쓰다보면 여러 가지 난관에 맞닥뜨리게 되므로 매큐언의 작업 과정을 떠올려볼 필요가 있다.

프로젝트를 시작할 때 나는 작품에 관한 무언가를 알고 있을 때가 많다. 나를 기다리고 있는 일을 예측하고, 글쓰기 과정에 따르는 놀라움을 고대하며, 착수할 프로젝트가 있다는 사실에 행복하다. 하지만 앞으로 어떻게 할지 한동안 모를 때가 많다. 그러다 괜찮은 아이디어가 떠올라

나를 다른 방향으로 데려간다. 창작과 관련된 문제를 풀어야만 하는 상황이 발생한다. 처음 계획대로 밀고나가야 할까? 아니면 작품이 향하고 있는 익숙하지 않는 방향을 따라가야 할까? 이러한 문제를 풀기 위해 새로운 방향으로 글을 약간 써보기도 한다. 그런 후 원래의 계획으로 돌아온다. ─매큐언은 처음 두 챕터를 맞바꾸었고 몇 번이나 고쳐 쓴 끝에 소설이 브리오니로부터 시작되어야 한다는 사실을 깨달았다.─ 창작에 관한 문제를 해결하려고 하다 보면 어떻게 해야 할지 확실하지 않아 불안해지기도 한다. 하지만 불확실한 상황을 계속 헤쳐 나가다보면 해결책을 알게 된다. 한동안 알지 못할 수도 있고 억지로 빨리 찾으려고 할 수도 없다.

창작에 관한 해결책은 우리를 예상치 못한 영역으로 데려가거나 뜻밖의 흥미진진한 해결책으로 안내하고 작품을 완전히 다른 방향으로 밀어붙이기도 한다. 매큐언이 융통성 없게 처음 떠오른 내러티브를 고수했다면, 브리오니의 내러티브에 담긴 가능성을 이해하지 못했다면《속죄》는 사랑과 계급, 전쟁을 다룬 소설로 여전히 성공은 거두었겠지만 작품의 복잡성은 훨씬 떨어졌을 것이다. 그러나 매큐언은 두 내러티브를 합치는 문제를 해결하고자 새로운 층의 의미를 도입했다. 누군가의 삶을 돌이킬 수 없게 망가뜨렸다는 사실을 알았을 때, 그것이 끼치는 영향 말이다.

나는《크레이지 인 더 키친Crazy in the Kitchen》을 쓸 때 우리 가족과 음식의 관계라는 주제를 다루고 싶었다. 내 이야기는 물론 부모님과 조부모님의 이야기도 쓰고 싶었다. 하지만 선형적인 전개는 원하지 않았다. 조부모님의 이탈리아 남부 생활로 시작해 그분들의 삶이 내 삶에 끼친 영향으로 끝나는 식은 싫었다. 그래서 할머니와 빵을 구웠던 일에 대한 이야기로 시작했다. 이어진 내러티브마다 좀 더 과거로 물러났다. 이탈리아 남부의 삶에 대해 쓰기 전에 조부모님의 색다른 삶이 부모님과 나에게 끼친 영향을 묘사했다. 이 같은 '결과 이전의 원인' 구조는 폴 오스터의 회고록 《고독의 발명》에서도 나타난다. 그는 할머니가 할아버지를 살해한 것이 그의 아버지에게 끼친 영향을 먼저 이야기한 후 독자들에게 그 사건에 대해 설명한다.

놀랍게도 나는 어느 시점에 이르러 역사를 소개하는 권위적인 목소리를 사용해 이탈리아 남부의 기근과 할아버지를 미국으로 이민가게 만든 농장 노동자들의 부당한 처우의 역사에 대해 설명하기 시작했다. 우리 가족사의 '이유' 에 해당하는 부분이었다. 그러나 그 목소리는 다른 개인적인 내러티브의 목소리와는 너무도 달랐다.

그 거슬리는 목소리를 그냥 두어야겠다는 생각도 들었지만 이내 떨쳐버렸다. 집필 작업을 위한 리서치를 하기 전까지 모르고 있던 정보에 대해 전달하는 것이었으므로 내러티브가 부자연스러웠다. 좀 더 개인적인 목소리로 역사에 대한 이야기를 해보는 시도도 했지만 내가 몰랐던 사실에 대해 쓸 수 있는 목소리를 찾기는 불가능했다.

몇 달 동안이나 그 문제로 씨름하던 어느 날, 이탈리아 남부의 역사에 관한 이야기를 내가 알지 못했던 할아버지의 삶에 대해 독자에게 이야기해주는 '1인칭' 서술자를 활용해 들려주면 된다는 사실을 깨달았다. "나는⋯⋯를 알지 못했다."라는 식으로 말이다. 결국은 내가 할아버지의 과거에 대해 알지 못했던 사실이 담긴 몇 페이지나 되는 이야기를 쓰는 것이 가장 간단한 해결책임을 깨달았다.

이탈리아 남부의 역사를 어떻게 서술할 것인가의 문제는 해결되었지만 오래 걸렸다. 그동안 계속 이렇게 하면 어떨지, 저렇게 하면 어떨지 생각했다. 몇 가지 가능한 해결책을 시도해보기도 했다. 하지만 이탈리아 남부의 역사를 어떻게 이야기할지 알게 된 후에는 그 챕터를 내러티브의 어디에 넣을지 결정해야만 했다.

글쓰기가 창조에 따르는 문제 해결에 지나지 않는다는 사실을 기억하면 모든 작가가 혼란에 맞닥뜨려도 잘 견딜 수 있을 것이다. 혼란에 따르는 불안을 견디는 법도 배워야 한다. 하지만 너무 빨리 혼란을 해결하려고 하면 과정에서 빗나갈 수 있다. 에릭 마이젤Eric Maisel의 《두려움 없는 창조Fearless Creating》는 글쓰기 과정 내내 큰 도움을 줄 것이다.

문제에 맞닥뜨리고 난 후에는 좀 더 명확해질 것이다. 하지만 언제 해결책에 도달할지는 전혀 예측할 수 없다. 마이젤에 따르면 혼란은 창조적 문제 해결 과정에 연료를 공급한다. 계속 앞으로 나아가면 해결책을 찾을 수 있다고 믿어야 한다. 작품을 끝내려면 기다리는 법을 배워야 한다. 창조적 문제의 해결책은 억지로 만들어낼 수 없기 때문이다.

05

출판사의
거절 편지

얼마 전 친구를 만났는데 지인이 회고록을 썼다는 이야기를 했다. 영향력 있는 에이전트에 원고를 보냈는데 훌륭하지만 충분한 독자층이 없을 것이라는 거절 편지를 받았다는 것이었다. 내 친구에 따르면 그 작가는 거절 편지를 한 번 받은 후 과연 자신이 쓴 회고록이 출판 가치가 있는지 다시 생각하게 되었다.

에이전트와 편집자들은 미래를 예측할 수 있다는 듯 행동할 때가 많다. 그들이 하는 일은 책을 파는 것이지 쓰는 것이 아니다. 따라서 시장을 연구하고 판단을 한다. 대개는 작품이 훌륭한가가 아니라 상품성이 있는가에 관한 것이다. 하지만 몇 번이나 거절당한 책이 마침내 출판사를 만나 시장에서 열풍을 일으키기도 한다.

조앤. K. 롤링J. K. Rowling의 《해리 포터》 시리즈 첫 번째 《해리 포터와 마법사의 돌》은 12개 출판사에서 거절당한 후 런던의 블룸스버리 출판사와 계약했다. 그곳 CEO의 딸이 재미있어 한 덕분이었다.

치누아 아체베Chinua Achebe의 《모든 것이 산산이 부서지다》도 여러 출판사에서 거절당했다. 편집자들이 아프리카 출신 작가의 책이 팔리지 않을 것이라고 생각했기 때문이다. 하지만 런던 하이네만 출판사의 편집자는 그 원고를 보고 오랜만에 읽어보는 명작이라고 생각했다. 그 편집자는 출판사에 계약을 맺어야 한다고 주장했고 처음에는 2천 권이라는 적은 부수로 출간되었다. 그러나 그 후 수많은 상을 휩쓸었고, 세계적으로 800만 권이 더 팔렸다.

《위대한 개츠비》를 쓴 F. 스콧 피츠제럴드가 받은 거절 편지 중에는 "개츠비 캐릭터를 없애면 그나마 괜찮은 책이 될 것 같군요."라는 내용이 적혀 있었다. 윌리엄 골딩William Golding의 《파리대왕》은 약 스무 번이나 출판을 거절당했다. 그 많은 거절 편지에는 '터무니없고 전혀 흥미롭지 않은 판타지, 형편없고 따분한 쓰레기 같은 작품'이라고 써 있었다. 그러나 윌리엄 골딩은 1983년에 노벨 문학상을 수상했다.

이렇듯 거절 편지 한 장은 아무런 의미도 없다. 몇 장이라도 마찬가지다. 거절 편지는 단지 "우리 출판사는 당신과 일하고 싶지 않습니다."라는 뜻일 뿐이다. 마음씨 넓은 편집자들은 작가에게 도움이 될 만한 조언을 전해주기도 한다. 하지만 대개는 "마음에 안 든다." "팔릴지 확신이 서지 않는다.", "우리 출판사가 취급하지 않는 책이다." 같은 말들로 다르게 표현할 뿐이다.

거절 편지의 문제는 권위적으로 들린다는 데 있다. 따라서 작가들에게 큰 시련을 안겨준다. 크게 실망해 작업을 중단하거나 완전히 포기하는 경우가 많다. "귀하의 작품을 계약하고 싶지 않습니다."를 "작품이 형편없습니다."로 잘못 받아들이기 때문이다. 거절 편지를 받은 후 편집자의 구미에 맞추려고 작품을 상당 부분 수정하는 경우도 있다.

잠재적 에이전트나 편집자를 만족시키려는 것은 진정한 목소리를 내고 영혼이 담긴 심오한 작품을 쓰고자 하는 작가들에게 죽음의 입맞춤과 같다. 비록 작가가 라이팅 파트너, 혹은 에이전트나 편집자와 긴밀하게 협동해 작업하기도 하지만 결국 작품은 작가 자신의 것이어야만 한다. 출판사에서 좋아하건 말건 나는 내가 할 수 있는 최선을 다해 이 작품을 쓸 것이라는 자세야말로 작가에게 가장 좋은 전략이다.

나는 에이전트의 비평에 따라 훌륭한 원고를 몇 달 동안이나 수정한 작가들도 알고 있다. 하지만 그러면 나중에 똑같은 편집자에게 또 다른 작품을 거절당할 것이다. 작품의 아이디어를 다듬으려면 용기가 필요하다. 작가들은 너무도 쉽게 타인이 내놓은 편하지만 위험한 길로 들어서려고 한다.

《먹고 기도하고 사랑하라》의 저자 엘리자베스 길버트Elizabeth Gilbert는

"작가들이 왜 그렇게 열심히 아름다운 작품을 만들어놓고 비판이 두려워서 공유를 거부하는지 이해할 수 없다."라고 말한 적이 있다. 그녀는 작가들에게 가능한 많은 에이전트와 편집자들에게 원고를 보내라고 조언한다. 거절 편지를 받았을 때는 심호흡을 한 번 하고 다시 시도하라고 한다. 길버트는 작품을 완성하는 것은 작가의 일이고, 작품이 출판에 적합한지 결정하는 것은 에이전트와 편집자의 일이라고 말한다. 진심을 담아 쓰는 것만이 작가가 할 일이므로 나머지는 운명에 맡기라고 한다.

작가 조 앤 비어드는 거절과 실패를 긍정적으로 바라보려고 한다. "처음 거절 편지를 받았을 때 나 자신이 작가라는 생각이 처음 들었다."라고 그녀는 말한다. 상대할 가치가 있는 적수를 만난 결정적인 순간이었다. 그녀는 시작하는 작가들이 거절 편지를 작품의 방향에 대해 다시 생각해보는 기회로 활용해야 한다고 생각했다.

아직 준비되지 않았다는 사실을 뻔히 알면서도 에이전트나 편집자가 작품의 가능성에 깜짝 놀라기를 바라며 원고를 보내는 작가들도 있다. 절대로 좋은 생각이 아니다. 에이전트나 편집자의 시간을 낭비하는 일일뿐만 아니라 거절 편지를 자초하는 길이다.

물론 거절 편지는 작가들에게 힘든 일이다. 위험을 무릅쓰려는 출판사는 많지 않다. 잘 팔리면 작가 책임이지만 안 팔리면 출판사가 떠안아야 한다. 하지만 거절 편지가 작가들에게 좋은 기회가 될 수도 있다. 작가들을 지지해주고 싶어 하는 좋은 편집자들이 아직 있다. 작은 출판사와 대학 출판사는 혁신적인 시리즈를 종종 출간하고 자가 출판도 한 방법이다. 한 예로 버지니아 울프는 《야곱의 방》을 비롯해 모든 책을 직접 설립한 호가스 출판사를 통해 내놓았다. 물론 남편 레너드 울프가 원고를 읽었지만 그녀는 편집자들을 상대할 필요가 없었다. 그래서 실험적인 작품이라도 자신의 소신을 지켜가며 쓸 수 있었다.

나 역시 작가의 길로 들어선 후에 거절 편지를 수없이 받았다. "이 책을 우리 출판사에서 출간한다는 상상은 할 수가 없군요. 우리가 출간하는 책과는 전혀 다릅니다." "기존과 전혀 다른 방식으로 주제를 다루었기 때문에 마케팅이 불가능할 것 같군요." "글은 훌륭하지만 어떤 식으로 출간해야 할지 모르겠군요." "시장의 힘든 여건 속에서 이 책의 독자를 찾을 수 있을지 모르겠군요." "우리 출판사의 출간 목록과는 어울리지 않습니다." "평범한 사람들의 조용한 삶을 그린 책이군요. 우리는 독특한 캐릭터가 험난한 장애물을 극복해나가는 이야기를 좋아합니다." "이것도 저것도 아닌 이야기군요." 등등.

작가들은 거절 편지를 읽고 모아두면 된다. 원고를 수정해야 할지, 다른 사람에게 원고를 읽게 할지 등 앞으로의 계획을 세운다. 비전을 다듬을 수도 있다. 타인이 아닌 자신의 감성을 토대로 수정할 수도 있다. 시장이 원하는 바에 휘둘리지 않고 말이다.

스티븐 킹은 14세 전부터 거절 편지를 수집했다. 그는 어린 나이부터 글을 썼고 잡지사에 원고를 보냈다. 벽에 못을 하나 박아 거절 편지를 끼워 모아 두었다. 14세가 될 무렵에는 못이 거절 편지의 무게를 더 이상 지

탱하지 못할 정도가 되었다. 그래서 대못으로 바꾼 후 글쓰기를 계속했다. 대못으로 거절 편지를 꽂아 두고 글쓰기 작업을 계속한 스티븐 킹의 대처법은 기억해둘 가치가 있다.

06

작가의 시련

몇 해 전, 남편과 이탈리아 토스카나에 있는 성에 머물렀다. 편리한 시설이라고는 찾아보기 힘든 시골스럽고 낡은 공간이었다. 난방 혹은 냉방 장치도 없고 바닥은 울퉁불퉁하고 거미가 득실거리고 가구도 낡을 대로 낡았다. 약 16킬로미터에 이르는 진흙길을 따라 걸어가야 했고, 홀로 절벽 위에 위치한 데다 골짜기 아래로 강이 내려다 보였다. 겁 많은 사람은 엄두도 내지 못할 장소였다. 우리가 머무르는 동안 투숙객이라고는 거의 우리 부부뿐이었다.

당시 나는 책 작업에 어려움을 겪고 있어서 가급적 문제를 해결한 다음에 여행을 가고 싶었다. 하지만 책을 쓰다 문제가 생기는 것이 그때가 처음도 아니었다. 빨리 해결하고 앞으로 나아가야 한다는 것을 알고 있었다. 너무나 오랫동안 그 책을 붙잡고 있었기에 나에게는 필요한 여행이었다.

성의 주인 가족은 부지런하게 일했다. 역사적 의의가 있는 거대한 고대 건축물을 유지하고 숙박 시설을 돌보고 주방을 관리했다. 어머니와 아들 한 명은 요리를 했다. 다른 아들은 저녁 식사 주문을 받고 음식을 날랐다. 아버지는 각종 수리를 했다. 손봐야 할 것이 한둘이 아니었다. 주인 가족은 일꾼으로 고용된 마을 사람들과 함께 포도농장에서 일하고 와인을 만들고 올리브를 따서 트럭에 실어 인근의 올리브유 공장으로 보냈다.

그날 심한 폭풍우가 치고 천둥을 동반한 우박까지 쏟아졌다. 폭풍우가 멎은 후 우박이 몇 센티미터나 떨어졌다. 식당 창문을 통해 바라보는데 아름답다는 생각이 들었다. 튼튼한 성 안이 유난히 안전하고 따뜻하게 느껴졌다. 곧 저녁 식사도 제공될 터였다. 방은 몇 걸음만 걸어가면 있었다. 하지만 식사를 기다리는 동안 우리 부부는 폭풍을 동반한 우박이 포도밭에 어떤 짓을 했는지 모르고 있었다.

당시는 거의 여름에 가까운 시기였는데 성 주변을 산책하다가 포도밭에 작은 포도송이가 매달려 있는 모습을 보았다. 곧 가을이 오면 수확할 포도들이었다. 그리고 전 날 저녁에는 포도밭에서 수확한 포도로 만든 와인을 마셨다. 그곳 가족들이 내온 와인과 잘 어울리는 소박하고 영혼이 담긴 음식과 함께.

15분간의 우박 폭풍은 그 해 수확할 포도를 망쳐놓았다. 올해는 와인을 만들 수 없게 된 것이다. 올해 이 가족은 포도로 아무런 수익도 거두지 못하게 되었다. 그러나 우박 폭풍이 내리는 순간에도 아들은 우리의 저녁 식사 주문을 받았고 어머니와 또 다른 아들은 부엌에서 요리를 했다. 식사 주문을 받은 아들은 창밖을 바라보기는 했지만 포도나무에 우박이 마구 떨어지고 있다는 사실에 아무런 반응도 하지 않는 듯했다.

　　저녁 식사가 끝난 후 그와 이야기를 나누었다. 포도밭이 큰 피해를 입어 상심했을 그에게 방해가 되고 싶지는 않았지만 공감하는 마음을 전하고 싶었다. 그 사건이 가족에게 어떤 의미인지 나로서는 이해조차 할 수 없다는 것도 알았다. 하지만 방금 일어난 일을 모르는 척하는 것은 옳지 않았다.

　　"우박이 내리다니 유감이네요."

　　내가 말했다.

　　"어쩌다 있는 일이지요."

　　그가 말했다.

　　"어쩌시려고요?"

　　"다시 일을 해야지요. 피해 입은 부분을 고쳐야지요. 우리 생업이니까요. 포도밭은 살아남을 겁니다. 내년에는 포도가 더 많이 열릴 거예요. 내년에 다시 수확을 하게 될 겁니다."

　　작가는 완성한 원고를 편집자에게 보낸다. 그런데 편집자가 출판사를 그만둔다. 새로 온 편집자는 전임자가 왜 그 작품을 수락했는지 이해하지 못한다. 자신이 예전에 맡았던 작품과 너무 비슷하다. 그래서 그 작품을 무시한다. 그 작품이 실패해도 자신은 아무런 상관이 없다. 그러나 작가가 몇 년이라는 시간을 쏟아부은 책이다.

작가가 소설을 써서 출판한다. 좋은 평가를 받지만 잘 팔리지는 않는다. 출판사에서 다음 작품 계약을 취소한다. 장르를 바꾼다. 여러 번 출판 직전 단계까지 간다. 한 번은 편집자의 요구대로 수정을 하느라 6개월이나 걸렸다. 하지만 편집자는 그 작품을 수락하지 않는다. 5년이라는 시간이 흐른다. 그 책은 절대로 출판사를 만나지 못할 것 같다. 나는 자신을 비롯해 이렇게 예상하지 못한 시련에 부딪힌 작가들이 일 년치 생계 수단을 잃은 이탈리아 가족보다 현명하지 못하게 반응하는 경우를 많이 보았다.

《트랜서틀랜틱》의 작가 칼럼 매캔은 은유적 의미의 수많은 우박 폭풍을 만났고 살아남았다. 유럽의 집시 문화에 관한 소설 《졸리Zoli》가 출간되었지만 그는 실패작이라고 판단했다. 그는 신속한 회복을 원했으므로 파산 직전에 놓인 뉴욕시와 베트남 전쟁과 워터게이트 사건으로 상처 입은 미국에 관한 대서사 소설을 쓰기 시작했다. 하지만 200페이지를 쓴 후 포기했다. 자신의 기준에 맞지 않았기 때문이었다. 그 작품을 중단하기로 한 결정은 새로운 상처였고, 그것은 생각할 때마다 그의 마음을 아프게 했다.

매캔은 작품을 포기해야만 한다는 사실에 고통을 느꼈지만 "욕망, 체력, 끈기는 작가가 꼭 길러야 할 핵심적인 미덕이다." 라고 말한 적이 있다. 그것은 상황이 나빠도 다시 작업으로 돌아가는 능력이다. 또한 "책을 쓸 때 물속으로 가라앉는 기분을 느낄 때가 많다. 한 걸음 앞으로 가면 두 걸음 물러나고 갑자기 벼랑에서 뛰어내리기도 한다." 라고도 말했다.

그는 모든 예술 작품이 자신이 진정으로 이루고자 하는 바를 이루지 못하면 실패작일 수밖에 없다고 말한다. 작가가 강둑에 앉아 꿈꾸었던 것과 책상으로 돌아와 쓴 것은 절대로 똑같을 수가 없다는 것이다. 모순처럼 보이지만 이처럼 실패의 가능성을 포용한다면 오히려 최고로 실력 발휘를 할 수 있는 자유가 생긴다.

글을 쓰다가 우박 폭풍을 만나도 작업으로 돌아가야 한다. 할 수 있는 것을 찾아 기꺼이 고쳐야 한다. 또 다른 해가 올 것이라고, 다른 책이 있을 것이라고 믿어야 한다. 작가는 살아남을 것이다. 작가의 삶은 우박 폭풍에도 계속될 것이다. 결국 생업이란 일하는 삶이기 때문이다.

07

모든 것이
가능해지는 순간

작품을, 글쓰기를 포기해야만 한다는 생각이 들 때가 있다. 평생이 걸려도 끝내지 못할 것이라고. 자나 깨나 지금 쓰는 작품 생각뿐이지만 생각만 한다고 문제가 해결되지 않는다. 상심해서 지금 마주한 시련에 대한 해결책을 절대로 찾지 못할까봐 걱정스럽다. 가능한 개요를 하나 쓰고 또 다른 해결책을 쓰고 또 쓴다. 작품을 깔끔한 덩어리로 정리한다. 그러다 지금까지 쓴 수백 수천 페이지의 원고로 그냥 책을 만들 수도 있을 것이라고 생각하기 시작한다. 그 중에서 일부는 잘 썼고, 일부는 잘 되었고, 일부는 버려야 하고, 가능성은 있지만 수정이 필요한 것도 있다.

그러다 어느 날 작가는 지금 쓰고 있는 원고를 책으로 만들 수 있다고 확신하게 된다. 챕터들이 정확히 어떤 모습일지 모를 수도 있다. 아니, 챕터가 아니라 연속적인 내러티브로 된 구성을 선택할 수도 있을 것이다. 그러나 어쨌든 어느 날부터 책을 끝내기에 알맞은 소재가 마련되어 있다는 믿음이 생기기 시작한다.

대부분의 작가들은 그러한 순간에 도달한다. 아직 그런 경험이 한 번도 없는 초보 작가라면 작업을 계속해야 하는지, 과연 그런 순간이 올지 믿기 어려울 수도 있다. 그 순간은 불분명함에서 분명함으로 이동하는 마법 같은 시간이다. 하지만 그렇게 모든 것이 분명해지는 그 순간은 강요로는 불가능하다. 때가 되면 알아서 온다. 그저 매일, 몇 주, 몇 년 동안 그 찬란한 순간이 오기를 기대하면서 책상에 앉아야만 한다. 그 순간은 한동안 책을 내려놓은 후나 원하지도 않은 휴가에 끌려간 후에 나타나는 때가 많다. 한동안 작업에서 벗어나 새로운 장소를 보고 마음의 휴식을 취하고 돌아와 책상에 앉으면 해결책이 비로소 나타난다.

글 한 편, 혹은 책 한 권을 쓸 때마다 나에게도 일어난 일이다. 내가 가르치는 학생들도 겪었다. 고비를 넘기게 되는 순간, 책을 끝마칠 수 있음을 확신하게 되는 순간, 무엇을 해야 하는지 알게 되는 순간이다. 앞으로 남은 작업의 단계를 정확하게 말로 표현하지 못할 수도 있지만 말이다. 학생들이 그 순간이 언제 오는지 물으면 나는 "누가 알까요? 그저 계속 작업을 하는 수밖에."라고 대답한다. 그 순간이 왔는지 어떻게 알 수 있느냐는 질문에는 "걱정하지 마세요. 저절로 알게 됩니다."라고 답한다.

《하얀 이빨》의 작가 제이디 스미스는 책 작업의 중간 단계, 막 고비를 넘긴 그 순간이 어떤 기분인지 설명한 적이 있다.

"소설 작업의 중간쯤에서는 이상한 일이 일어난다. 시간이 붕괴한다. 아침 9시에 글을 쓰려고 자리에 앉는다. 눈 깜짝할 사이 저녁 뉴스가 나오고 어느새 4천 자가 쓰여 있다. 지난 3개월, 혹은 1년 동안 쓴 것을 전부 합한 것보다 많은 분량이다. 무언가가 바뀌었다."

고비를 넘기게 되는 그 순간이 오기 전에는 문제를 도저히 해결할 수 없을 것처럼 느껴진다. 스미스는 이렇게 설명한다. "심하게 얽히고설킨 문제가 이제 편하고 적극적으로 해결이 된다. 그저 문단 하나를 옮기기만 하면 되는 것이었다. 챕터 하나가 저절로 딱 맞아떨어진다. 왜 전에는 알지 못한 것일까?"

포기하지 않고 계속하면 스미스가 "모든 것을 가능하게 만들어준다."라고 말한 순간이 올 것이다. 그리고 그때가 되면 알 수 있다. 하지만 그 전에 작가로서 할 일은 불확실함을 감수하는 것과 작업을 계속하면 문제가 스스로 해결될 것임을 믿는 것이다. 마이클 샤본은 《텔레그래프 애비뉴》의 집필 과정에 대한 인터뷰에서, 소설을 쓸 때마다 완전히 방해받는 기분을 느끼지만 결국 반대편으로 넘어가 작품을 분명히 이해하게 되는 사실을 배운다고 말했다.

그 시점은 내가 글쓰기에서 사랑하고 또 갈망하는 단계이기도 하다. 작업이 쉽게 느껴지는 그 단계를 사랑하지 않을 작가가 있을까? 작업을 좀 더 빠르게 밀고 나가고 싶은 충동도 가끔 느끼지만 서두르고 싶지 않다. 몇 년 씩이나 한 작품을 붙잡고 있다면 빨리 끝내고 싶고 다른 작품으로 넘어가고 싶을 것이다. 그것은 창조 과정에 따르는 수수께끼이기도 하다.

나에게 이 단계는 글쓰기의 그 어떤 순간보다 좋게 느껴진다. 프로젝트가 막 시작되는 흥미진진한 시점보다도 좋다. 제대로 된 작품을 위해 오랫동안 노력해왔고 이제 모든 것이 하나로 합쳐지는 듯 보인다. 하지만 앞으로 남은 길이 쭉 펼쳐져 있다. 남은 작업의 가능성은 기분 좋게 느껴진다. 모퉁이를 돌고 한 고비를 넘긴 이 순간을 축하해야 한다. 지금까지 힘들게 달려온 덕분에 가능한 일이기 때문이다.

08

한 번에 하나씩
선택하기

십 대 때 어머니와 쇼핑을 하러 갔다. 자주 있는 일은 아니었다. 나는 몸에 꼭 맞는 청록색 울 드레스를 골랐다. 어머니는 나를 보면서 "정말 사고 싶어?"라고 물었다. 어머니가 질문한 순간, 내가 정말로 그 옷을 원하는지 결정할 수가 없었다. 더 이상 그 옷이 마음에 쏙 들지 않았고 조금이라도 괜찮게 생각하는지조차도 의심스러워졌다.

글을 쓰기 시작한 후에도 결정의 어려움은 나를 괴롭혔다. 이 기사, 아니 저 기사를 쓰고 싶은가? 이 책 먼저 아니면 저 책 먼저 시작해야 하는가? 이 챕터를 그냥 써야 하는가 아니면 두 개로 나눠야 하는가? 어떤 챕터가 가장 먼저 와야 하는가? 이 챕터에는 어떤 사건이 들어가야 하는가? 이 단어는 삭제해야 할까? 이미지를 추가해야 할까? 결말은 이런 식으로 아니면 저런 식으로 써야 할까? 오늘 작업을 해야 할까? 주말에는 쉴까? 오전에 작업해야 할까 아니면 오후가 좋을까?

글쓰기는 작가에게 정말로 훌륭한 경험이다. 어린 시절 선택에 서툴렀던 사람들이 작가의 삶을 살기 시작하면서 매일 수많은 선택을 한다. 처음엔 이런 결정의 순간들이 괴로울 수도 있다. 배리 슈워츠Barry Schwartz의 《선택의 심리학》에서는 선택권이 너무 많으면 오히려 선택을 하지 못하게 된다고 설명한다. 작가들이 내려야 하는 선택의 숫자는 무한한 것만 같다.

언젠가 데이비드 허버트 로렌스의 《바다와 사르디니아Sea and Sardinia》를 읽었다. 로렌스가 사르디니아 여행을 시작하자마자 계획한 작품이다. 그곳에 도착한 그는 자신이 경험한 것과 방문한 곳, 사르디니아 사람들에 대해 썼다. 그는 "사르디니아에 관해 써야 할까?"라고 자문하지 않았다. 단지 글을 쓰기로 결정했고, 또 그렇게 했다.

로렌스에게는 글을 쓰겠다고 결정을 내린 시간과 실제로 글을 쓰기 시작하는 시간 사이에 모호함이 없었다. '사르디니아에 대한 책을 쓰는 것이 과연 옳은 일일까?'라고 생각하는 일 자체가 없었다. 그는 사르디니아에 가서 그곳에 대한 글을 써야겠다고 결정을 내렸다. 로렌스에 관해 읽고 내가 지금까지 어물쩍거리느라 얼마나 많은 시간과 에너지를 낭비했는지, 그것이 얼마나 큰 감정 소모를 가져왔는지 깨달았다.

로렌스는 '선택하기'에 많은 시간을 쏟지 않았던 듯하다. 돈 없이 영국을 떠나 해외에서 거주하는 힘든 선택 또한 마찬가지였다. 그는 그저 행동으로 옮길 뿐이었다. 그래서 곤경에 처하기도 했다. 《사랑하는 여인들Women in Love》을 쓰는 동안 그는 오톨라인 모렐Ottoline Morrell을 조롱한 이유로 고소당하게 될 줄은 전혀 예상하지 못했다. 《채털리 부인의 사랑》을 쓸 때는 적나라한 성적 표현으로 검열을 당하지 않을까 생각해본 적이 없었다. 그는 자신이 선택한 글을 썼고 그에 따른 결과를 받아들였다.

로렌스는 지나치게 의기양양하고 독단적일 때가 종종 있었다. 지나치게 흥분하기도 했으며 그만큼 불행할 때도 많았다. 그래도 로렌스는 결정하는 법을 배우는 것이 글쓰기 연습에 도움이 되리라는 사실을 알려준 좋은 사례였다.

나는 어떻게 매일 글을 쓰면서 맞이하는 다수의 복잡한 선택을 담담히 받아들이는 작가가 되었을까? 간단하다. 결정하는 연습을 한 것이다. 특히 큰 도움이 된 원칙은 글쓰기에서는 무엇을 하기로 선택하는지는 중요하지 않다는 것이다. 무언가를 하기로 선택한다는 것 자체가 중요하다. 나는 학생들이 무엇에 대해 쓸지 결정하지 못해 소중한 시간을 낭비하는 경우를 보았다. 아버지에 관해 써야 하는지 어머니에 관해 써야하는지 올바른 주제가 나타날 때까지 기다려야 하는지 등. 그러면 나는 "그냥 선택하세요. 선택을 하면 상상하지 못했던 가능성이 저절로 드러납니다."라고 말해준다.

안토야 넬슨Antonya Nelson의 에세이《단편: 수정 과정Short Story: A Process of Revision》에는 원고 집필과 수정까지 무엇을 해야 하는지 결정하도록 도와주는 패러다임이 담겼다. 각 초고에서 오로지 요구되는 사항에만 주의하고, 한 번에 단 하나의 목표만 가지고 수정한다. 넬슨에 따르면 첫 번째 결정은 무엇에 관해 쓸 것인가 하는 선택이다. 우리가 스토리로 이해하는 사건이다. 그 다음에는 그 사건에 대해 500자를 쓴다.

두 번째 결정은 내러티브의 관점이다. 넬슨은 소설에서는 3인칭 화자를 제안한다. 회고록에서는 1인칭 화자일 수도 있고, 내러티브가 일어난 동안의 1인칭 나일 수도 있고, 그 사건을 좀 더 완전하게 이해하고 있는 어른이 된 1인칭 나일 수도 있다. 그런 다음에는 그 관점을 이용해 1천 자의 이야기를 쓴다. 다음 초고마다 500자씩 늘어난다.

세 번째 결정은 이야기에 시계를 놓는 것이다. 1시간, 하루, 주말, 여름 등. 오직 그 사건의 타임프레임만 포함시키고 싶은가? 아니면 그 전, 또는 이후에 어떤 일이 있었는가? 그 다음에는 이러한 초점을 끼워 넣어 다시 수정한다.

네 번째 결정은 내러티브 안에서 사용할 소도구와 물건을 파악하는 것이다. 디테일을 만드는 초고다. 디테일을 포함시키고 또다시 수정한다. 내가 쓰고 있는 글을 예로 들어보자. 아버지가 제2차 세계대전이 끝나고 집으로 돌아오는 장면에서 아버지가 나에게 선물로 낙하산 천을 가져왔고 어머니가 기겁하는 반응을 넣는 것은 매우 중요하다. 당시는 몰랐지만 그 낙하산 천은 아버지가 죽은 조종사에게서 가져온 것이었다.

다섯 번째 결정은 내러티브 속에서 주인공의 나이를 생각해보고 주인공에게 맞는 타임라인과 삶에 큰 영향을 끼친 사건을 상상하는 것이다. 선택한 후에는 원고에 포함시켜 다시 수정한다.

이것은 넬슨과 내가 활용하는 결정 과정을 지나치게 단순화한 것이다. 하지만 각 단계마다 무엇을 할지, 또는 하지 않을지 결정하는 일은 매우 큰 도움이 된다. 작가들은 한 번에 너무 많은 선택을 하려고 하므로 결정이 더 힘든 것처럼 보인다. 한 번에 하나씩 초점을 맞추면 좀 더 단호한 선택을 할 수 있다.

09

성공적인 결과

몇 년 전 데이비드 알렌의 《끝도 없는 일 깔끔하게 해치우기》를 읽었다. 그의 제안 중 두 가지는 나의 글쓰기 작업에 큰 영향을 끼쳤다. 첫 번째는 프로젝트를 시작할 때 성공적인 결과가 무엇인지 결정하는 일이다. 사람들은 대부분 그냥 시작하는 경우가 많다. 그냥 쓰다 보면 언젠가는 책이 끝나겠지 하고 말이다.

하지만 알렌에 따르면 시작하기 전 본인이 의도하는 '성공적인 결과'가 무엇인지 정해놓으면 목적의식이 생겨서 성공 가능성이 커진다. 나를 비롯해 많은 작가가 무작정 뛰어들어 글에 자신을 맡긴다. 하지만 아무리 일반적이라도 원하는 결과에 대한 아이디어가 있으면 초점을 맞추는 데 도움이 된다.

알렌은 결과를 적어서 참고하면 초점을 맞추는 데 도움이 된다고 제안한다. 또한 이미 결과를 달성한 것처럼 표현하라고 말한다. 나는 하루에 할 수 있는 일에 대해 현실적이 되려고 노력한다. 느리고 체계적인 방식을 선호한다. 시작 단계에서는 천천히 나아가지만 원고를 수정하고 완성에 가까워질수록 좀 더 속도를 낼 수 있다.

이런 식으로 작업하면 조급한 기분을 느끼지 않고 혼란도 덜 느낀다. 매일의 작업 시간을 통해 완성에 가까워진다. 제자리에서 빙빙 돌기만 할 뿐 진전이 없는 것처럼 느껴지지도 않는다. 초기 단계라도 언젠가 완성된 책에 넣을 소재를 쓰면서 내가 어디로 향하고 있는지 안다. 가장 중요한 사실은 내가 쓰고 있는 책이 어떤 책인지 '안다는' 것이다.

하지만 그렇다고 융통성 없이 엄격해야만 한다는 뜻은 아니다. 종종 예상치 못한 전환으로 작품이 풍요로워진다. 어디로 향하고 있는지 조금이라도 알면 매일 목적의식이 더 크게 느껴진다. 이것은 알렌이 강조하는 핵심이다. 일을 계속 하면서 일이 향하는 방향과 결과가 어떻기를 바라는지에 대해서도 생각해봐야 한다. 성공적인 결과가 무엇인지 중간에 계속 수정할 필요가 있을 수도 있다.

나는 프로젝트가 의도한 성공적인 결과로 나아가기 위해 다음 행동을 어떻게 취해야 하는지 파악하라는 알렌의 제안도 활용한다. 그는 하루 작업의 성공적인 결과를 결정했다면 프로젝트가 앞으로 나아가기 위해 바로 다음에 취해야 할 행동을 적으라고 이야기한다. 그 일을 해결한 후 또 다음 할 일을 정하는 식으로 계속 나아간다.

다음 할 일을 알면 초점을 맞춰 작업할 수 있다. 나는 다음 할 일이 없으면 불안해진다. 하지만 다음 할 일을 끝마치고 또 다음 할 일을 적어 끝마치면 일하면서 목적의식이 느껴진다. 다음 할 일은 하루에 하나일 때도 있고, 어떤 날은 몇 가지가 있을 수도 있다. 중요한 사실은 한 번에 하나씩만 적는다는 것이다. 이것은 창의성을 억압하지 않는다. 내가 자주 사용하는 다음 할 일은 특정 주제에 대해 30분 동안 자유롭게 글을 써서 내용이 어떤 식으로 전개되는지 살펴보는 것이다.

어떤 작가들은 작업이 유기적으로 전행되어야 한다고 생각한다. 목표를 적거나 목표에 대해 생각하지 않은 채 말이다. 하지만 《마법 같은 한 해The Year of Magical Thinking》와 《푸른 밤》의 작가 존 디디온은 인터뷰에서 특정한 작품에서 무엇을 달성하고자 하는지에 대한 생각을 밝혔다. 그녀는 《플레이 잇 애즈 잇 레이스Play It as It Lays》를 집필할 때 전체를 1인칭 시점으로 쓰기로 했다. 하지만 그 시점을 유지하기가 불가능하다는 사실을 깨닫고 캐릭터의 생각과 매우 가까운 3인칭 관점을 가지고 놀아보기로 목표를 수정했다. 그런 다음에는 1인칭과 3인칭을 나란히 놓기로 결정했다. 그녀는 매일 하루가 끝날 때마다 뒤로 물러나 작품을 살펴보고 '다음 할 일'을 정했다.

그녀는 말한다.

"저녁 식사 전에 한 시간 동안 혼자 그날 한 일을 둘러본다. 이른 오후에는 작품과 너무 가까워져 있기 때문에 불가능한 일이다. 그 한 시간 동안 뭔가를 삭제하기도 하고 새로 집어넣기도 한다. 그리고 다음 날은 저녁에 해놓은 메모에 따라 전날 한 작업을 전부 다시 한다. 그 한 시간 없이 다음 날 형편없는 원고를 가지고 꽉 막힌 채로 시작하면 사기가 떨어진다."

디디온은 매일 하루가 끝나고 자신이 해야 할 '다음 할 일'이 작품에서 멀리 떨어져 살펴보는 것임을 알고 있다. 그 다음에는 다음 할 일을 메모하는 것이다. 다음 날은 전날 메모를 이용해 전날 쓴 원고를 수정한다. 사기가 떨어져서 작품이 빗나가지 않도록 한 번에 한 걸음씩 앞으로 진행시킨다. 이렇게 그녀는 성공적인 결과를 생각하면서 작업하므로 그날 쓴 글을 판단하지 않는 기준도 생겼다.

10

한 일 목록
작성하기

나는 아버지가 제2차 세계대전이 발발하기 전인 1930년대 후반에 일했던 항공모함에 관한 리서치를 하고 있었다. 그러다가 이륙과 착륙, 비행, 사고, 수리, 사건—의식, 퍼레이드, 명령 변화, 지시 수신 등—이 전부 항해일지에 기록되었다는 사실을 알게 되었다. 그것은 신뢰할 수 있는 기록을 보유하기 위해 필요한 일이었는데 역사학자들을 위한 자료로도 활용할 수 있었다. 나 역시 항해일지 덕분에 아버지가 그 항공모험을 타고 해외로 나간 시절의 일을 재현할 수 있었다.

헤밍웨이도 항해일지 비슷한 것을 썼다. 조지 플림턴George Plimpton은 헤밍웨이와의 인터뷰에서 그가 스스로 속임수를 쓰지 않기 위해 카드보드 포장지의 옆면을 잘라 만든 커다란 차트를 벽에 걸린 박제한 가젤의 코 아래에 세워놓고 매일 전진 상황을 기록한 사실을 알게 되었다. 헤밍웨이는 차트에 450, 575, 462, 1250, 512로 등 하루 생산량을 기록했다. 큰 숫자는 그날 하루는 좀 더 오래 일했으니 다음 날은 멕시코 만류에서 낚시를 즐길 수 있다는 뜻이었다.

작가들은 할 일 목록은 작성하지만 항해일지와 비슷한 개념인 '한 일' 목록을 작성하는 경우는 드물다. '한 일'을 기준으로 하루를 돌아보고 잘한 일에 대해 자신을 칭찬하고 책 작업 과정의 문서화에 참고할 수 있는 기록을 만드는 작가가 얼마나 될까?

얼마 전에 작가 친구와 이야기를 나누었는데 그는 일을 많이 하지 못했다며 스스로를 꾸짖고 있었다. 그러던 어느 날 그녀는 역시 작가인 남편과 함께 몇 달 전에 '한 일'을 살펴보게 되었다. 놀랍게도 그동안 그녀는 시 몇 편을 검토하고 수정했고, 책 순서에 관한 중요한 결정을 내렸고, 시집에서 몇 편을 떼어내 소책자로 만들어 예전에 자신의 작품을 출간한 적 있는 출판사에 보냈으며, 작가 친구들에게 원고를 보내 검토를 부탁했다. 뿐만 아니라 그녀는 유명 시인의 전기를 작업하고 있었고, 수많은 작가들에게 작품에 관한 조언을 해주었으며, 남편의 소설 원고를 읽어주고 수정 작업에 필요한 제안을 했으며, 출판사와 함께 편집한 에세이 모음집에 대한 상의도 했다. 하지만 그녀는 이 모든 일을 적어놓기 전까지 스스로 생산적이지 않다고, 시간을 낭비했다고 생각했다. 그래서 자신감도 떨어졌다. 그렇게 느낄 이유가 전혀 없었는데 말이다.

그 친구는 글쓰기 외에도 많은 일을 한다. 만약 그녀가 파트너, 선생, 친구, 가정주부, 독자 등으로서 한 일을 전부 적는다면 그녀의 '한 일' 목록은 엄청나게 길 것이다. 만약 매일 하루를 마감하면서 이 모든 항목을 기록한다면 스스로를 채찍질하는 일도 없을 것이다.

그렇다면 왜 매일 몇 분씩 시간을 내어 '한 일'을 기록해야 할까? 나나내 친구처럼 대부분의 사람들은 자신의 성취에 대한 인식이 잘못되었다. 성취 기록을 남기지 않는 경우가 대부분이다. 하지만 자신이 한 일을 존중한다면 —원고 몇 페이지를 썼든 싱크대에 가득한 설거지를 끝낸 것이든 가만히 앉아 문제를 헤아린 것이든— 작품과 자신의 가치를 알게 된다.

정확한 항해일지를 기록하지 않는 한 헤밍웨이처럼 스스로에게 책임을 지우기가 어렵다. 그런 기록은 작업 공간과 장비, 여행에 쓴 돈을 세금 공제에 활용할 때도 필수적이다. 또한 책 한 권을 쓰는 데 얼마나 걸렸는지도 쉽게 문서화 할 수 있다.

버지니아 울프도 일기에 항해일지 비슷한 기록을 했다. 학자들은 그 기록을 통해 그녀가 언제 작품을 구상했고, 언제 책을 집필했고 수정했으며, 진행 중인 작품에 대한 목표가 무엇이었고, 언제 작업이 끝났다고 생각했는지 등을 알 수 있다. 모든 기록에 날짜가 기입되어 있으므로 그녀의 작품을 역사적 사건과도 연결시킬 수 있다. 이 책의 서론에서 이야기했듯이 그녀는 영국 사상 초유의 파업을 겪으며 영국 사회가 노동 계

급에 얼마나 의존하고 있는지를 깨달았고 《등대로》에서 노동 계급 캐
릭터를 등장시켰다.

나도 항해일지를 기록하는 덕분에 에세이나 책의 진행 상황을 살펴볼 수
있다. 그 기록 덕분에 이 책의 토대가 된 에세이 한 편을 두 시간에 걸려 수정
했고 구성을 재고했으며 노먼 러시의 작업 과정에 대한 인터뷰를 읽었다는
사실을 알 수 있다. 항해일지를 종종 다시 읽으면 창조 과정에 굴곡과 부침
이 따른다는 사실이 떠오른다. 스스로 기억이 아무리 정확하다고 생각해도
작업 과정을 잘못 기억하고 있는 경우가 많다. 실제보다 더 어려웠거나 쉬웠
다고 기억하는 경향이 있다. 현재 프로젝트의 힘든 단계에서 기록한 일지를
다시 읽어보면 ─지나치게 빨리 작업하라고 자신을 몰아세우거나 진행이 느리다고 몰
아세우거나 할 때가 많다─ 예전에 작업이 얼마나 느리게 진행되었는지 되새
길 수 있다.

한 예로 회고록 《현기증Vertigo》의 작업 기록으로 당시의 진행 과정을
정확하게 설명할 수 있다. 1994년 2월 16일에 여동생의 자살에 관한 챕
터를 수정하면서 책에 어떻게 포함시킬지 고심했다. 1994년 3월 29일에
는 제이 마틴Jay Martin의 《이 시간 나는 누구인가?Who Am I This Time?》를 읽
었고 히치콕 감독의 영화 〈현기증〉이 십 대 시절 나에게 왜 그토록 중요
했는지 이해할 수 있었다. 그날 일지에 그 영화와 나의 개인적인 연결고
리에 대한 생각을 적어놓았고 회고록에도 활용했다.

이 책의 진행 과정도 항해일지 기록으로 정확하게 돌아볼 수 있다. 지금

은 다른 회고록을 쓰는 중인데 항해일지를 다시 읽어보면 《현기증Vertigo》이 쓰기 쉬운 에세이라고 생각했지만 현재 작업 중인 책과 똑같이 진행이 느렸고, 힘든 작업이었으며, 완성까지 오랜 시간이 걸렸고, 순서 때문에 고심했음을 알 수 있다. 영화를 보고 쓰기 시작한 그 글을 완벽하게 하기까지 1년이 넘게 걸렸다는 사실도 안다. 금방 끝날 것이라고 생각했는데 그렇게나 오래 걸린 것이다.

이런 기록은 자신의 작품을 존중하게 해주는 중요한 역할도 한다. 나같은 노동 계층 출신의 여성은 글쓰기 작업을 가치 있는 일로 여기기가 쉽지 않다. 우리 어머니만 해도 글 쓰는 일을 직업이라고 여기지도 않으셨다. 내가 글을 쓰고 있을 때마다 아무렇지 않게 방해하기 일쑤였고 내가 쓴 글을 자랑스러워 하지도 않으셨다. 그래서 나는 글쓰기가 엄연한 직업이고 내가 글을 쓰기 위해 열심히 노력한다는 사실을 상기하면서 스스로 한 일들을 소중하게 여기려고 최선을 다한다.

11

잘 되었던 일과
그 이유

작가에게 일어날 수 있는 두 가지 상황을 상상해보자. 첫 번째는 책상에 앉아 한 글자도 쓰기 전에 글을 쓰기가 싫고 분명히 이겨낼 수 없는 문제와 맞닥뜨릴 것이라고 생각하는 것이다. 두 번째는 잠시 멈춰 글을 쓰는 시간에 일어날 수 있는 일들에 대해 '관심과 호기심, 따뜻함, 선의'의 상태를 길러서 하루 작업에 대한 긍정적인 결과와 앞으로 기다리고 있는 놀라움을 상상한다. 이처럼 의도적으로 일이 잘 될 것이라는 사고방식을 기르면 창조적 역량이 강화된다.

긍정의 심리학 창시자이며《플로리시》의 저자인 마틴 셀리그먼Martin Seligman은 오늘 잘 되었던 일과 그 이유는 무엇인지 일기를 쓰라고 제안한다. 이 간단한 연습만으로 우울증이 호전되고 만족감이 커질 수 있다. 그 효과는 이미 입증되었다. 그 기법은 작가들에게 필수적인 자기규율과 투지를 강화해준다. '잘 된 일 일기'는 긍정적인 부분에 초점을 맞추므로 자신의 능력을 알게 해주고 미래 계획에 활용할 수 있는 정보를 제공해준다. 오늘 잘 된 일이 무엇이고 왜 그런지 알면 미래에도 긍정적인 결과를 가져다주는 행동에 개입할 가능성이 커진다. 셀리그먼의 기법은 일상생활뿐만 아니라 글쓰기 작업에도 적용할 수 있다. 하루 작업이 끝난 후 잘 된 일과 그 이유를 신중하게 생각해본다면 어떻게 될까? 이 연습을 꾸준히 한다면 자신에게 효과적인 방법이 무엇이며 어떤 일이 왜 잘 되었는지에 대한 값진 기록이 생길 것이다. 이유도 모른 채 무슨 일이 잘 안 된다는 불평만으로 가득한 기록이 아니라 말이다.

나는 제2차 세계대전 당시 부모님의 만남과 결혼을 다룬 책의 한 챕터를 쓰는 일을 방금 끝마쳤다. 아직 써야 할 챕터가 몇 개 더 남아 있다. 그 챕터를 쓰면서 잘 된 일과 그 이유를 기록했는데 메모를 세계사 연대순으로 정리한 것이 도움이 되었음을 깨달았다. 날짜를 확인하려고 수백 페이지나 되는 메모를 뒤적거릴 필요가 없었다. 부모님의 삶에서 일어난 사건을 끼워 넣은 것도 도움이 되었다. 부모님의 삶을 역사적 사건과 대조되도록 구성할 수 있었다. 또한 앨범 하나에 가족사진을 모아둔 것도 도움이 되었다. 예전에 부모님이 어떤 모습이었는지 알 수 있었고, 사진에 날짜가 있었으므로 어떤 사건이 일어났는지도 알 수 있었다.

작업은 오전에 2~3시간 동안 하는 것이 좋았다. 아직 쓸 말이 있어도 멈추는 것이 효과적이었다. 그리고 간밤에 숙면을 취한 뒤 30분 동안 유산소 운동을 하고 전화기를 꺼두고 이메일을 확인하지 않아야만 일이 가장 잘 된다는 사실도 알았다. 그 챕터를 완성하기까지 20일이 걸렸으며 수정 작업을 시작하기 전 이야깃거리를 조직화하는 데 7일이 걸렸다는 것도 깨달았다. 챕터를 누군가에게 보여주거나 이야기하지 않고 작업하는 것이 가장 좋다는 것도. 또한 그 챕터를 위해 작성한 기획서가 길잡이 역할을 했다는 사실도 알았다.

잘 된 일과 그 이유를 며칠 동안 기록하자 작업 중인 책에 대한 만족감도 커졌다. 내가 무엇을 하고 있는지 어떻게 해야 일이 가장 잘 되는지 잘 알 수 있었다. 또한 연구와 계획이 생각보다 훨씬 잘 되어 있어 생각만큼 작업 과정이 위태롭지 않다는 사실도 알았다. 그 챕터를 쓰면서 잘 되었던 일을 토대로 다음 챕터를 구성하면 된다는 것도 알았다.

가장 최근작 《우리를 포옹하는 모든 대지All the Land to Hold Us》를 비롯해 소설과 비소설 부문 총 31권의 책을 발표한 작가 릭 배스Rick Bass는 가능성 있는 이야기가 생각만큼 풀리지 않거나 아예 가능성도 없고 풀리지도 않는 이야기일 때 어떻게 하는지 설명한 적이 있다. 그는 작가가 그런 상황에 처하면 견디고 실패를 받아들이거나, 새로운 시도를 하는 것의 두 가지 선택권이 있다고 말한다.

그는 경험상 실패를 받아들이는 것은 스스로 용납할 수 없는 일임을 잘 안다. 따라서 복잡하게 얽힌 문제와 맞닥뜨렸을 때 그에게 효과적인 방법은 침착함을 유지하고 기본으로 돌아가 제스처, 이미지, 묘사로 전달하고자 하는 바를 최대한 단순하게 보여주는 것이다. 단, 한꺼번에 하려고 하지 말고 조각으로 나눠서 한다.

그는 자신이 무엇을 전달하고자 하는지 알 수 없어 혼란에 빠지면 명료하게 말해보려고 한다. 한 걸음 물러나 가장 중요하고 가장 단순한 생각 하나는 무엇인지 묻는 법을 배웠다. 그 다음에는 그 생각을 대화하듯 큰 소리로 말하려고 한다. 그리고 소리 내어 말한 문장을 간략하게 적고 새롭게 나아간다.

배스는 잘 되었던 일이 무엇이고 이유는 무엇인지 생각했다. 그것은 아직 잘 풀리지 않는 초고를 깊이 파고들 수 있게 해준다. 어떻게 해야 원고가 잘 풀리는지 배웠기 때문이다. 그에 따르면 그 방법의 장점은 몸과 마음이 느긋해진다는 것이다. 몸과 머리가 끈질기게 문제의 해결책을 찾으려고 한다. 그는 글이 얽히고설켜도 실패했다고 생각하지 않고 해결 가능한 도전 과제로 바라본다. 검증된 방법을 활용해 명료하게 말할 수 있기 때문이다.

작가의
휴식

4장

Slow
writing

맥신 홍 킹스턴이 《여전사》와 《차이나 맨China Men》을 쓰는 데 각각 7년이 걸렸다. 가의 장벽에도 휴식기를 가지지 않고 계속 글을 쓰려고 하면 작품이 압박감을 느끼고 그것은 결국 다 티가 난다고 그녀는 덧붙였다.

캐롤린 씨Carolyn See는 《작가의 삶 만들기Making a Literary Life》에서 자신의 스케줄에 대해 설명한다. 그녀는 일주일에 5일 동안 글을 쓴다. 토요일은 집안일이나 잡다하게 처리해야 할 일들에 할애하고 일요일은 휴식을 위해 남겨둔다. 그녀에게는 매주 짧은 휴가를 취하면서 작품에서 거리를 두는 것이 성공을 좌우하는 열쇠다. 주말에는 삶을 정돈하고 창조적 에너지를 재충전해야 평일에 더욱 집중할 수 있기 때문이다.

《살아야 할 이유Reasons to Live》와 《동물의 왕국의 문에서At the Gates

of the Animal Kingdom 》,《집의 의미Tumble Home》 같은 단편 모음집을 낸 작가 에이미 헴펠Amy Hempel은 책상에서 벗어나 휴식을 취해야만 새롭게 작업에 복귀할 수 있고, 단편 작업에 필요한 강도 높은 집중력이 유지된다. 그녀는 애완견과 함께 공원으로 나가 산책을 한다. 영화를 좋아해 자주 영화관에 가고 최근에는 친구와 함께 한국 공포 영화를 봤다. 보통 그녀의 하루는 두 시간 동안 진짜 글쓰기를 하고, 애완견과 1킬로미터 정도 산책하고, 이메일을 확인하고, 영화와 과학수사 드라마, CNN 뉴스를 보는 것으로 이루어진다.

정기적인 휴식이 큰 이익이 된다는 사실은 수많은 연구에서도 나타난다. 생산성을 중요시하고 여가를 의혹의 시선으로 바라보는 문화에서는 휴식을 취하기가 어렵다. 스페인 데우스토 대학교 레저학 연구소Institute of Leisure Studies at the University of Deusto는 여가가 창의성에 필수라고 결론 내렸다. 여가는 휴식과 에너지 충전, 주의 전환, 개인 성장, 영성에 중요하다. 잠깐 동안 글쓰기 작업에서 벗어나 있으면 일에 대한 만족도가 높아지고 더욱 고무적인 상태로 복귀할 수 있다. 힘든 작업에서 느끼는 피로에서 더 빨리 회복되고 앞으로 무엇을 해야 하는지도 좀 더 수월하게 알 수 있다.

존 스타인벡은 《분노의 포도》 첫 권을 완성한 이후인 1938년 6월말, 원고를 완성하기까지 계속된 강도 높은 작업으로 지쳐 있었다. 그는 서두를 것이 없으며 며칠 휴식을 취하는 것이 좋겠다고 생각했다. 휴식을 취하는 동안 친구들을 만나고 즐거운 대화를 나누고 미친 듯 춤도 추면서 활기차게 보냈다. 4일간의 휴식 동안 나머지 소설의 상당 부분을 구상했다.

《NW》의 작가 제이디 스미스는 장편의 초고를 다 쓴 후에는 오랜 휴식을 취한 후 편집을 시작해야 한다고 말한다. 끊임없이 일하는 것이 자신에게나 작품에나 좋지 않다고 여긴다. 그녀는 작가들에게 일을 멈추고 원고를 서랍에 넣어둔 뒤 시간이 흐른 다음에 수정하라고 말한다.

레이 브래드버리Ray Bradbury는 《글쓰기 속의 선Zen in the Art of Writing》에서 너무 열심히 일하지 말라고 경고한다. 그는 "너무 열심히 일하면 뮤즈가 놀라서 숲속으로 도망간다. 등을 돌리고 한가로이 거닐고 부드럽게 휘파람도 불면 뮤즈가 살며시 뒤따라 걸어온다."

라고 말했다.

언젠가 나는 여가가 창조 과정에 필수적이라는 사실을 이해할 수 있었다. 일과 나머지 생활의 균형을 맞추기 위한 몇 가지 연습을 시작했다. 저녁 식사 시간 이후에는 일하지 않았고, 토요일에도 거의 일하지 않았으며, 일요일에는 절대로 일하지 않았다. 그리고 일주일에 하루 몇 시간씩 나만의 즐거움을 위한 일을 했다. 맛집이나 뜨개질 가게, 박물관 등을 찾거나 정원으로 나가거나 영화를 보러 가기도 한다. 남편과 때로는 온 가족이 일 년에 두 번 휴가를 떠난다. 처음에는 일을 중단하기가 내키지 않지만 돌아올 때는 훨씬 활기차고 새로운 아이디어도 가득하다.

단편 모음집 《그녀를 잃는 방법This Is How You Lose Her》의 작가 주노 디아스는 허리 수술 이후의 회복 기간에 글을 쓸 수 없다는 사실을 알게 되었다. 대신 그는 누워 있는 동안 미친 듯이 독서를 했다. 그는 "나에게 독서는 그 무엇이든 견딜 수 있는 내성을 길러준다. 통증에는 특히 그렇다." 라고 말한다. 한국인 이민자들의 경험을 담은 크리스 리Krys Lee의 소설 《드리프팅 하우스Drifting House》, 《미지의

지도Atlas of Unknowns》를 쓴 작가 타냐 제임스Tania James의 단편집 《에
로그램 Aerogrammes》, 라몬 살디바르Ramon Saldivar의 《문화의 국경지대
The Borderlands of Culture》가 특히 그에게 위안을 주었다.

　　디아스의 경우처럼 작가에게는 글쓰기가 불가능해지는 때가 온
다. 건강, 가족 문제, 혹은 긴급 상황 등으로 글을 쓸 수가 없게 되는
것이다. 그러면 어쩔 수 없이 글을 내려놓고 장기 휴가를 떠나야 한
다. 하지만 킹스턴이나 스미스, 모리슨처럼 작업에 복귀하기 전에
잠시 작품에서 떠나 있는 것이 좋다고 판단되는 때도 있다. 작가에
게 일하지 말아야 할 때를 아는 것은 일할 때를 아는 것만큼이나 중
요하다.

01

꿈과 백일몽

나오미 에펠Naomi Epel은《꿈꾸는 작가들Writers Dreaming》에서 26명의 작가들과의 인터뷰를 통해 꿈, 백일몽과 창작의 관계에 대해 들은 이야기를 수록했다. 작가들은 꿈과 백일몽을 작업에 계속 활용한다고 말했다.

아프리카인들을 태운 불법 노예선의 마지막 항해를 그린 내셔널 북 어워드 수상작《중간 항로Middle Passage》의 작가 찰스 존슨Charles Johnson 같은 작가는 난관에 부딪혔을 때 꿈에서 해결책을 찾는다. 존슨은 노예들이 떼거지로 노예선의 감옥에 갇히는 장면에 중요한 요소가 빠져 있다고 느꼈다. 그는 그 부분을 수정하기 전에 낮잠을 자기로 했다. 현실과 꿈의 경계에서 그는 미국인 선원이 정글에서 나무 상자를 끌고 나오는 장면을 상상했다. '저 상자에 뭐가 들어 있지?'라고 의아해하던 그에게 약간 수수께끼 같고 암호화 된 꿈 같은 신의 형상이 떠올랐다.

존슨이 그 작업을 시작한 지 4년 6개월 째 되었을 때 신이 내러티브에서 중대한 요소로 자리 잡았다. 그 존재에 깊은 의미를 더해 줄 수 있는 핵심적인 상징이 필요했다. 그는 그날의 백일몽을 통해 떠올린 이미지에서 해결책을 찾았다. 하지만 그 신을 사용해 자유 노예 루더포드 컬훈Rutherford Calhoun을 '계몽과 영감'으로 이끄는 방법을 찾기까지는 한 달 하고도 반이 걸렸다.

《아내Wife》와 《자스민》의 작가 바라티 무커르지Bharati Mukherjee는 꿈에서 소설의 결말을 찾는다. 그녀는 첫 초고를 쓸 때는 캐릭터들이 어떻게 될지 알지 못한다. 무커르지는 젊은 이민자 아내의 힘든 뉴욕 생활 적응기를 그린 소설 《아내》를 쓸 때, 주인공인 아내가 우울증에 걸리거나 자살하는 것으로 결말을 정했다. 착하고 순종적인 인도 출신의 아내에게 어울리는 유일한 결말 같았다. 하지만 무커르지는 꿈에서 그 캐릭터가 남편을 죽이기로 결심하는 모습을 보았다. 그녀는 잠에서 깨어나는 동시에 옆에 있던 남편에게 "남편이 죽을 거야!"라고 외쳤다. 그 꿈은 소설의 결말과 의미를 크게 바꿔놓았다. 무커르지는 "예술은 꿈으로 예측되거나 해결되는 경우가 많다."라고 말한다.

윌리엄 스타이런William Styron은 《소피의 선택》을 구상한 계기에 대해 설명했다. 또 다른 어려운 작품을 집필하고 있던 1970년대 중반 어느 봄

날 아침, 잠에서 깨어나는 순간 무엇인가 떠올랐다. 소피라는 이름의 여자에 대한 의식적인 이미지와 기억에 대한 꿈의 잔상이었다. 책 속 소피 자비스토브카Sophie Zawistowska는 스타이런이 아는 여성을 토대로 한 캐릭터였다. 그녀를 처음 본 것은 팔에 문신이 드러난 여름 원피스 차림으로 플랫부시Flatbush의 하숙집으로 들어가는 모습이었다. 다시 떠오른 소피의 이미지는 무척 강렬했고, 스타이런은 당시 쓰고 있던 소설을 제쳐두고 소피의 이야기를 써야 한다고 생각했다.

그는 집으로 돌아가 현재 출간된 책에 나오는 것과 정확히 똑같은 첫 문장을 썼고 시작부터 끝까지 전혀 망설임 없이 《소피의 선택》을 완성했다. 그 책의 전체적 개념은 꿈의 산물, 또는 꿈이 남긴 여운의 산물이었다. 시간이 흐르면서 스타이런은 소피가 아우슈비츠 수용소에서 내려야만 했던 비극적 선택, 위험한 연인 네이선 랜도Nathan Landau와의 미국 브루클린 생활, 자신의 분신이자 소설의 화자인 스팅고Stingo에 대해 상상했다. 스타이런은 그 작품을 쓰는 것이 자신에게는 절대적으로 필요한 일이라고 믿었다.

그는 소설이 소피가 아이들을 희생시키는 장면으로 아우슈비츠 수용소에서 끝나야만 한다는 사실을 깨달았다. 그는 처음 소피의 이미지를 보았을 때 '반드시 해야만 하는 이야기'임을 알 수 있었다. 관객들도 그 자신처럼 소피의 첫 이미지에 끌리도록 내러티브를 구성하는 것이 스타이런의 의무였다.

꿈과 백일몽은 창조 과정에서 작업의 방해물이 아닌 필수 요소다. 여기에서 예로 든 작가들은 물론이고 많은 작가의 프로젝트가 이런 식으로 시작하지 않는가? 평범한 일을 하고 있는 도중에 쓰지 않으면 안 되는 에세이나 책, 대사, 장면에 대한 아이디어가 나타난다. 또는 잠듦과 깨어 있음의 경계 상태에 놓여 있을 때 작품의 방향을 바꿔주는 놀라운 이미지가 떠오른다. 또는 한밤중에 잠에서 깨어나 작품에 관해 계획했던 일이 좋은 방향이 아님을 갑자기 알게 된다. 작가들의 경험이 말해주듯이 꿈과 백일몽에서 나타나는 생각과 이미지에 주의를 기울이면 작품에 큰 도움이 된다.

하지만 시작하는 작가들은 꿈이나 백일몽에서 떠오른 아이디어를 메모하지도, 실행에 옮기지도 않는 경우가 많다. 베테랑 작가들과 달리 꿈과 백일몽이 작품에 중요한 영감과 정보를 제공해준다는 사실을 깨닫지 못했기 때문이다. 그런 정보가 책의 이야기와 어떻게 어울리는지 모를 수도 있다. 그래도 글로 적어둔다면 그냥 흘려보내지 않고 나중에 활용할 수 있다. 하지만 순간적으로 떠오르는 영감을 작품에 필요한 탄탄한 지식이 아니라 덧없이 흘러가는 생각 정도로 취급하는 작가들이 많다. 그런 생각과 비전을 진지하게 받아들이지 않고 무의미하다고 떨쳐버리면 작품에 큰 손해가 될 수 있다. 나는 그런 영감의 순간이 다시는 오지 않을 뜻밖의 선물이라고 생각한다.

내가 아는 가장 생산적이고 창조적인 사람들은 꿈과 백일몽이 작가의 일에 중요한 부분을 차지한다는 사실을 잘 안다. 지금은 꿈과 백일몽이 준 이미지를 어떻게 활용할지 모를 수도 있지만 네일러의 경험이 말해주듯이 계속 파헤치면 의미를 찾을 수 있을 것이다.

02

쓸 수 없는 글

나는 내게 무슨 일이 일어난다고 해도 글을 쓸 것이라고 생각했다. 다리뼈가 부러졌을 때도 소파에 누워 아일랜드 단편 모음집의 서론을 썼으니까. 심장 절개 수술을 받고 회복 중인 아버지를 간호하면서 회고록 《현기증Vertigo》에 들어갈 아버지에 관한 이야기를 썼다. 여동생이 자살한 바로 다음 날에도 글을 썼고, 죽음을 앞둔 어머니와 아버지의 병상을 몇 시간 동안 지키다가도 글을 쓰곤 했다. 라임병에 걸렸을 때도 글을 썼다. 빨리 회복해야 지금껏 쓴 글을 책으로 낼 수 있다는 사실을 알면서도 말이다.

나는 암에 걸린 후에도 글을 쓸 것이 분명하다고 생각했다. 실제로 그랬다. 암 판정을 받고 몇 시간 동안 글을 썼다. 몸 안에 암세포가 자라고 있다는 사실을 몰랐던 어느 기분 좋은 날의 이야기와 암에 걸린 사실을 어떻게 알게 됐는지가 적힌 '캔서 북The Cancer Book'이라는 제목의 짧은 글이었다. 그 후로는 오랫동안 글을 쓰지 못했다. 글 쓰는 삶이 멈추었다.

나는 정말로 암 수술 후에, 합병증과 항암치료와 긴긴 회복 기간 동안 글을 쓸 수 있다고 생각했을까? 그랬을 것이다. 하지만 내가 정말로 하고 싶었던 일은 느리게 산책을 하며 아이들이 노는 모습을 지켜보고, 가족과 함께 시간을 보내고, 요리를 하고, 책을 읽고, 낮잠을 자고, 목욕을 하고, 뜨개질을 하고, 영화를 보는 것뿐이었다. 책은 쓰고 싶지도 않았고 쓸 수도 없었다. 어떤 상황이든 글을 쓸 수 있다는 생각은 자만이었다.

하지만 일기에는 가능한 자주 약 20분 정도 나 자신을 위한 글을 썼다. 기분을 밝게 유지하려고 애썼다. 통증과 분노, 슬픔에 대해 썼다. 도움이 되지 않는 것과 도움이 되는 것을 평가하고 하루 일과를 만들었다. 나중에 알게 된 사실인데 비영리 임상 연구 센터 시티 오브 호프City of Hope의 지원 치료 의학Supportive Care Medicine 부문 책임자 매슈 J. 로스칼조Matthew J. Loscalzo는 "슬픔에 대처하는 열쇠는 감정을 통제하고 문제를 조직화하고 해결하는 뇌의 관리 기능을 활성화시키는 것"이라고 제안했다. 그 방법 중 하나가 바로 글쓰기다. 하지만 트라우마 직후에는 안 된다. 글쓰기는 슬픔을 덜어주지는 않더라도 어느 정도 그것을 통제할 수 있게 해준다.

내가 회복하는 동안 한 작가 친구가 암 판정을 받았다. 그런데 한 친구가 그녀에게 책을 쓸 수 있도록 메모를 하라고 제안했다. 내 친구는 그래야 할지 말아야 할지 확신이 서지 않았다. 나는 나 역시 글을 쓰려고 했지만 불가능하다는 사실을 깨달았고 글을 쓰고 싶지도 않았다고 말해주었다. 하지만 사람들은 작가가 병의 경험도 책으로 옮기기를 기대하는 듯하다.

나 역시 과거에 힘든 일을 겪고 있는 사람들에게 그 경험을 글로 옮기라고 말했던 적이 있었다. 지금 생각해보면 말도 안 되는 제안이었다. 고통과 슬픔에 잠긴 사람에게 그런 말을 하는 것은 무정한 일이다. 아버지가 돌아가신 일에 대해 쓰고 아이가 심각하게 아픈 일에 대해 쓰고 배우자의 사망에 대해 쓰라니. 마치 작가의 경험 가치가 책으로 쓸 수 있는가에 달려 있기라도 하는 듯하다. 글을 쓰지 않는 사람들은 작가가 적어도 겉으로 침묵하고 싶은 일조차 글로 써야만 한다고 생각하는 것 같다.

레이놀즈 프라이스Reynolds Price는 회고록 《새로운 인생A Whole New Life》에서 1984년에 《케이트 베이든Kate Vaiden》을 쓰던 중에 척수암 판정을 받은 일에 대해 이야기한다. 그는 수술과 항암 치료로 허리 아래쪽이 마비되었다. 그는 치료 후 5개월 동안 의자에 앉아 창밖이나 천장을 바라보는 것밖에는 아무것도 할 수가 없었다. 읽을 수도 쓸 수도 없었지만 어린 시절에 그랬던 것처럼 그림을 그릴 수는 있었다. 정상적인 반응성 우울증이었지만 매우 현실적인 영성의 준비 기간이기도 했다.

그 기간 동안 친구 하나가 프라이스에게 학생 배우들을 위한 연극 집필을 맡겠는지 물었다. 그는 의뢰를 수락했고 다시 글을 쓰기 시작했다. 연극을 완성한 후 매우 빠르게 《케이트 베이든》을 완성했다. 프라이스는 암에 걸린 이후 전보다 활발하게 작품 활동을 하게 되었다.

줄리언 반스Julian Barnes는 아내 팻 캐바나Pat Kavanagh가 세상을 떠난 후 슬픔을 글로 표현할 수 있게 되기까지 몇 년이라는 시간이 걸렸다. 그는 일기에 수만 자를 썼다. 그렇게 펴낸 책 《사랑은 그렇게 끝나지 않는다》의 첫 장과 둘째 장은 열기구에 관한 이야기이고 50페이지에 이르는 에세이인 세 번째 장은 그가 아내의 죽음으로 절망에 빠지는 내용을 담았다. 그는 자살을 생각했지만 자신이 아내를 기억하는 주된 사람이므로 자신이 자살한다면 아내를 두 번 죽이는 일이 된다고 생각했다.

회고록 《미망인의 이야기A Widow's Story》에서 남편의 죽음에 대해 쓴 조이스 캐롤 오츠Joyce Carol Oates는 줄리언 반스의 《10 1/2장으로 쓴 세계 역사》에서 "재앙을 어떻게 예술로 승화하는가?" 라는 질문을 발견했다. 오츠에 따르면 반스의 대답은 그가 '슬픔의 일grief-work' 이라고 부른 것 속에서 말하고 싶은 욕망과 금욕적인 침묵 사이를 오가는 것이었다.

나는 암 판정을 받고 작가가 된 후 처음으로 그와 비슷하지만 금욕적인 침묵과는 거리가 먼 일을 경험했다. 일기에 글을 썼지만 감정이 가라앉지 않았고 큰 시야에서 볼 수 있게 되지도 않았으며 멀리서 떨어져 생각하게 되지도 않았다. 언제나 글이 나에게 해줄 수 있다고 믿어온 일들이 불가능해졌다. 나는 쉽게 글로 옮길 수 없는 경험도 있음을 깨달았다. 아니, 세상에는 글로 된 설명이 가짜 복사물에 불과한 경험도 있다.

그래서 그 주제는 혼자만 간직하기로 했다. 내가 글로 쓰고 싶지 않고 이야기하고 싶지 않고 기억하고 싶지 않은 일이다. 그때로 다시 돌아가고 싶지 않고 그 경험을 다시 하고 싶지도 않다. 나는 어떤 주제든 다룰 수 있다고 생각했지만 아니었다. 물론 레이놀즈 프라이스처럼 암에 관해 훌륭한 책을 쓴 작가들도 있고 메리 카펠로Mary Cappello의 《콜드 백Called Back》 같은 책도 있다. 하지만 나 자신에게는 불가능한 일임을 안다.

세상에는 혼자만 간직하게 되는 경험도 있으며 그래도 괜찮다는 사실을 작가들이 알았으면 한다. 나는 예전처럼 작가가 삶에 일어난 중요한 일을 글로 쓰지 않으려고 피하는 것이 잘못이라고 생각하지 않을 것이다. 그것은 용기 없는 실패도, 힘든 경험 속으로 깊이 파고들지 못하는 무능력함도, 중요한 것을 회피하는 것도 아니다.

나는 '암은 나에게 ……를 가르쳐 주었다.' 같은 말은 절대로 쓰지 않기로 다짐했었다. 확실히 암은 나에게 작가라고 어떤 글이든 다 쓸 수는 없다는 사실을 가르쳐주었다. 어떤 경험을 혼자서만 간직하고 글에 담지 않으려는 작가의 선택을 존중해야 한다는 것도 가르쳐주었다.

03

휴식 취하기

회고록 《불륜Adultery》을 쓰면서 난관에 부딪혔을 때 나는 남편과 하와이 여행이 예정되어 있었다. 첫 하와이 여행이었다. 여행을 계획할 때만 해도 잔뜩 꿈에 부풀었다. 하지만 예정일이 다가올수록 가고 싶지 않은 마음이 커졌다. 책이 풀리지 않아 문제를 해결해야만 하는 상황에서 자리를 비운다니 정신 나간 짓이라고 생각했다.

어느 날 아침에 내가 말했다.

"우리 그냥 가지 말아요. 작업이 잘 안 풀리는데 한가하게 빈둥거릴 시간 없어요."

"아니, 가야 돼. 잠깐 벗어났다가 돌아오면 분명히 문제를 해결할 수 있을 거야."

남편은 휴식이 중요하다고 생각하는 사람이다. 나도 이론상으로는 그렇다. 하지만 실제로는 일을 하고 있을 때 더 나답게 느껴진다. 심리학자 하워드 그루버Howard Gruber도 창조적인 사람에게 가장 재미있는 일은 일이라고 하지 않았는가. 우리 부부가 휴가를 떠날 때마다 내가 취소하려고 하지 않은 적이 없었다. 컨디션이 좋지 않다, 여행이 오히려 피곤하다, 여행지 날씨가 좋지 않다 등 온갖 핑계를 댔다.

어린 시절 교육을 중요시한 부모님이 나를 가만히 놔둔 것은 숙제를 할 때뿐이었다. 아버지는 나에게 계단 위의 공간에 딱 맞는 삼각형 모양의 책상을 만들어주셨다. 나는 진짜 숙제를 끝난 후에 숙제를 더 만들어내고는 했다. 백과사전에서 남북전쟁에 관해 읽어야 한다, 어휘 연습을 해야 한다, 소설을 두 권 더 읽어야 한다 등.

책상에 앉아 있으면 아무도 이래라저래라 하지 않았다. 아버지는 화를 내지 않았고 딸의 성실함에 만족했다. 어머니는 내가 공부하기를 바라셨다. 어머니는 평소 내 도움이 필요했지만 내가 학교에서 좋은 성적을 거두기를 바라셨다. 아무리 복잡하고 문제 많은 집안이라도 책상에 앉아 있으면 어느 정도 안정감이 느껴졌다. 책상을 떠나는 순간에는 무슨 일이 생길지 알 수 없었다.

그러다 남편을 만나 결혼했다. 남편은 삶에 대한 생각 자체가 나와 크게 다른 사람이었다. 만난 지 얼마 안 된 후부터 나를 책상에서 끌어내기 시작하더니 줄곧 그랬다. 휴가를 떠나겠다고, 휴가가 필요하다고 나도

229

생각했다. 어디를 가든 소재거리가 생기고 관점 변화와 새로운 사고방식이 나타나기를 바랐다. 내가 좋아하는 작가 버지니아 울프와 데이비드 허버트 로렌스처럼 말이다. 그들에게도 휴식이 유익했다면 나에게도 마찬가지일 것이다.

나처럼 다른 것을 하느니 차라리 일을 선택할 작가들은 많다. 마르셀 프루스트처럼 소음을 없애기 위해 벽에 코르크를 붙인 방에서 작업하는 작가들, 집에 있어야만 자유를 느끼고 완성 전까지는 절대로 작품을 놓지 않으려고 하고 어디를 가든지 일거리를 가져가는 작가들이 있다. 하지만 모든 작가가 그렇지 않다. 여행을 자주 한 작가들도 많았다. 그들은 종종 아주 먼 곳으로 여행을 떠났고 그 여행은 그들의 작품을 더욱 풍요롭게 만들어주었다.

하워드 가드너의 《열정과 기질》에도 여행이 창의성에 얼마나 중요한지 나와 있다. 나는 그 책을 읽으면서 책 작업에 있어 휴가가 어린 시절 나에게 숙제 같은 의미임을 깨닫고 더 이상 거부하지 않기로 했다. 하워드 가드너는 "창조적인 사람들은 일에 대한 열정과 놀이 능력을 합친다."라고 말했다.

익숙하지 않은 환경에 놓이면 뇌가 움직이는 방식에도 변화가 생긴다. 작가들이 여행을 다녀온 후 작품에 큰 변화가 생기는 이유는 평소와 인식이 달라지고 경각심이 커지기 때문일 것이다. 그래서 나는 버지니아 울프에 관한 책을 쓸 때 그녀가 살았던 영국 서섹스 지방 로드멜Rodmell로 남편과 여행을 갔다. 그녀가 거의 매일 걸었던 낮게 펼쳐진 사우스 다운스South Downs 구릉지를 걸었다. 그 산책만으로 버지니아 울프에 대한 내 관점과 그녀에 대한 글을 쓰는 방식이 바뀌었다. 그 전에는 그녀를 천상의 존재로 묘사했지만 그녀가 그 구릉지를 오르내리기 위해 힘을 내야만 했다는 사실을 알게 되었다.

버지니아 울프는 결혼 전인 1909년 4월에 이탈리아를 여행하며 일기를 썼다. 그곳 풍경과 사람들의 자화상, 해외여행 도중 영국인들의 생활 방식 등을 자세하게 묘사했다. 영국으로 돌아와 여행에서 보고 들은 것을 활용해《멜림브로시아Melymbrosia》라고 이름 붙인 첫 번째 소설《등대로》를 썼다. 배경은 남아메리카로 바꾸었다.

버지니아 울프는 레너드 울프와 결혼한 후에는 나처럼 여행이 내키지 않을 때가 많았다. 하지만 남편은 강하게 밀어붙였다. 그는 아내가 공식적인 휴가를 즐기도록 만들었다. 일 년에 6주는 일에서 손을 떼도록 했다. 물론 그녀는 절대로 글쓰기를 중단하지 않았지만 말이다. 그녀는 여행 중에도 책을 읽었고, 보고 들은 경험을 일기에 저장해두었다. 여행에서 돌아와 그동안 막혔던 문제를 풀었고 새 작품을 구상했다.

데이비드 허버트 로렌스의 전기를 쓴 존 워든John Worthen의 표현대로 로렌스는 아웃사이더였다. 로렌스는 영국을 떠나 전 세계를 떠돌았다. 그는 한 곳에서 다른 곳으로 옮겨 다닐 때 최고의 컨디션을 발휘하는 작가 중 한 명이었다. 여행이 없었더라면 그의 작품도 없었을 것이고 로렌스라는 이름도 존재하지 못했을 것이다. 그는 방문하거나 살았던 모든 장소에 대해 썼고, 그곳에서 만난 사람들을 소설 속 캐릭터로 변화시켰다. 한 예로 이탈리아 토스카나에 있는 고대 무덤을 방문한 경험은 《에트루리아의 장소들Etruscan Places》에 들어 있다.

우리 부부는 결국 하와이 여행을 떠났다. 유리 공예의 새로운 영역을 탐구하고 순수미술로 끌어올리는 데 공헌한 데일 치홀리Dale Chihuly의 작품이 전시된 갤러리를 돌아다녔다. 그가 유리로 만든 작품들은 형태와 색깔, 역동성에서 놀라울 정도로 아름답다.

집으로 돌아와 치홀리의 작업 모습이 담긴 DVD를 구입했다. 그가 자신의 작업에 사용할 유리를 부는 사람들을 교육하는 모습이 있었다. 유리를 부는 작업은 매우 위험하고 폐 손상을 일으키기 때문에 오랫동안 할 수 없다. 그는 유리를 부는 사람들에게 유리가 가고 싶어 하는 대로 가게끔 해주라고 말하고 있었다. 유리가 형태를 잡아가도록 그냥 내버려두라고 했다. 미리 정한 모양으로 만들려고 억지로 하지 말고 유리가 가게끔 놔두라고 말하고 내버려둬야 한다는 것이었다. 그는 예술의 소재에 거스르지 않고 순응하면서 작업하고 있었다.

'작품이 가고 싶어 하는 곳으로 가라. 저항하지 마라.'

나는 여행에서 치홀리의 작품을 보고 DVD에서 그가 일하는 모습을 본 후 이렇게 적었다. 당시 쓰고 있던 책은 내가 거부했던 하와이 여행에서 돌아와 완전히 새로운 관점을 띄게 되었다. 평소보다 적은 노력으로

232

도 책이 목소리와 모양, 의미를 찾아갔다. 좀 더 자유롭게, 완전하게, 위험하게 작업했다. 책의 주제가 제 형태를 찾았다. 책상에 앉을 때마다 치홀리가 뒤에서 "그냥 내버려두세요. 내버려 두세요."라고 말하는 모습을 상상했다.

04

요리하는 작가

　나를 아는 사람들은 내가 저녁마다 요리를 한다는 사실을 안다. 요리할 때 글이 아닌 다른 것에 정신을 집중할 수 있고 모순적이지만 글쓰기에도 도움이 된다. 《그림자는 안다The Shadow Knows》의 작가 다이앤 존슨 Diane Johnson은 "내가 글에 대해 생각하는 방식은 요리에 대해 생각하는 방식과 다르지 않다. 그것은 일이자 놀이다. 그렇게 보면 나의 모든 삶이 놀이다."라고 말했다.

　나는 맛있는 음식을 좋아한다. 하지만 테이크아웃이나 레스토랑에서 먹는 음식이 전부 만족스러울 수는 없다. 맛없는 음식을 먹기가 싫어서 직접 요리를 한다. 요리를 할 때는 정말 즐겁다. 글을 쓰느라 아무리 피곤한 날에도 요리만 하면 그 즐거움에 빠지게 된다. 내가 요리를 하는 진짜 이유는 그럴 필요성이 있기 때문이다. 내가 아는 작가들 중에는 요리를 하지 않는다는 사실에 자부심을 가지는 사람들도 있다. 많은 작가가 요리에 관심이 없거나 요리할 시간이 없다고 말한다. 글 작업이 무척 중요하고 많은 시간이 필요하다고 말이다.

마이클 샤본은 에세이 《케이크의 예술Art of Cake》에서 요리를 어떻게 배웠는지 이야기한다. 그는 열 살 때 비스퀵 상자 뒷면에서 벨벳 크럼 케이크velvet crumb cake 요리법을 발견하고 곧바로 실행에 들어갔다. 그때 샤본은 이미 몇 년 동안 어머니의 요리를 도와온 터였다. 어머니가 변호사로 하루 종일 일하게 되자 샤본은 대학 입학을 위해 집을 떠나기 전까지 매일 저녁 가족들을 위해 요리했다. 그리고 지금은 아내와 아이들을 위해 요리한다. 그는 요리를 하는 동안 부엌에서 큰 기쁨을 느꼈다.

"글쓰기는 요리와 비슷한 점이 많다."라고 샤본은 말한다. 요리는 완고함과 마지막 순간의 실패에 대한 내성을 필요로 하는 일이다. 요리할 때는 글을 쓸 때와 마찬가지로 잘 될 수도 있고 끔찍하게 잘 못 될 수도 있다. "나는 내가 읽고 싶어지는 책을 쓰려고 한다. 요리할 때는 자신이 맛있게 먹을 수 있는 음식을 만드는 법이다. 책도 내가 읽고 싶은 책을 쓴다."라고 샤본은 말한다.

나는 책 쓰는 작업을 요리만큼 즐기지는 않는다. 하워드 가드너에 따르면 무언가를 창조하는 동안에 느껴지는 불만족은 문제의 창조적인 해결책을 찾아 나서도록 만든다. 한 작품에 몇 년을 쏟아도 만족의 순간은

235

지극히 잠깐에 불과하다. 끝낸 순간에는 만족감이 느껴질 수도 있지만 진정한 기쁨은 아니다. 이미 다음 프로젝트에 대해 생각하고 있기 때문이다.

나는 언젠가 멘토 미첼 A. 리스카가 책 집필을 막 끝냈을 때 "설레지 않으세요?"라고 물었다. 책 한 권을 끝내면 엄청나게 들뜨고 흥분되는 기분일 것이라고 생각했기 때문이다. 그가 대답했다.

"그랬지. 몇 분 동안."

첫 번째 책이 출간된 날, 나는 엄청나게 많은 쓰레기를 내다 버리면서 '흠, 그래도 삶은 똑같이 계속 되네.'라고 생각했다. 하지만 요리는 만족과 기쁨을 동시에 준다. 요리가 주는 만족감은 엄청나다. 오랫동안 기다리지 않아도 노력의 결실을 맺을 수 있다. 그리고 먹는 기쁨까지 누린다.

채소를 구입할 때나 필요한 재료를 찾기 위해 냉장고나 찬장을 뒤지거나 당근이나 고추, 양파를 썰 때는 신중하게 주의를 기울여야 한다. 일 생각은 할 수가 없다. 따라서 요리를 할 때 만큼은 일에서 벗어날 수 있다. 요리를 하지 않으면 항상 '작가의 뇌' 모드에 머물러 있으므로 주변 사람들과 같이 시간을 보내지 못하고 일이 아닌 그 무엇에도 제대로 관심을 쏟을 수가 없다. 작가만의 세계에 갇혀버리는 것이다.

아들 제이슨이 해준 이야기다. 어릴 적 아이가 학교에서 돌아왔는데 내가 글을 쓰고 있더란다. 아이는 내 책상 앞에 서서 "엄마, 저 피가 엄청나요."라고 말했는데 내가 "그거 잘 됐구나. 가서 간식 먹어. 엄마도 조

236

금 이따 갈게."라고 했단다. 지금 생각해도 아찔한 기억이다. 요리는 나만의 세계에서 벗어나 글자가 아닌 사랑하는 사람들과의 관계 속으로 들어가게 해준다. 결국 책상을 떠나 있을 때 '더 중요한 일'을 하게 해주는 것이다.

05

느리게 읽는
즐거움

빌 게이츠는 주기적으로 독서를 위한 휴가를 떠난다. 책을 골라서 어딘가로 떠나거나 집에 머무른다. 세상과 단절된 채 책 속으로 오랫동안 깊이 빠져든다. 그 휴가는 그에게 큰 활력을 준다. 일상에서 벗어나 평소에 읽을 시간이 없는 책들을 읽음으로써 훨씬 상쾌해진 머리로 일에 복귀할 수 있고 새로운 도전에 효과적으로 맞선다.

빌 게이츠는 자신이 읽은 책에 대한 게시물을 올리고 해석도 단다. 그가 최근에 읽은 책으로는 스티븐 핑커Steven Pinker의 《우리 본성의 선한 천사》, 캐서린 부Katherine Boo의 《안나와디의 아이들》이 있다. 빌 게이츠의 독서 휴가에 대해 알게 된 후 '나에게 필요한 게 바로 이거야.'라는 생각이 들었다.

마이클 커닝햄Michael Cunningham의 《세월》에는 한 여성이 버지니아 울프의 《댈러웨이 부인》을 읽으려고 호텔에 투숙하는 장면이 나온다. 그녀는 위기에 처해 있다. 완벽에 가까운 엄마와 아내가 되기 위해 노력하지만 답답한 결혼생활에 염증을 느낀다. 방해받지 않기 위해 호텔방으로 피신해 책을 읽어야 하는 그녀의 상황은 나에게도 강렬하게 다가왔다.

당시 나에게는 아직 어린아이가 둘이나 있었다. 시작한 지 얼마 안 되는 글쓰기를 하면서 아이들까지 돌봐야 했다. 아이들을 돌보면서 책을 많이 읽었다. 하지만 한 문단을 읽고 우는 아이를 돌봐야 하고, 한 챕터를 읽고 아이들을 준비시켜 공원으로 나가고, 몇 페이지를 읽고 토마토를 손질하며 저녁 식사를 준비해야 했다. 계속 들락날락하면서 책을 읽었다. 독서에 빠져드는 사치는 어린 시절 이후로 경험하지 못했다. 어릴 때는 여름이면 도서관에서 책을 잔뜩 빌려와 뒤쪽 현관으로 나가 온 정신을 집중해서 읽었다.

헨리 밀러의 《내 인생의 책들》에는 독서가 작가에게 중요한 이유가 강조되어 있다. 밀러는 느리게 읽는 것이 중요하다고 생각했다. "달팽이처럼 느리게 읽는 것이 훨씬 낫고 현명하며 유익하고 풍요롭다. 책 한 권을 읽는 데 며칠이 아니라 1년이 걸린들 무슨 상관이랴."라고 그는 적었다. 그는 토마스 만Thomas Mann의 《마의 산》을 일 년에 걸쳐 읽었다. 마치 같이 사는 사람처럼 그 소설과 시간을 보냈다.

밀러는 책을 읽는 방식이 곧 인생을 읽는 방식이라고 여겼다. 만약 책을 무턱대고 읽는다면 인생도 그렇게 살아가는 것이고 글도 그렇게 쓰는 것이다. 느리게, 신경 써서 읽는 법을 배우면 좀 더 충실하게 살아갈 수 있으며 글 작업에도 도움이 된다.

밀러에게 독서는 글쓰기 행위와 밀접하게 연결된 결실의 경험이었다. 그에게 모든 글쓰기 행위는 독서와 함께 시작되었다. 밀러는 탐욕스럽게, 자기만의 독특한 방식으로 독서를 했다. 스펜서의 시 〈페어리 여왕〉을 연구하기 위해 한 학기 다니던 시티 칼리지를 그만둬야 했지만 여전히 그에게 독서는 무척 중요했다. 장 지오노Jean Giono, H. 라이더 해거드H. Rider Haggard, 마리 코렐리Marie Corelli, 그리스 연극, 랭보Rimbaud, 라벨레이Rabelais 등을 읽었다. 그는 독서가 창조 행위라고 믿었다. 작가가 열성적인 독자가 되지 않으면 책은 죽을 것이라고, 천천히, 주의 깊게, 온전히 집중해 읽어야 자신의 삶도 풍요로워진다고 믿었다.

《매리지 플롯The Marriage Plot》의 작가 제프리 유제니디스는 대학 시절에 훌륭한 모더니즘 작가들, 제임스 조이스James Joyce, 마르셀 프루스트Marcel Proust, 윌리엄 포크너William Faulkner의 작품을 읽었다. 그와 친구들은 곧 토머스 핀천Thomas Pynchon과 존 바스John Barth의 작품도 읽게 되었다. 그에 따르면 그의 세대는 19세기 문학을 읽기도 전에 실험적 작품을 경험했다.

하지만 유제니디스는 20대 초반 난생 처음으로 톨스토이의 작품을 읽게 되었고 새로운 서술 형태를 알게 되었다. 그는 자신이 조이스의 언어유희보다 톨스토이의 명료한 문체와 생생하고 사실적인 캐릭터를 더 선호한다는 것을 깨달았다. 톨스토이의 작품을 주의 깊게 읽은 그는 결국, 모더니즘 작가들의 실험 정신과 19세기 사실주의자들의 서사 충동과 캐릭터 중심이라는 문학의 두 기둥을 조화시키려는 시도를 하게 되었다.

나는 몇 주 전 독서 휴가를 결심했다. 바깥세상과 동떨어진 외딴 장소로 떠나 2주간 독서만 하면서 지낼 생각이었다. 여전히 책으로 읽는 것이 좋지만 아이패드를 준비했다. 헤밍웨이의 《누구를 위하여 좋은 울리나》와 《태양은 다시 떠오른다》, 이언 매큐언의 《속죄》, 앨런 페이턴Alan Paton의 《울어라, 사랑하는 조국이여》, 사라 홀Sarah Hall의 《죽은 사람을 칠하는 방법How to Paint a Dead Man》 등을 아이패드에 넣었다.

2주 동안 오전에 몇 시간, 오후에 몇 시간, 그리고 저녁에 한 시간 동안 책을 읽었다. 하루도 빠지지 않고 약 5시간 동안 책을 읽었다. 전화도, 이메일도, 인터넷도, 아무런 방해물도 없었다. 책을 그만 읽는 이유는 꼭 그래야만 해서가 아니라 내가 원해서였다.

첫 일주일이 지날 무렵, 오래 전에 잃어버린 내 안의 독자를 되찾은 기분이 들었다. 책을 읽으며 눈물을 흘리고, 큰 소리로 웃고, 처음부터 다시 읽고, 훌륭한 표현이나 문장, 긴 분량에 감탄하고, 놀라운 눈으로 하늘을 바라보며 멋진 글을 회상하던 그 독자 말이다. 헤밍웨이의 작품을 예전과 전혀 다른 마음가짐으로 읽었다. 처음 읽어본 사라 홀의 작품이 무

241

척 훌륭해서 겸허한 자세가 되었다.

물론 글을 쓰고 싶어 몸이 근지러웠다. 멋진 작품을 읽고 글을 쓰지 않을 작가가 어디 있을까? 하지만 글을 쓰지 않겠다고 스스로에게 약속한 터였다. 적어도 내 작품을 위한 글은 쓰지 않겠다고 다짐했다. 나는 내가 기억하고 싶은 내용을 적었다. 밀러처럼 긴 구절을 노트에 베껴 적기도 했다. 모방은 독서를 느리게 하고 좋은 문장의 원리를 배우게 해주는 최고의 방법이었다.

종이책을 가져왔으면 좋았으리라는 생각도 들었다. 단지 책을 들고 있거나 페이지를 넘기는 촉각적인 즐거움이 그리워서였다. 하지만 독서 휴가는 내 기대를 훨씬 뛰어넘었고 정말로 좋았다. 나는 집으로 돌아와 열정적으로 작업에 복귀했다. 원래 읽기는 내 일의 일부였지만 2주간의 독서 휴가에서 진정으로 읽는 법을 다시 배웠다. 진짜 읽는다는 것은 존중심을 가지고 집중하면서 느리게 읽는 것이다.

06

신선한 공기가
주는 통찰

《벌들의 비밀 생활The Secret Life of Bees》의 작가 수 몽크 키드Sue Monk Kidd는 열심히 일하는 것도 중요하지만 '빈둥거리는' 휴식의 시간이 없다면 일에 타격이 생긴다고 말한다. 그녀는 종종 부두에 앉아서 바람 부는 모습을 바라본다. 그러한 일상은 그녀 자신에게 꼭 필요하다. 버지니아 울프는 병으로 외출을 하지 못하고《야곱의 방》작업도 정체되자, 일기에 사우스 다운스 구릉지 산책이 자신의 글쓰기와 얼마나 밀접한 연관이 있는지 적었다.

"펄Firle 숲을 지나서 콧바람을 쐬고 온 몸의 근육이 지친 상태로 집에 돌아올 수 있다면 얼마나 좋을까········· 내일의 작업을 위해 머리가 맑아지고 냉정해진 채로…… 장갑처럼 꼭 맞는 문장이 저절로 떠오르고…… 내 이야기는 저절로 이야기를 시작한다.”

울프는 글쓰기 기술을 연습하기 위해 무엇이 필요한지 잘 알고 있었다. 그녀는 매일 밖으로 나갔다. 제1차 세계대전을 배경으로 하는 《야곱의 방》을 쓸 때 그 작업이 잘 되려면 야외 활동을 통해 건강을 지키고 머리를 맑게 하고 사기를 올려야 할 필요가 있었다. 그녀는 밖에 있으면 필요한 단어가 떠오른다고 믿었다.

버지니아 울프가 밖에서 보낸 시간의 증거는 작품에도 발견된다. 《야곱의 방》에서 야곱이 친구 보나미Bonamy와 하는 산책은 그녀 자신의 런던 산책을 그대로 가져다 놓은 것이다. 《댈러웨이 부인》에서 댈러웨이의 유명한 산책과 에세이 《거리 사냥Street Haunting》 역시 그녀 자신의 산책이었다. 런던과 서섹스, 콘월에 대한 묘사는 그녀가 오랫동안 산책을 하면서 주의 깊게 본 것들을 토대로 했다.

토니 모리슨은 《빌러비드》에서 세서Sethe가 아이의 목을 칼로 긋는 유아 살해 장면을 쓸 때 자리에서 일어나 오랫동안 밖에 나가 있었다. 마당을 걷다 돌아와 약간 수정을 하고 다시 나갔다 돌아와 문장을 고치기를 계속했다. 그 장면은 정말로 힘들었고 감정적으로 강렬했으며 작가의 강력한 통제가 필요했다. 그때의 휴식과 밖에서의 서성거림은 그녀가 바라는 대로 절제된 방식으로 그 장면을 쓸 수 있게 해주었다.

헨리 밀러는 파리 시내를 산책하면서 본 것을 노트에 기록했고, 그것을 파리에 관한 글을 쓸 때 활용했다. 《북회귀선》에는 산책이 거둔 예술적 결실이 잘 나타난다. 세느 강과 파리 여러 구역에 대한 묘사가 그렇다. 산책은 그에게 작업에 필요한 경각심과 체력을 길러주었다. 그는 장수하는 작가가 되고 싶었으므로 산책을 통해 계속 활동적으로 지내려고 했다. 말년에 캘리포니아에서 살 때는 수영을 했다.

글쓰기는 강도 높은 작업이며 그래서 무척 힘들다. 그래서 나는 매일 휴식을 취하고 머리를 맑게 하고 관점을 넓히고 자신을 돌봐야 한다. 매일 신선한 공기를 마시지 않으면 내 글은 밀실에서 쓴 듯한 느낌이 날 것이다. 신선한 공기를 쐬는 것이 나는 물론 앞에서 언급한 작가들에게 얼마나 중요한지를 생각하면 혼자 자유롭게 밖을 다닐 수 있다는 사실을 당연시하면 안 된다는 것을 알 수 있다.

버지니아 울프 역시 문을 열고 밖으로 나가 사우스 다운스 구릉지와 런던 거리를 걸으며 작품을 구상할 수 있다는 사실을 오랫동안 당연하게 받아들였다고 고백했다. 제2차 세계대전이 터지고 독일의 영국 공습이 시작되자 그녀는 더 이상 사랑하는 사우스 다운스를 거닐 수 없게 되었다. 그 이야기 역시 그녀의 일기에 적혀 있다. 밖을 돌아다닐 수 없게 된 것이 그녀의 삶과 작품에 얼마나 나쁜 영향을 끼쳤는지 말이다.

어떤 작가들은 글 쓰는 사람이라면 집 안 책상에 앉아 글만 써야 한다고 생각한다. 마치 책상을 떠나면 작업이 엄청난 방해라도 되는 것처럼 이야기한다. 물론 피터 애크로이드Peter Ackroyd 같은 작가들도 있다. 애크로이드는 지금까지 50권이 넘는 책을 썼는데 거의 일을 하면서 보내고 —동시에 세 권의 책을 작업한다. 오전에는 역사, 오후에는 전기와 소설— 놀이에는 별로 시간을 쓰지 않는다.

하지만 수 몽크 키드, 버지니아 울프, 토니 모리슨, 헨리 밀러, 크리스토프 켈러 등 다작 작가들은 대부분 밖으로 나가 신선한 공기를 쐰다. 그들은 일에서 떨어져 있을 때 값진 통찰이 떠오른다는 사실을 알고 있다. 작가의 일은 폐쇄적이고 강도가 높고 상당한 집중력이 필요하다. 잠시 책상을 떠나 시야를 바꾸고 바깥세상을 바라보는 것은 큰 도움이 된다.

07

기다리는 습관

작가 이언 매큐언은 프로젝트 사이마다 아이디어가 나올 때까지 기다리는 습관을 길렀다고 말한 적이 있다. 그는 이렇게 말한다.

"여러 책을 집필하는 가운데 그냥 기다리면서 어떤 아이디어가 나오는지 본다. 이것은 완전한 의식 통제 상태에서는 가능하지도 않고, 원하지도 않을 그런 과정이다."

매큐언이 이 과정을 미성숙하게 밀고 나갔다면 그의 작품은 진정성과 복합성이 떨어지고 지나치게 정형적이 되었을 것이다. 그리고 책을 완성하기도 더 힘들었을 것이다. 매큐언은 올바른 주제가 떠오를 때까지 기다려야 한다는 사실을 알고 있다. 그는 서재에 앉아 기분 좋은 꿈을 자주 꾼다. 가령, 책상 서랍을 열었는데 지난 여름에 탈고한 뒤 까맣게 잊고 있었던 소설을 발견하는 꿈이다. 너무 바빠서 잊고 있었던 것이다. 상상 속의 그 작품은 대단히 훌륭하다.

매큐언은 아이들이 끔찍한 환경에 대응하는 이야기를 담은 《시멘트 가든The Cement Garden》의 집필을 시작하기 전 수년 동안이나 작업을 미룬 상태였다. 그는 1976년에 미국에서 런던으로 돌아왔고 어른들 없이 생존하는 아이들에 관한 소설을 구상했지만 어떻게 시작해야 할지 몰랐다. 그러던 어느 날 오후 책상에 앉아 있는데 각자 다른 네 명의 아이들 캐릭터가 떠올랐다. 그들이 누구인지 알려고 애쓸 필요도 없었다. 이미 다 만들어진 채로 나타났기 때문이다. 매큐언은 재빨리 메모를 하고 잠을 잤다. 일어났을 때는 적어도 자신이 쓰고 싶은 소설이 머릿속에 구상되어 있었다. 그는 일 년 동안 작업을 했고 간략하고 강렬한 소설을 쓰고 싶은 목표를 실현해나갔다.

스티븐 나흐마노비치Stephen Nachmanovitch는 《자유로운 놀이Free Play》에서 인내를 배우는 것은 창조적인 사람에게 꼭 필요하다고 말한다. 그에 따르면 글쓰기 과정을 억지로 끌고 나가려고 하는 것보다 인내를 가지면 훨씬 더 많이 성취할 수 있다. 위대한 학자나 과학자는 무슨 일이 있어도 결과물을 서둘러 내놓으려고 하지 않는다. 그들은 퍼즐 조각이 자연적으로 맞춰질 때까지 기다릴 의지가 있는 사람들이다.

빅토리아 넬슨Victoria Nelson의 《작가의 장벽에 관하여On Writer's Block》는 창조적 행위에서 기다림의 역할을 알려주는 가장 훌륭한 책이다. 넬슨은 예술을 하는 것이 예술을 하지 않는 것보다 항상 우월한 것이 아니라고 말한다. 또한 문제에 대한 답을 가지고 있지 않을 때 억지로 일하는 것은 좋지 않다고 설명한다. 저항을 이겨내라고 스스로에게 강요하는 일은 마치 의식이라는 조명이 아직 준비되지 않았는데 너무 이르게 막을 올리는 것이나 다름없다.

얼마 전 나는 아버지에 관한 책의 초고를 상당량 끝냈다. 아버지가 아이들과 제스처 놀이를 하다가 적을 죽이는 시늉을 했던 것과, 그것이 아이들을 불편하게 만든 이야기를 쓰고 있었다. 뭔가 빠진 것이 분명했는데 뭔지 알 수 없었다. 이야기를 풀어낼 방법을 찾지 못하면 으레 느껴지는 불안감이 엄습했다. 무엇보다 먼저 든 생각은 앞으로 어떻게 해야 하는지 알게 될 때까지 그저 작업을 계속하는 것이었다. 넬슨을 비롯해 창조적인 해결책을 억지로 찾지 말라는 이들의 설명을 읽은 나는 그런 상황에서 계속 쓰면 역효과가 날 것임을 알고 있었다.

초고를 어떻게 진행시켜야 할지 알기까지는 오랜 시간이 걸렸다. 내러티브에서 내 목소리가 완전히 빠져 있음을 깨달았다. 초고로 돌아가 아버지의 행동에 대한 내 반응과 아버지의 폭력에 대한 어릴 적 기억, 그리고 내가 아이들을 보호하려고 했던 일을 적었다. 이제 그 내러티브는 과거의 사건과 현재를 이어주었고, 나 역시 내러티브 안의 한 인물이 될 수 있었다.

나는 진정한 해결책은 서두를 수 없고 자신이 원할 때 나오기를 강요할 수 없음을 깨달았다. 열심히 생각해볼 수는 있다. 가능한 해결책에 대해 적어볼 수도 있다. 하지만 진정한 해결책은 아무리 열심히 해도 절대로 강요될 수 없다. 실제로 휴식을 취할 때, 책상에서 떨어져 있을 때, 또는 충분한 시간이 흐른 뒤 찾아오는 경우가 많다.

나는 이제 글을 쓰다 어떻게 해야 할지 모를 때는 한동안 그 상태가 유지될 것임을 받아들인다. 불만족을 견디는 법을 배우는 것도 작가의 일이다. 해결책은 샤워나 빨래, 집안 정리, 산책, 요리, 설거지처럼 일상적인 일을 할 때 자주 나타난다. 문제의 해결책을 찾으려는 노력을 내려놓아야만 발견하게 되는 경우가 많다. 해결책이 나타났을 때 알아보는 법도 배워야 한다. 직관의 도약을 그냥 지나치는 작가들이 너무도 많기 때문이다.

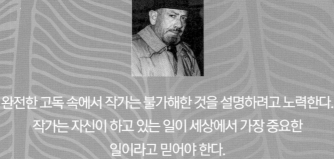

완전한 고독 속에서 작가는 불가해한 것을 설명하려고 노력한다.
작가는 자신이 하고 있는 일이 세상에서 가장 중요한
일이라고 믿어야 한다.
비록 그것이 사실이 아님을 알더라도 그러한 환상을 유지해야 한다.

-존 스타인벡-

08

새로운
관점 찾기

작가 친구가 베니스로 여행을 간다고 이메일을 보내왔다. 그는 내게 레스토랑이나 읽을거리를 추천해달라고 했다. 부라노 섬의 메인 광장에 위치한 레스토랑에서 스파게티 콘 봉골레를 먹어보고, 베네치아 석호Canale di San Marco와 그곳을 지나는 배들이 내려다보이는 지붕 레스토랑 다니엘리에서 호화스러운 점심 식사를 즐겨보라고 했다. 조르주 상드George Sand와 프레데리크 쇼팽Frederic Chopin이 머무른 곳이었다. 그리고 요세프 브로드스키Joseph Brodsky의 《워터마크Watermark》를 읽어보라고 했다. 그가 매년 겨울마다 베니스로 떠난 휴가 이야기인데 나 역시 읽을 예정이었다.

브로드스키의 회고록은 매년 겨울마다 베니스를 찾은 것이 그의 가슴과 머리, 정신에 끼친 영향에 대한 짧은 명상 시리즈다. 그는 추운 밤에 베니스에 도착해 어둠을 뚫고 기차역을 빠져나가면 베니스만의 겨울을 알리는 독특한 무언가를 느꼈다. 러시아에서 보낸 어린 시절을 떠올리게 해주는 꽁꽁 언 해초 냄새는 그를 완전한 행복으로 채워주었다.

브로드스키는 베니스의 겨울이 자신에게 왜 그토록 인상적인지, 베니스가 아름다움과 인간의 행복에 대한 인식을 어떻게 바꿔놓았는지 이야기한다. 그 도시는 무대 세트이고, 그곳에서 일어나는 모든 일이 극적으로 보인다. 베니스만의 일몰 풍경도 있다. 겨울에 빠질 수 없는 안개는 너무 짙어서 짧은 볼일을 마치고 호텔로 무사히 돌아가는 유일한 방법은 길이 눈에 보이기를 바라는 것뿐이다. 고대 팔라초의 내부에는 썩어가는 휘장, 전혀 매력적이지 않은 조상들의 끔찍한 그림으로 가득한 복도, 언제나처럼 곰팡이가 있다.

《워터마크》를 읽으니 훌륭한 작가들은 여행할 때 사물을 보는 방식이 바뀌고 그러한 인식의 변화가 집필 중이거나 나중에 쓰게 될 작품에도 영향을 준다는 사실을 알 수 있었다. 브로드스키는 겨울에 베니스로 여행을 가면서 자신의 경험을 하나의 연속적인 내러티브가 아닌 짧막한 단편으로 바라보기 시작했다. 그 책 또한 그런 식으로 구성되었다. "이야기를 하다 옆길로 새는 것은 베니스에서는 그것이 당연한 일이기 때문이다."라고 브로드스키는 적었다. 베니스에서는 방향을 잘못 잡아 길을 잃다가 마침내 길을 다시 찾는 일이 비일비재하다는 뜻이었다.

브로드스키가 겨울에 베니스를 찾은 것은 앙리 드 레니에Henri de Reg-nier의 《시골의 휴식Le divertissement provincial》을 읽은 영향도 있었다. 거기에 '사람들이 서둘러 지나가는 축축하고 차갑고 좁은 길'이라고 묘사된 베니스는 브로드스키가 어린 시절을 보낸 상트페테르부르크와 닮아 있었다. 그러나 그 소설의 구성 방식도 상당히 중요했다. 그 소설은 브로드스키에게 구성의 가장 중요한 교훈을 가르쳐주었다. 그것은 바로 훌륭한 내러티브를 만드는 것이 이야기 자체가 아니라 '순서'라는 것이다.

브로드스키의 《워터마크》는 짧은 내러티브의 연속으로 이루어지는데 한 내러티브에 담긴 의미가 다음에 올 내러티브의 전조가 된다. 브로드스키는 독자에게 '순서'가 내러티브의 의미에 어떤 기여를 하는지 생각해보게 만든다. 베니스 여행의 선형적인 내러티브가 아니라 베니스에 대한 개인적인 경험을 이야기한다.

즉, 《워터마크》에는 브로드스키만의 베니스가 묘사되어 있다. 그는 겨울에 베니스를 방문한다는 이야기를 바로 하지 않는다. 《시골의 휴식》을 읽은 이야기나, 거의 벗은 것이나 다름없는 사람들이 장엄한 건축물을 망쳐놓는 것이 싫다는 등의 배경 이야기는 나중에 나온다. 브로드스키가 상트페테르부르크에서의 삶에 대해 먼저 이야기하고 《시골의 휴식》을 읽은 이야기와 겨울에 베니스를 방문하기로 한 결정, 계속된 여정에 대해 이야기했다면 내러티브가 달라졌을 것이다. 그러한 선형적 배치는 브로드스키의 연상의 사슬 '순서'를 드러내주지도, 그가 경험한 베니스의 모습을 보여주지도 못했을 것이다.

《워터마크》를 읽고 내가 가본 적 있는 베니스가 기억난 것은 아니었다. 브로드스키의 베니스는 그 도시에 대한 나의 인식을 크게 바꿔놓았다. 모든 곳이 일반적인 이미지 외에도 그곳에 살거나 여행하는 이들을 위한 지극히 개인적인 공간으로 존재한다는 사실을 깨달았다. 새로운 장소에 대한 나만의 사소한 이미지를 존중하는 법도 배웠다. 관광 안내 책자를 통해 바라본 것이 아닌 내가 느낀 인상 말이다. 추축국의 후퇴와 연합군의 전진을 떠올리게 해주는 프로방스 건물 정면의 총알구멍이 떠올랐다. 브로드스키의 글을 읽기 전까지는 그것들을 묘사할 생각을 하지 못했을 것이다.

장소가 캐릭터 형성에 끼치는 영향은 《워터마크》의 핵심이다. 브로드스키는 베니스 사람만이 베니스의 지리적 특성과 관련된 이야기를 이해할 수 있다고 말한다. 이곳에서는 공간의 희소성 때문에 사람들이 성긴 근접성 안에 존재하고, 삶은 뒷말의 내적 논리와 함께 진화한다.

나는 《워터마크》를 읽은 후 제2차 세계대전 당시 부모님의 삶을 다룬 내 책의 원고에 뉴저지 호보컨에서의 삶이 끼친 영향이 설명되어 있지 않다는 사실을 깨달았다. 호보컨은 전쟁 당시 독일의 주요 타깃이었고, 대규모 해상 전투를 위해 바다로 출항하기 위해 조립되는 전함들을 볼 수 있는 곳이기도 했다. 수정 작업 때 그 부분을 고려해야 한다는 사실을 알고 있었다. 내 글에는 전함들이 끊임없이 전쟁을 상기해주는 살기 위험한 곳이 아닌 평범한 도시였기 때문이다.

두 개의 장면은 병치할 수도 있다. 첫 번째는 어머니가 1939년 세계 박람회를 축하하기 위해 허드슨 강을 항해하는 미군 함대를 보려고 친구들과 허드슨 강이 내려다보이는 난간으로 달려가는 모습이었다. 아직 어머니와 만나기 전인 아버지는 항공모함 '레인저'호의 갑판에 집합해 있었다. 아직 두 사람은 서로가 존재한다는 사실도 모를 때였다.

두 번째 장면은 몇 년이 흘러 어머니가 다음에 있을 해상 공격에 대비해 조립되고 있는 전함들을 보러 똑같은 난간으로 나를 유모차에 태우고 가고 아버지는 멀리 태평양에 나가 있는 모습이었다. 브로드스키의 책을 읽고 내러티브에 빠져 있는 중요한 의미의 실타래를 찾을 수 있었다. 《워터마크》는 내러티브에서의 글의 순서가 중요하다는 사실을 생각하게 해주었다.

09

서랍 속
숨겨진 보물

다이애나 앳힐Diana Athill은 회고록 《끝을 향하여Somewhere Towards the End》에서 90세에 가까운 나이가 되어 삶의 끝에 가까워졌다는 사실을 안다는 것이 어떤 의미인지 이야기했다. 그의 이야기는 솔직담백하고 꿋꿋하며 희망적이다. 성찰에 관한 작품을 쓰는 작가라면 꼭 한 번 읽어봐야 할 책이다.

앳힐은 비디아다르 네이폴V. S. Naipaul과 진 리스Jean Rhys 같은 유명 작가의 편집인이었던 자신의 삶을 이야기한다. 그녀는 나중에 자신도 글을 쓸 수 있다는 사실을 발견하고 얼마나 기뻤는지 설명한다. 은퇴 후 그녀는 회고록을 쓰기 시작했다. 책상 서랍에 책 세 권의 시작 부분을 쓴 원고를 감춰두고는 있었지만 그동안은 계속할 용기가 없었다.

"평소 거의 열어보지 않는 서랍인데 무언가를 찾으려고 열었다. 우연히 두 페이지의 원고를 발견해 읽어보았다."라고 그녀는 적었다. 그것으로 뭔가를 만들 수 있다는 생각이 들었고 다음 날 타자기에 종이를 넣었다. 이번에는 일시적인 것이 아니었다. 글은 놀랍게도 무척 잘 써졌다. 그렇게 첫 책《편지 대신Instead of a Letter》의 작업이 시작되었다. 그 작품은 그녀가 사랑했던 조종사가 파혼을 선언한 후 전투에서 사망한 이야기다. 그녀는 원고를 완성한 후 어느 때보다 행복해졌다. 하지만 자신의 슬픔을 이해하고 그 일생일대의 위기에 대한 글을 쓰기까지 오랜 시간이 걸렸음을 깨달았다.

대부분의 작가가 앳힐처럼 하나의 작품이 될 수 있는 원고를 서랍 어딘가에 넣어두었을 것이다. 너무 오랫동안 손대지 않아 그냥 포기해야 한다고 생각할지도 모른다. 하지만 시간이 지나면 오랫동안 방치해둔 글에 대한 새로운 관점이 생기기도 한다.

작가 제프리 유제니디스는 1990년대 후반에《미들섹스》를 집필할 때 커다란 난관에 부딪혀 글쓰기를 중단해야만 했다. 그리고 사교계에 데뷔하는 딸을 위해 파티를 여는 부잣집 가족에 관한 다른 이야기를 쓰기 시작했다.《미들섹스》를 쓰면서 너무 힘들었기에 새로운 소설은 좀 더 수월하기를 바랐다. 하지만 약 한 달 동안 새로운 작품에 매달린 그는 역시 힘든 도전이 되리라는 사실을 깨달았다. 게다가《미들섹스》의 작업이 그리워지기도 했으므로 자신이 무엇을 해야 하는지 알 수 있었다.

유제니디스는 《미들섹스》 출간 후 사교계 데뷔 파티에 관한 작품으로 돌아가 몇 년 동안 작업했다. 하지만 뭔가 잘 되지 않고 있음을 직감했다. 그러던 어느 날 한 문장을 썼는데 그것으로 모든 것이 바뀌었다. '매들린의 사랑 문제는 그녀가 읽고 있던 프랑스 이론이 사랑의 개념을 해체하면서 시작되었다.'라는 문장이었다. 유제니디스는 매들린과 그녀 인생의 두 남자 미첼과 레너드에 대해 썼는데 자신이 서로 다른 두 권의 책을 쓰고 있다는 사실을 깨달았다. 그래서 파티에 관한 소재는 잘라내고 매들린과 미첼, 레너드의 전혀 다른 여정을 따라갔다.

버지니아 울프는 결혼 전에 15세기의 여인의 일기를 발견하게 되는 역사학자의 이야기를 그린 《조안 마틴의 일기》라는 책을 썼다. 결국 출판하지는 않기로 했지만 원고를 계속 보관해두었다. 그 작품에는 남녀 불평등, 가정을 돌보느라 글 쓰고 싶은 욕구를 실현하지 못하는 수많은 여성, 영국 여성 문학의 잃어버린 사례 등 그녀가 나중에 다루게 되는 여러 주제가 들어 있었다. 즉, 《조안 마틴의 일기》는 출판되지는 않았지만 저자가 미래 작품에서 다룰 주제를 예비적으로 살펴보기 위해 고안한 견본 역할을 하게 되는 작품의 본보기다.

내 책상 서랍에도 그런 원고 《화이트 온 블랙》이 있다. 어린 시절에 관한 약 70페이지를 쓰고 그만둔, 20년도 전에 쓴 글이다. 제목은 항상 검은색 옷을 입고 무릎에 하얀색 식탁보를 뜨개질하던 이탈리아 출신

할머니를 가리킨다. 할머니에 대한 사랑, 내 가족이 겪은 전쟁, 아버지가 전쟁에 나가고 안 계셨을 때 어머니와 나의 관계에 대해 썼다. 작업을 중단한 이유는 앞으로 뭘 해야 할지 알 수 없어서였다. 원고를 서랍에 넣어둔 후로 오랫동안 그대로 있었다.

회고록을 써달라는 요청을 받았을 때 그 원고를 꺼냈다. 한동안 그것을 바탕으로 회고록의 원고를 썼다. 그러다 잘못된 접근법이라는 사실을 깨달았다. 물론 그 원고에는 내가 다루려는 주제가 드러났지만 그것과 다른 목소리와 구조를 활용하고 싶었다. 그래서 원고를 읽고 의미를 흡수한 후 다시 서랍에 집어넣었다. 그 실패한 글이 없었더라면 첫 회고록 《현기증Vertigo》을 쓰지 못했을 것이다. 오랜 시간이 흐른 뒤라 그 원고에서 활용 가능한 요소가 있음을 알았지만 새롭게 시작해야 한다는 사실도 알았다.

그 뒤로 서랍에서 《화이트 온 블랙》 원고를 네 번 더 꺼냈다. 《크레이지 온 더 키친Crazy in the Kitchen》을 쓰면서 할머니를 등장시킬 때, 《이사에 관하여On Moving》을 쓰면서 아버지가 태평양 섬에 복무하는 동안 어머니와 내가 살았던 곳을 묘사할 때, 할머니의 핸드메이드 작품에 관한 에세이를 쓰려고 했을 때, 그리고 지금 쓰고 있는, 전쟁을 겪은 아버지에 관한 책을 쓰기 시작했을 때다. 지금껏 《화이트 온 블랙》의 원고를 계속 펼쳐보면서 내가 배운 사실은 일시적이거나 성공하지 못한 작품이 시간이 흐른 후 값진 보물이 되기도 한다는 것이다. 그 소재를 어떻게 활용해야 하는지 제대로 알지도 못하는 상태에서 억지로 완성해 출간했더라면 이렇게 요긴하게 활용하지 못했을 것이다.

제프리 유제니디스는 제쳐두었던 원고를 나중에 다시 읽으면서 어떤 스토리라인에 초점을 맞춰야 하는지를 배웠다. 다이애나 앳힐은 잊고 있던 몇 장의 페이지가 강렬한 작품으로 변신할 수 있음을 깨달았다. 처음에 그녀는 자신의 글이 별로 가치가 없다고 생각했기에 숨겨 두었다. 하지만 오랜 세월이 지나 다시 발견했을 때는 완성할 수 있는 능력이 있다고 느꼈다. 역시 보관만 해두었던 다른 두 원고 또한 마찬가지였다.

오래 전부터 방치한 원고를 다시 꺼내 어떻게 활용할지 생각해보는 일은 중요하다. 《화이트 온 블랙》처럼 지금 쓰고 있는 책에 대한 정보를 줄 수도 있다. 앳힐의 원고처럼 다시 도전할 수 있는 영감을 주기도 한다. 유제니디스의 경우처럼 원고를 어떻게 해야 하는지 알게 될 수도 있다. 결정은 자신에게 달려 있다.

261

책 짓기,
책 완성하기

5장

Slow
writing

책을 '완성'하는 것은 재능과 아무런 관련이 없다. 책의 완성은 체력을 비롯해 수많은 요소를 필요로 하는 작업이다. 엄청나게 오랜 시간을 들여 완성해도 경제적인 보상이 보장되지 않는다. 아무런 보람 없이 어떤 일을 오랫동안 계속하기란 결코 쉽지 않다. 베테랑 작가라도 장편을 완성할 생각을 하면 부담스럽기 마련이다. 하물며 시작하는 작가들은 어떠하랴. 하지만 책을 완성하기 위해 필요한 힘을 기를 수는 있다. 그것은 충분히 노력을 통해 배울 수 있는 기술이다.

나는 존 스타인벡이 《분노의 포도》와 《에덴의 동쪽》을 집필하면서 쓴 일기를 읽고 또 읽으면서 그 기술을 터득했다. 스타인벡은 두 일기에 작품을 시작하고, 짓고, 완성하기까지의 모든 과정을 기록했다. 나는 모든 학생과 시작하는 작가들에게 그 일기를 읽고 또 읽으라고 권유한다. 그 글은 매일 어떻게 작업해야 하는지, 도중에 맞닥뜨리는 장애물을 어떻게 극복하고 작업을 계속해야 하는지에 대한 방법을 알려준다.

스타인벡처럼 성공한 작가도 작품 활동을 하는 동안 매일 하루도 빠뜨리지 않고 자신의 작업 과정을 평가해야만 했다. 앞으로 무엇을 쓸지 생각하고, 지금까지 쓴 글과 나중에 쓸 글이 어떻게 이어질지도 정해야 했다. 작품의 현재 구조, 표현하고자 하는 주제와 의미를 끊임없이 떠올려야 했다. 하루마다 쓰는 글이 전체적인 주제와 어떻게 어울리는지, 이미 쓴 글과 어떤 연관이 있는지도 계획해야만 했다. 글을 쓰기 위해 필요한 용기와 힘, 체력을 어떻게 키워야 하는지도.

사람들이 자신의 작품을 어떻게 받아들일지, 돈을 얼마나 벌지에 대한 생각은 피하고 매일 하고 싶은 일에 초점을 맞춰야 했다. 아내와 아이들에 대한 책임을 생각하고 가정을 유지하기 위해 해야만 할 일들을 생각했다. 풀어야 하는 문제들을 기록하는 한편 그의 창작 활동에 중요한 부분을 차지하는 목공과 발명에도 시간을 내야 했다. 일하기 위해 필요한 삶의 방식을 만들어내야 했다. 자신에게 좀 더 맞도록 작업 공간에 필요한 변화도 생각했다.

매일 글을 쓰려면 감정 관리도 잘해야 했다. 그래야 자신을 힘들게 하는 내용에 대해서도 쓸 수 있었다. 또 자신의 의심과 불안함, 두려움에 대해서도 설명했다. 빨리 쓰고 싶은 유혹은 들지만 서두르거나 '매일 손으로 두 페이지'를 쓰기로 정해놓은 작업량보다 많이 쓰라고 억지로 밀어붙이지 않고 천천히, 신중하게 일할 때 가장 잘 된다는 사실을 떠올렸다. 그는 타고난 게으름에 굴복하지 않도록 스스로 과제를 정해 책임감을 부여했고, 일기를 통해 글쓰기 근육에 준비운동을 시키면서 매일의 작업에 대비했다. 스타인벡은 느리고 신중하게 일했지만 《분노의 포도》작업 중반부에 이르렀을 때는 이렇게 적었다.

"내 작품은 훌륭하지 못하다. 나는 대단히 큰 절망과 상심에 빠진 것 같다."

그러나 스타인벡은 자기 의심을 비롯해 수많은 방해물에도 굴하지 않고 엄격한 작업 스케줄을 계속 지켰다.

266

원고를 책으로 만들려면 무엇이 필요할까? 나는 작가들이 책을 완성하는 모습을 보았고 도중에 휘청거리며 작업을 중단하는 경우도 보았다. 책이 완성되려면 원고를 써서 분량을 채우는 것과는 다른 기술이 필요하다. 책을 끝내는 일은 초기 단계에는 고려할 필요가 없었던 여러 사안들을 생각하도록 만든다. 지금까지 쓴 글을 보면서 괜찮은 부분과 수정 및 개선이 필요한 부분을 찾아야 한다. 어떻게 책을 구성할지 생각하고, 어울리지 않는 부분은 버리고, 필요하면 완전히 새로운 부분을 추가로 써야 한다.

작품이 무엇을 말해주기를 바라는가? 글에 담긴 의의는 무엇인가? 어느 부분을 제일 먼저 배치해야 하는가? 내러티브의 중반 지점과 마지막에는 어떤 내용이 와야 하는가? 내러티브는 어떤 구조가 되어야 하는가? 내러티브의 각 요소가 어떻게 연결되어야 하는가? 사건이 언제 어디서 일어나는지 독자가 이해할 수 있도록 시간과 공간에 대한 묘사를 충분히 했는가? 인물들이 충분히 복잡하게 그려졌는가, 아니면 좀 더 자세히 파고들 필요가 있는가? 디테일이 작품의 의도에 기여하는가? 한 줄 한 줄, 한 문단 한 문단, 소제목 하나씩 쭉 읽어보았는가? 각 문장이 제대로 된 의미를 표현하는가? 버려야 할 부분은 없는가?

수년 전 《역사학자는 탐정이다The Historian as Detective》를 쓴 역사학자 로빈 W. 윙크스Robin W. Winks의 강연을 들었다. 그는 작가란 어떤 책이든 완전하지 않고, 완벽하지 않다는 사실을 알면서 살아야 한다고 했다. 또한 매일 하루의 작업을 에세이처럼 생각하라고 말했다. 완벽한 작품이 아니라 어떤 주제에 접근하는 시도로 바라보라고 말이다.

"나는 책이 끝날 때까지가 아니라 내가 끝날 때까지 작업한다."라고 윙크스는 말했다. 책은 절대로 끝나지 않는다. 자신의 의도를 문서화하는 작업이 완전하지도, 완벽하지 않다는 사실을 받아들여야만 책 한 권을 끝낼 수 있다. 책이 완벽하지 않다는 것을 받아들여야만 책이 완성된다.

01

원고에서
책으로

언젠가 한 여성 작가가 "책 한 권을 쓰는 데 얼마나 걸리죠?"라고 물었다. 대답할 수 없는 질문이기에 무척 당황스러웠다. 다른 작가가 책을 쓰는 데 얼마나 걸리는지 알면 자신이 얼마나 걸릴지 알 수 있다는 것처럼 들렸다. 아마도 그녀는 자신이 현재 쓰고 있는 책을 끝마치기까지 오래 걸려도 과연 괜찮은지 물은 것이었으리라.

어쨌든 제프리 유제니시스가 《미들섹스》와 《매리지 플롯The Marriage Plot》을 출간하기까지 거의 10년이 걸렸다는 사실은 말해줄 수 있다. 그는 그 사이에 매일 글을 썼다. 엘리자베스 길버트는 19세기 여성 식물학자의 이야기를 그린 《모든 것의 이름으로》를 리서치만으로 3년 6개월을 보냈고, 4개월 만에 썼다. 존 디디온은 남편의 죽음에 대해 이야기하는 회고록 《마법 같은 한 해The Year of Magical Thinking》를 3개월 만에 썼지만 남편 존을 내려놓고 싶지 않아서 집필을 끝내는 데 어려움을 겪었다.

책 작업에는 너무도 많은 불확실함이 따른다. 다 쓸 때까지 얼마나 걸릴지 역시 불확실한 요소 중 하나다. 시간에 대한 태도를 바꾸는 것은 책을 쓰면서 겪는 성장 과정의 일부가 될 수 있다. 너무 오래 걸리면 초보 작가들은 포기할 수도 있다. 하지만 훌륭한 작품을 끝내려면 오래 걸린다는 사실을 알아야 한다.

노먼 러시는 내셔널 북 어워드를 수상한 데뷔작 《짝짓기Mating》를 쓰는 데 8년이 걸렸다. 두 번째 소설 《인간들Mortals》은 무려 10년이 걸렸다. 그는 아내 엘사에게 다음 소설은 2년 만에 완성할 것이라고 약속했다. 하지만 25년 만에 친구들과 한자리에 모인 남성들에 관한 소설 《미묘한 몸체Subtle Bodies》는 또 10년이 걸렸다. 그는 시간이 흐르면서 죄책감을 느끼기 시작했다. 글 쓰는 작업을 중단하면 누릴 수 있는 즐거움이 무척 많은데 글이 삶에서 많은 시간을 빼앗아가고 있었기 때문이다. 하지만 절대로 포기하지 않는 마음가짐 덕분에 그는 오랜 시간이 걸리는 작품들을 완성할 수 있었다.

러시는 《미묘한 몸체》를 쓰면서 아내 엘사에게 책을 끝낼 수가 없다고 말했다. 그러자 엘사는 작은 노트를 가져와 내러티브의 어느 부분에서 좌절감을 느끼는지 물었다. 그녀는 남편의 답을 들으면서 10페이지

271

에 달하는 메모를 했고, 극복할 수 없는 문제가 아니라고 말했다. 아내가 무엇을 해야 하는지 물었고 러시는 이미 답을 알고 있었다. 그녀는 남편이 지쳤다고 생각해서 아침에 다시 살펴보라고 권했다. 결국 러시는 아내가 적은 메모를 참고해 소설을 완성했다.

마고 프라고소는 좋은 평가를 받은 첫 책이자 회고록인 《타이거, 타이거Tiger, Tiger》를 8년 동안 드문드문 썼다. 그녀는 어려서부터 성관계를 맺어온 연상의 남자 피터 큐란이 자살한 후 책을 쓰기 시작했다―그녀는 그를 7세에 만났고 16세에 그에게 처녀성을 잃었다―. 그의 죽음 후 그녀는 곰곰이 생각하고 확실히 알아내야 할 것들이 있어 글을 쓰기 시작했다. 피터가 죽은 해 여름에 초고를 쓰기 시작하는 한편, 아룬다티 로이Arundhati Roy, 필립 로스, 도로시 앨리슨Dorothy Allison 같은 작가들의 책을 읽으면서 자신의 경험을 이해하려고 애썼다.

그녀의 초고는 전혀 정리되어 있지 않았고 초점 없이 흩뿌려진 기억에 불과했다. 그러다 대학원을 다니면서 세밀한 구성 작업을 시작했고, 약 170페이지에 이르는 분량을 더 썼지만 결국 다 사용하지는 않고 골라냈다. 그녀는 스스로 검열해야 한다는 생각이 들 때가 많았지만 그러지 않기로 결심했다. 그 이야기는 무엇보다 진실이었기 때문이다. 그리고 출판 직전에 5~6차례의 편집 과정을 거쳤다.

프라고소는 시작하는 작가들이 책을 완성하기까지 오래 걸린다는 사실을 알아야만 포기하지 않을 수 있다고 말한다. 그녀는 자신이 노동자

가정 출신에 고등학교 중퇴지만 다시 공부를 시작해 박사학위까지 받았고 어린아이를 키우며 첫 번째 책을 썼다는 사실이 사람들에게 힘을 실어줄 것이라고 말한다.

요즘은 모든 일이 너무도 '빨리' 일어난다. 그렇다 보니 작가들은 책 한 권을 쓰기까지 오랜 시간이 걸린다는 사실을 이해하기가 어렵고 예측도 불가능해진다. 그래서 완성까지 필요한 실제 시간보다 훨씬 더 빨리 쓸 수 있다고 생각하기도 한다. 주변 사람들 또한 작가들이 책을 빨리 써야 한다고 생각할 수도 있다. 너무 오래 걸리면 실패작처럼 느껴지기도 한다. 그래서 중요한 작품을 포기하는 경우가 생겨난다. 안타까운 일이다. 물론 책 작업이 빨리 끝나는 경우도 있다. 하지만 대부분은 오래 걸린다. 책을 완성하는 유일한 방법은 끝날 때까지 계속 쓰는 것뿐이다. 책을 서두르는 것은 삶을 서두르는 것이나 마찬가지다.

책 한 권을 쓰는 데 얼마나 걸리느냐는 여성의 질문에 이렇게 답해주었다. 걸릴 만큼 걸린다고. 결과물이 아니라 과정에 집중하면 글쓰기가 더 즐거울 것이라고. '도착이 아니라 여정이 중요하다.'는 레너드 울프의 말처럼 말이다.

02

책 쓰기와
집 짓기

첫 번째 회고록 《현기증Vertigo》에 대해 편집자 로즈메리 어헌Rosemary Ahern과 이야기를 나눌 때 그녀가 "책이 어떤 형태죠? 분량은 얼마나 쓸 계획이에요?"라고 물었다. 어헌은 뉴저지 호보컨의 노동 계급 이탈리아 이민자 가정에서 태어난 내가 버지니아 울프를 연구하는 학자가 된 이야기를 쓰라고 부탁한 터였다. 나는 관련 에세이를 쓴 적도 있고, 책에서 다뤄야 하는 주제 목록도 있고, 《화이트 온 블랙White on Black》이라는 약 70페이지 분량의 원고와 사명서도 있었다. 이제는 책에 대한 계획을 세워야 할 때였다.

집필을 시작하기 전, 나는 책장에서 내가 원하는 분량과 비슷한 회고록을 몇 권 빼들었다. 견본 페이지의 글자 수를 참고해 책의 분량을 계산해보니 9만 자에서 10만 자였다. 약 10만 자 분량의 책으로 하자고 결심했다. 내 이야기를 풀어내기에 충분한 분량이었다.

책의 분량을 정한 후에는 대략적인 개요를 작성했다. 몇 시간 만에 챕터 목록과 각 챕터의 분량에 대한 기록이 만들어졌다. 전에 쓴 글들을 참고하면서 독자의 이해를 돕기 위해 디테일이 얼마나 필요한지 생각했다. 좀 더 적은 주제로 좀 더 충실하게 많이 쓰는 것이 낫겠다는 생각으로 몇몇 챕터는 버렸다. '적은 것이 많은 것'이라는 오래된 명언을 따랐다. 내 러티브 구조에 대해 생각하면서 소용돌이를 닮은 책을 쓰고 싶다는 생각이 들었다. 똑같은 소재를 중심으로 빙빙 도는 어지러운 구조 말이다.

스티븐 킹은 책을 쓰려면 어느 정도 마법도 필요하지만 책이 세상에 존재하는 사물임을 잊으면 안 된다고 했다. 책을 들고 있으면 '단어의 무게'를 실감할 수 있다. 따라서 책을 만드는 일은 영감도 중요하지만 헌신의 문제이기도 하다. 그는 책 쓰는 과정을 집 짓는 과정에 비교하기도 했다. 작가는 한 번에 한 문단씩 책을 쓰는데 그에 사용되는 에너지는 저택을 지을 수 있을 정도와 같다는 것이다. 집필을 시작할 때는 책의 모양을 알고 있어야 한다. 그래야 작품이 허술해지지 않는다. 예술 작품은 '쓰는' 것이 아니라 '짓는' 것이다.

책 쓰기와 집 짓기에 대한 스티븐 킹의 비교는 훌륭하다. 집을 지으려면 신중하게 만든 설계도가 꼭 필요하다. 물론 설계도는 중간에 바뀔 수 있다. 책도 마찬가지다. 하지만 책의 구조를 별로 알지 못한 채 작업하는 작가들이 많다. 내 경우는 시작하기 전에 분량이나 임시 구조 등을 미리 알고 있어야 작업이 가장 잘 된다.

언젠가 구조를 정해놓지 않고 책을 몇 권 써본 적이 있긴 하다. 그때의 엄청난 불안감과 극심한 공포를 아직도 잊을 수가 없다. 글쓰기 과정의 어디쯤에 머물러 있는지, 얼마나 했는지, 얼마나 더 써야 하는지 그 어떤 것도 알 수 없었다. 버지니아 울프의 전기를 쓸 때는 임시 개요가 있었지만 책의 한도, 혹은 구조는 정하지 않은 상태였다. 그녀의 어린 시절에 대해 시작도 하기 전에 그녀의 자매들의 어린 시절에 대한 이야기를 300페이지도 넘게 쓴 것을 알고 경악했다. 물론 그녀의 자매들의 어린 시절이 내러티브의 일부분이기는 했다. 그러나 잠시 중단하고 책의 디자인에 대해 생각해봐야만 했다. 버지니아 울프의 어린 시절이 그녀의 작품에 끼친 영향을 다루는 책이었는데 그 300페이지를 압축해 넣는 작업은 힘들고 시간도 무척 많이 걸렸다.

《현기증Vertigo》은 구조를 미리 알고 있었으므로 줄곧 과정을 평가할 수 있었다. 쉽게 가늠할 수 없는 분량의 글을 계속 쓰면서도 내 작업이 어디쯤 놓여 있는지 알 수 있었다. 하루에 500자를 쓸 수 있다면 200일, 혹은 약 10개월 만에 초고가 완성될 수 있었다. 물론 융통성 있는 계획이었다. 병이나 긴급 상황으로 데드라인을 2개월 정도 연장할 수 있었다. 주말에는 쉬고 평일에도 필요하면 쉴 수 있는 현실적인 계획이었다. 문체나 주제에 대해 정해놓은 기준이 충족되고 있는지도 확인할 수 있었다.

작업 도중에 정기적으로 진행 정도를 계산했다. 얼마나 썼는지, 초고가 완성되려면 얼마나 더 써야 하는지 항상 가늠할 수 있었다. 이를테면 초고의 40퍼센트가 완성되었다는 사실을 알 수 있으니 안심되었다. 초고를 4~5번 이상 수정할 계획을 세웠기 때문에 완벽하지 않아도 계속 써나갔다. 어려운 선택이 필요한 일은 나중에 할 터였다.

나는 여전히 책의 분량이 얼마나 될지 결정하고 각 챕터마다 몇 자가 들어갈지 개요를 작성한다. 진행 과정을 기록하고 첫 초고 완성까지 대략 얼마나 걸릴지 계산하며 책의 설계도를 스케치하고 작품 의도를 결정한다. 융통성 없고 딱딱해 보이는 이 과정은 오히려 자유롭게 글을 쓸 수 있도록 해준다. 지금 쓰고 있는 제2차 세계대전 당시 부모님의 삶을 그린 책은 8만 자~9만 자가 될 예정이다. 현재 초고의 약 3만 7천 자를 썼다. 초고의 41퍼센트를 완성했다는 사실을 알기에 기분이 좋다. 챕터는 11개 ~12개가 될 것이고, 각 챕터마다 약 7천 500자가 들어갈 것이다. 또한 책이 아버지의 인생 말년에서 시작해 해군에 입대해 전쟁이 끝난 후 집에 돌아오기까지 연대순으로 나아갈 것이라는 사실도 알고 있다.

물론 책의 설계도와, 글자 수를 세면서 얼마나 썼는지 계산하는 것이 글쓰기의 만병통치약이 될 수는 없다. 글쓰기 과정은 여전히 커다란 수수께끼다. 하지만 버지니아 울프가 그랬듯이 내가 어디로 향하고 있는지 어느 정도 알고 있을 필요가 있다. 책의 디자인을 어느 정도 알면서 작업하면 커다란 위안이 된다. 책에 관한 모든 것을 알 수는 없지만 적어도 그만큼은 알 수 있기 때문이다.

03

출간 전
필요한 질문들

예전에 가르쳤던 학생이 석사 학위 논문으로 쓴 글을 책으로 내고 싶어 에이전트와 상의했다. 대화에서 에이전트는 그녀에게 책을 내기 전에 알아야 할 몇 가지 질문을 했다.

--- 어떤 책인가? 회고록인가? 저널리즘인가? 창의적 논픽션인가? 픽션인가?

--- 목소리는 어떠한가? 개인적인가? 권위적인가? 기발한가? 불손한가? 근엄한가? 화자가 한 명 이상인가? 화자가 여러 명이라면 어떻게 다룰 것인가?

--- 구조는 어떠한가? 연대기적인가? 시간에 따라 순차적으로 이동하는
가? 절정에서 시작하고 연상으로 진행되는가? 내러티브가 몇 개의 부
분으로 이루어지는가? 챕터가 있는가? 챕터가 없는 책인가? 챕터는
어떻게 나뉘는가? 챕터 내용을 요약할 수 있는가?

--- 책의 분량은 어느 정도인가? 긴 분량으로 다뤄야 하는 주제인가? 복
잡하기는 하지만 짧은 책으로 낼 수 있는 주제인가? 아니면 기본적인
주제를 통해 하나로 합쳐지는 단편 모음집인가?

--- 내러티브 구조는 어떠한가? 어디에서 시작하는가? 어디에서 끝나는
가? 등장인물들에게 어떤 일이 생기는가? 어떤 변화가 있는가? 사건
후에도 변하지 않는 것은 무엇인가?

--- 사건들의 인과관계는 어떠한가? 어떻게 왜 그런 식으로 전개되는가?

--- 작품에 담긴 주장은 무엇인가? 작품의 의의는 무엇인가?

--- 책의 주제, 쟁점, 질문은 무엇인가?

--- 내러티브의 실타래는 무엇이며 주제와 어떻게 연결되는가?

--- 이미지의 핵심 패턴은 무엇인가? 서로 어떻게 연결되어 있는가?

주변을 살펴보면 책의 '의미'에 대해 생각하지 않은 채로 '원고'만 쌓
아나가는 경우가 많다. 이 질문들은 원고를 책으로 바꾸는 방법을 생각
하게 해준다. 원고가 계속 쌓이면 책이 기적적으로 만들어질 것이라는
생각은 아주 위험하다.

작가 이언 매큐언은 원고를 책으로 바꾸는 방식을 설명한 적이 있다. 그는 불안하지만 침착성을 유지하면서 임의적인 장면과 단편을 쓰는 일부터 시작한다. 이렇게 초반부를 시작할 때는 구조나 챕터, 순서에 대해 걱정하지 않고 자유롭게 쓰지만 일반적인 주제를 머릿속에 담고 있을 때가 많다.

매큐언은 쓰고 싶은 글을 쓴 후에 ─그는 그것을 '낙서'라고 부른다─ 첫 번째 초고를 작업하기 시작한다. 사고의 기본 단위라는 생각으로 각 문장의 언어에 세심한 주의를 기울인다. 그는 "첫 초고에서 문장을 제대로 쓰지 않으면 나중에 제대로 만들기가 어렵다."라고 말한 적이 있다. 첫 번째 초고를 작업하는 동안 첫 초고가 마지막 초고인 것처럼 천천히, 꼼꼼하게 일한다. 덕분에 작품을 완성할 때의 어려움이 덜어진다. 그는 원고를 한 문단씩 큰 소리로 읽는다. 그런 다음에 챕터를 저마다의 캐릭터가 등장하는 온전하고 독립적인 개체이자 단편 소설 같은 것으로 생각한다. 그의 작품에서 챕터는 중요한 건축 재료이므로 각 챕터가 기준을 충족하는지 확인한다. 때로는 한 장면씩 꾸준히 써나가기도 한다. 그런 장면에는 느린 수정 작업이 많이 필요하다.

"과연 어떤 책인가?"

이 질문에 한 문장으로 간단하게, 곧바로 대답할 수 있는가? 그렇다면 잘 된 일이다. 하지만 그럴 수 없다면 당신은 목적 없이 일하고 있는 것이다. 물론 시간이 흐르면서 답을 바꿀 수도 있겠지만 말이다. 학생들에게 이 질문을 하면 대부분은 답을 모른다고 대답한다. 나는 그들에게 어느 시점에 이르러서는 시간을 내어 답을 찾고, 책의 모양을 결정해야 한다고 말해준다.

이 질문에 대한 답을 적어놓고 분명하게 드러나기 전까지 계속 수정하고 개선하면 작품 이해에 큰 도움이 된다. 그것은 작업하는 데 있어 참고서 같은 역할을 할 것이다. 어떤 책인지 계속해서 생각하는 것은 글쓰기가 분명한 결과를 향해 나아가도록 돕는다.

많은 작가들이 탐색적인 방식으로 글을 쓰기 시작하고 진행 과정에서 작품에 대해 알게 되지만, 어느 시점에 이르러서는 한발 뒤로 물러나 작품을 읽어보면서 필요한 결정을 내려야 한다. 글을 쓸 때와는 다른 관점으로 작품에 대해 객관적으로 생각해야 하므로 결코 쉬운 일은 아니다. 그것은 아무것도 모르는 독자들에게 무엇이 필요한지 생각해보는 과정이다. 독자가 책의 내용을 이해하려면 어떤 배경이 제공되어야 하는지, 작품의 의미와 구조에 대해 고민해봐야만 한다. 내재적 가치가 있는 작품이기를 바라며 글을 쓰기 시작하겠지만 작품 의도와 의미가 타인에게도 분명히 전달되도록 써야 한다. 그렇지 않으면 작품이 유아론적으로 전락하고 독자들에게 전혀 다가가지 않을 것이다.

작가는 독자가 책을 읽고 투자한 시간에서 무엇을 얻기를 바라는지 생각해봐야만 모호한 부분을 확실하게 바로잡고 작품의 의의와 중요성도 이해할 수 있다. 그것은 대개 시간이 흐르면서 가능해진다. 앞에서 말한 질문들에 답함으로써 원고를 독자를 위한 예술 작품으로 조각할 수 있다. 첫 책을 쓰는 작가일수록 잠깐 시간을 내어 내러티브에 대해 생각해보면 책을 완성하기도 수월해진다. 물론 시간과 생각이 필요한 일이다. 엄청나게 많은 분량의 원고를 써놓았는데 그것을 책으로 바꾸려면 더 오랜 시간이 걸린다는 사실을 알고 좌절할 수도 있다. 하지만 꼭 필요하고 흥분되는 작업이다.

04

책의 구조
만들기

　나는 책을 읽을 때마다 구조를 연구한다. 시작, 중간 직전, 중간, 끝에 이르기 직전, 결말을 살핀다. 복선과 반복, 캐릭터 발달, 이미지 패턴, 장소와 시간 묘사, 플래시백과 플래시포워드도 연구한다. 이 습관은 내 책을 쓸 때는 물론이고 다른 작가의 작품 구조를 살펴볼 때도 도움이 되었다. 책의 구조 만들기는 책의 완성에서 가장 힘든 작업 중 하나다. 누구나 원고를 쓸 수 있지만 그것을 책으로 만들려면 후천적으로 습득한 기술이 필요하다.

　나는 책을 쓸 때 책이 될 만한 소재가 충분히 쌓일 때까지 쓴다. 그런 다음에는 글을 분석하고 몇몇 결정을 내린다. 얼마든지 변경 가능한 결정이며 이것은 닻 역할을 해준다. 시작과 중간 직전, 중간, 결말 직전, 결말에 대해 다시 생각한다. 각 지점에서 무슨 일이 생기기를 원하는지 스스로에게 물으면 구조에 대해 생각하지 않을 수가 없다. 그것은 독자가 경험하게 될 중요한 이야기다.

《다시 만나기 위해To See You Again》의 작가 앨리스 애덤스Alice Adams는 단편을 쓸 때는 자신이 무엇을 하고 있는지 알아야만 하므로 ABDCE 공식을 활용한다고 밝혔다. 그것은 각각 행동(A), 배경(B), 발전(D), 클라이맥스(C), 결말(E)을 나타낸다. 내러티브를 구성하는 한 방식인데 초보 작가에게 큰 도움이 될 것이다.

우선 흥미로운 행동으로 시작한다. 이 사람들이 누구인지, 이야기가 시작되기 전에 무슨 일이 일어나고 있었는지 이야기한다. 그 다음에 캐릭터들의 욕망을 표현하고 캐릭터를 발전시킨다(여기에서 드라마와 액션이 생긴다.) 클라이맥스에서는 모든 것이 합쳐지고 그 후 실질적인 변화가 일어난다. 그리고 결말에서 이제 캐릭터들이 어떤 사람들이고, 어떤 감정을 지니고 있고, 무슨 일이 일어났는지와 내러티브의 의미를 알려준다.

대부분의 내러티브에서 이야기의 시작은 내러티브의 시작이 아니다. 시작은 독자에게 내러티브의 세계를 소개하기 위해 필요한 것을 전부 말하는 순간이다. 작가의 의무는 독자가 주제와 캐릭터, 배경, 또는 문체와 사랑에 빠지도록 하는 것이다. 그렇기에 내러티브의 첫 문장은 유혹적이

어야 한다. 작가가 그 사실을 이해하면 시작이 더욱 분명해진다. 좋아하는 책의 처음 몇 페이지를 연구해보면 책을 어떻게 시작해야 하는지 많은 것을 배울 수 있다. 셰릴 스트레이드Cheryl Strayed가 쓴 《와일드》의 프롤로그가 좋은 예다. 화자인 작가가 혼자 하이킹을 떠나자마자 등산화가 산 아래로 떨어지는 모습을 쳐다보는 장면이다.

나는 원고를 책으로 바꾸는 작업을 시작할 때 예상 밖이라고 생각되는 부분을 시작에 넣곤 한다. 독자는 내러티브에 어떻게 몰입할까? 내 경우는 매혹적이고, 예상 밖이고, 질문을 남기는 것, 그렇지만 만족감을 주는 것에 빠진다. 그래서 책의 시작 부분을 그렇게 만들려는 목표를 세운다. 버지니아 울프의 전기 첫 문장으로는 원래 한 챕터에 묻혀 있었던 문장을 선택했다.

"버지니아 울프는 어린 시절 성적으로 학대 받았고 근친상간의 생존자였다."

독자들에게 곧바로 책의 내용을 말해줄 수 있는 문장이다.

05

두 번째 소매

지금 나는 다채로운 패턴이 들어가는 복잡한 스웨터를 뜨고 있다. 앞면과 뒷면, 첫 번째 소매는 끝냈다. 스웨터를 뜨기 시작한 지 몇 달째 되었지만 빌어먹을 두 번째 소매는 아직도 뜨고 있다. 거의 포기 직전까지 갔지만 그래도 포기하지 않았다. 완성하려면 인내와 약간의 기술이 필요하다.

나에게 뜨개질을 가르쳐준 스승은 두 번째 소매만 빠진 채로 옷장에 처박힌 미완성 스웨터들을 1달러씩만 받고 팔아도 엄청날 것이라고 말한 적이 있다. 두 번째 소매를 떠야 할 때쯤이면 지루해지고 새로운 작업을 시작할 때의 설렘과 흥분을 원하기 마련이다. 따라서 두 번째 소매는 내게 고역일 수밖에 없다. 스웨터를 뜰 때나 책을 쓸 때나 시작한 일을 끝마치기는 똑같이 힘들다. 특히 끝부분에 가까워 난관에 부딪히면 더욱 그렇다.

스웨터 뜨기와 책 완성하기는 적절한 비유가 아닐 수도 있다. 하지만 거의 끝부분에 이르러 잘 풀리지 않는 부분을 고치려다가 좌절감을 느끼고 포기하는 작가들이 많다. 물론 한 작품을 포기하고 다른 작품을 시작하는 것이 현명할 때도 있다. 나는 끝부분에서 곤란한 문제가 생기면 항상 나의 라이팅 파트너 에드비지 기운타에게 전화를 걸어 작품을 포기할까 생각 중이라고 말한다. 그녀는 난항을 겪고 있는 작업을 중단하는 방안도 고려해볼 필요가 있음을 알고 있다. 또한 내가 작업을 그만둘지도 모른다고 생각하는 순간, 어떻게든 다음 할 일을 알아낼 것이라는 사실 역시 안다.

작가들은 원고를 고칠 필요가 있다는 사실은 알고 있음에도 지금까지 고생해서 완성한 원고를 온통 헤집어야 한다는 것을 상상조차 할 수 없어서 망설인다. 그들은 새로운 결말이나 새로운 시작이 필요하다고 느낄지 모른다. 원고에 전반적인 검토가 필요하다고 느낄 수도 있다. 구조나 목소리, 시점이 틀렸다고 생각할 수도 있다. 무언가 핵심적인 부분에 문제가 있다고 여겨지기도 한다.

한 예로 도나 타트는 《시크릿 히스토리The Secret History》를 쓸 때 미묘한 시간 순서로 불필요하게 자신을 고문하고 있었다. 시작부터 끝까지 매우 단순하게 이야기를 전개하기로 결정하자, 소설의 모든 부분이 매끄

럽게 딱 맞아떨어졌고 해결책도 저절로 나타났다.

　당신은 타트처럼 포기하지 않고 책을 완성하기까지 힘든 일을 계속하는 편인가? 아니면 해야만 하는 일에 신물이 나거나 혼란스러워서 원고를 서랍 속에 넣어버리고 다른 작품을 시작하는가? 대부분의 작가들은 완성하지 못한 작품이 머리에서 떠나지 않는다고 말한다. 심지어 죄책감도 느낀다.

　나에게 이러한 단계를 어떻게 헤쳐 나가야 하는지 묻는 작가들이 있었다. 그런 단계는 지극히 정상이다. 현재 작품을 포기하고 새로운 작품을 시작한다고 치자. 또 다시 이런 단계에 놓일 것이고 그러면 끝내지 못한 작품이 두 개나 된다. 나는 내가 '두 번째 소매'라고 부르는 이 단계에 이르면 훌륭한 작가들도 똑같은 경험을 했다는 사실을 떠올린다. 나는 그들로부터 전략을 배웠다. 대부분의 훌륭한 작가들은 이 순간을 극복하고 결국은 작품을 완성한다.

　제이디 스미스는 소설 《NW》를 쓸 때 마지막 부분에서 난관에 빠졌다. 몇몇 사람들에게 원고를 읽어보라고 했는데 아무도 좋아하지 않던 것이다. 그녀 자신도 작품이 별로라는 사실을 알았지만 오랫동안 매달린 작품이 그런 평가를 받자 큰 충격을 받았고, 심지어 작품을 포기하고 싶어졌다.

　하지만 남편이자 시인인 닉 레어드Nick Laird가 그녀를 말렸다. 레어드는 아내에게 소설의 3분의 1을 다시 쓰라고 했다. 그는 말했다.

"당신이 이 원고를 쓰는 7년 동안 우리 모두 당신을 참아내야만 했소. 그러니 뭔가가 나와야만 해."

스미스는 다시 시작했고, 마지막 부분을 완전히 새로 썼다.

노벨상 수상자 앨리스 먼로는 아직 작품 활동을 할 당시, 이야기를 구성하는 과정에서 더 이상 작업하고 싶지 않아지는 시점에 이를 때가 많았다. 그럴 때마다 본능적으로 마음속에는 부정적 생각들이 가득 찼다. 작업을 계속하려면 그 느낌을 떨쳐내야만 했다. 포기하고 싶은 순간들의 연속이었고, 그것은 소설의 4분의 3을 썼을 때마다 생기는 일이었다.

그녀는 그 시점에 이르면 하루 이틀간 심각한 우울증을 겪었다. 진지하게 포기를 고려했고 다른 작품을 구상하기 시작했다. 먼로는 집필 과정의 그러한 시점을 연애 단계에서 생기는 문제와 비유했다. 현재의 연인에게 느끼는 실망과 불행함에서 벗어나려고 전혀 마음에도 없는 새로운 남자와 사귀는 것이다. 하지만 다른 남자와 사귀어도 똑같거나 더 심한 문제가 나타날 것이다. 따라서 현재 연인과의 문제를 해결할 방법을 찾아야 한다.

먼로는 문제가 생긴 작품에 감정적으로 거리를 두고 다른 작품을 구상하려고 해볼 때마다 포기하려고 한 작품의 해결책이 갑자기 생각난다. '소용없어. 그만 두자.' 하고 생각한 다음에야 일어나는 일이다. 하지만 우연히 해결책을 발견하기 전까지의 시간은 힘들었다. 그녀는 불안과 분노에 사로잡힌 채 답을 찾으려고 애썼지만 계속 난관에 부딪힐 뿐이었다. 게다가 그 과정은 —작품을 포기하려고 생각하는 것, 문제를 고치려고 하는 것, 포기하고 새로운 작품을 시작하려고 하는 것— 한동안 계속되기도 했다. 그러다 그녀는 주로 책상에 앉아 있지 않을 때, 슈퍼마켓에서 장을 보거나 운전을 하는 중에 예고 없이 해결책을 발견하게 되었다. 시점을 바꿔야 하거나, 어떤 캐릭터를 없애야 하거나, 캐릭터들의 관계에 변화를 주어야 할 때도 있었다. 그러한 변화에도 작품이 개선되지 않을 수도 있었지만 그녀는 그것이 계속 글을 쓸 수 있게 해주었다고 말했다.

06

실패했다고
느껴질 때

캐런 러셀Karen Russell은 호평을 받은 소설 《늪세상》의 집필 당시이
작품이 실패했다고 확신했다. 당시 그녀는 단편집 《악어와 레슬링하
기》로 좋은 평가를 받은 후, 첫 장편 소설 집필에 큰 기대를 가졌다. 하지
만 시간이 흐를수록 역사에 길이 남을 소설을 쓰고자 했던 목표는 그냥
소설을 완성하기만 하자는 것으로 바뀌었다.

그녀는 작품이 실패했다고 느껴져도 작업을 계속해야 한다는 사실을
알고 있었다. 복잡한 문제에 대한 해결책을 찾으려면 시간이 필요했다.
누군가 방법을 알려주기를 바랐지만 결국 그녀 스스로 해결해야만 하는
문제였다. 그렇게 러셀은 깊은 자기 의심에도 불구하고 초고 작업을 계

속해나갔다. 그렇게 탄생한 《늪세상》은 〈뉴욕 타임스〉 2011년 올해의 책으로 선정되었다.

글을 쓰는 도중에 혼란에 빠진 적이 있는가? 작품이 너무도 복잡하게 얽혀서 절대로 풀 수 없을 것처럼 두려웠던 적이 있는가? 대부분의 작가가 겪는 일이다. 나 역시 여러 번 겪었다. 야망이 있기 때문에 생기는 일이라고 생각한다. 복잡하게 얽힌 작품을 완성하려면 현재 원고를 분석해 잘 된 부분과 그렇지 않은 부분을 골라내야 한다. 러셀이 그랬듯이 야망을 낮춰야 할 수도 있다. 좀 더 단순한 구조를 선택하는 한편 급진적 요소를 넣어야 할 수도 있다.

버지니아 울프는 처음에 《파지터 일가》라고 이름 붙였던 《세월》의 초고를 쓸 때 빅토리아 시대와 에드워드 시대의 여성 문제를 말하는 챕터와 보여주는 허구의 챕터에서 문체를 번갈아가며 사용하는 방법을 시도했다. 자신의 소설적 재능과 비소설적 재능을 하나의 예술로 결합시키고자 했다. 하지만 그 작업은 어려움의 연속이었다. 그녀는 《야곱의 방》과 《댈러웨이 부인》, 《등대로》, 《파도》를 쓰면서 저마다의 난관에 부딪혔고 성공적으로 극복했다. 하지만 《파지터 일가》는 그럴 수가 없었다.

그녀는 실의에 빠졌다. 하지만 작업을 계속했고 그 작품을 포기하지 않았다. 그녀는 그 소설이 실패작이라고 여겼지만 해결책을 고안했다. 허구의 챕터만 따로 추출해 《세월》을 집필한 것이다. 또한 격렬한 논쟁

292

이 담긴 에세이들로는 여성들이 받는 부당한 대우, 제국주의, 전쟁을 비판하는 《3기니》를 썼다. 버지니아 울프는 《파지터 일가》를 쓰면서 맞닥뜨린 복잡한 문제를 한 권이 아닌 두 권의 책으로 헤쳐 나갔다. 그녀 스스로 구제할 수 없는 작품이라고 생각했으니 나쁘지 않은 결과였다. 그리고 교훈도 얻었다. 다음 소설 《막간》에는 좀 더 단순한 구조를 선택했다.

버지니아 울프는 《파지터 일가》에 대한 계획을 성공적으로 실행한 것일까? 그렇다고 할 수도 있고 아닐 수도 있다. 하지만 두 가지 책으로 만드는 방법으로 난관을 헤쳐 나간 것은 독창적인 해결책이었다. 하지만 그녀는 자신의 인내를 칭찬하기보다 비판했고 《세월》을 여전히 실패작이라고 여겼다.

물론 작품의 완성은 중요하다. 하지만 문제가 있음을 인정하고 조치를 취하는 것이 훨씬 더 중요하다. 빼든지 다시 구성하든지 해서 문제를 해결해야 한다. 울프는 《파지터 일가》에 문제가 있음을 알았다. 그리고 독창적이고 예술적인 자신만의 해결책을 찾았다. 하지만 작품을 원래 계획대로 완성하지 못한 자신을 꾸짖었다.

나는 만족스러운 완성에 이르기까지 생기는 그 어떤 일도 실패가 아니라고 생각한다. 의도적으로 원고를 제쳐두는 것도 실패는 아니다. 모순적으로 들리지만 쉽게 써서 성공하는 것보다 어려운 문제에 당면해야 더 많은 것을 배울 수 있다. 능력에는 한계가 있고 때로는 패배를 받아들여야 한다. 그것은 새로운 방향으로 노력하려는 의지와 융통성이 필요하다는 사실을 알려주기 때문이다.

중간에 작품이 혼란에 빠지면 어떻게 해야 할까? 곧바로 중단하고 포기하지는 말아야 한다. 러셀의 경험이 말해주듯 계속 작업하다 보면 아무리 구성이 복잡한 책이라도 성공할 수 있다. 만약 책상에 앉는 것이 두렵다면, 작품의 복잡한 구성 속에서 익사하는 듯한 기분이 든다면, 무기력해질 정도로 극심한 혼란을 느낀다면, 작업을 중단하고 어떻게 해야 할지 다시 생각해봐야 한다.

내가 그랬듯이 도움을 구할 수도 있다. 존경하는 작가에게 구체적인 아이디어를 제안해 달라고 부탁할 수 있다. 진지하게 귀 기울이고 책을 새롭게 계획할 수 있다. 작업을 계속하기로 할 수도 있다. 몇 권의 책으로 얽혀 있는 매듭을 풀 수도 있다. 결국 작품을 포기하기로 결정할 수도 있다. 하지만 위험을 무릅쓰는 작가, 성장하기를 원하는 작가라면 혼란에 빠질 수밖에 없다는 사실을 기억해야 한다. 계속 검증된 공식만 활용하면 혼란에 빠질 일도 없을 것이다. 하지만 그 순간 당신에게는 성장이 아니라 정체가 찾아온다.

07

라이팅 파트너

글쓰기는 혼자 하는 작업이 아니다. 어쩌면 그래서는 안 되는 일이기도 하다. 에드비지 기운타는 오랫동안 나의 라이팅 파트너다. 그녀와 작품에 대한 이야기를 나누지 않으면 나는 자기 의심이 생긴다. 절대로 끝내지 못할까봐 두렵고, 뭘 어떻게 해야 할지 알 수 없으며, 내 작품에 가치가 없다고 생각하게 된다. 라이팅 파트너가 있다는 것은 축복이다. 필요할 때 도움을 구할 수 있기 때문이다.

우리는 작품을 비판할 사람을 필요로 하지 않는다. 창작 과정의 협업자, 책임을 실어줄 사람을 원한다. 에드비지의 표현대로 대화자, 즉 작품과 문제에 대해 질문을 해줄 사람, 요청이 있을 때 해결책을 이야기해줄 사람이 필요하다. 우리는 전화로 일에 대한 대화를 나누면 좀 더 자신감을 가지고 작업을 계속할 수 있게 된다.

에드비지는 지난주에 한 일에 대해 이야기하고 현재 겪는 어려움을 설명했다. 최근 그녀는 지금 쓰고 있는 회고록 첫 챕터의 두 번째 버전을 완성했고, 많은 편집을 거친 두 번째 챕터의 첫 번째 버전을 분석했다. 그녀는 독자들에게 중요하다고 생각되는 한 뭉텅이의 원고를 두고 고민에 빠졌다. 이것을 첫 챕터와 두 번째 챕터 사이에 끼워 넣어야 할까? 아니면 첫 번째나 두 번째 챕터 속에 포함시켜야 할까? 나는 그녀에게 내 생각을 조언해주었다. 그렇게 우리는 이야기를 나누고 메모를 하면서 다음 주에 토론할 목록을 만든다.

또한 우리는 항상 다음 주를 위한 현실적인 작업 스케줄을 세우려고 노력한다. 에드비지는 회고록을 작업할 수 있는 시간이 네 시간뿐이었다고 했다. 그녀는 강의와 편집, 집안일까지 해야 한다. 그녀는 손으로 쓴 수정 사항을 컴퓨터 파일에 입력하기로 했다. 그리고 앞서 말한 원고를 어디에 활용할지 결정은 보류하고 그 사이에 다시 읽어보기로 했다.

나는 프롤로그를 수정하고 있다고 했다. 말년의 아버지가 우리 집 계단을 힘들게 오르는 장면이었다. 나는 우연히 새로운 목소리를 사용하게 되었고, 어릴 적 아버지와 나의 관계에 대한 회상을 추가했다. 아버지가 주인공인 책에 내 관점을 포함시키기가 힘들었던 차에 좋은 방법을 찾은 것이기를 바랐다. 하지만 새로운 방향에 대한 에드비지의 의견을 듣고 싶었다. 나는 들뜨면서도 걱정도 되었다. 좀 더 복잡한 관점을 새로 포함시키려면 지금까지 쓴 내용에 수정이 필요하기 때문이었다.

에드비지는 내가 작업 후반부에 이르러 급진적인 변화를 결심한다는 사실을 잘 알고 있다. 그녀는 프롤로그를 다시 천천히 작업하면서 충분한 시간을 가지고 새로운 관점을 다듬어보라고 조언했다.

"어쩌다 일어난 일이지만 당신은 최종 초고에서 작품을 극적으로 바꾸는 경향이 있잖아요. 서두르지 마세요. 뭔가 빠져 있다는 것을 알고 있었을 거예요. 당신이 아직 내러티브에 들어가 있지 않다는 사실 말이에요. 이제 뭘 어떻게 해야 하는지 알게 된 것 같아요."

나는 그녀의 조언에 따라 프롤로그를 다시 수정하기로 결심했다. 그러고 나서 한 번 더 수정해 새로운 관점을 다음 챕터에 어떻게 포함시킬지 결정하기로 했다. 에드비지는 다음 주 작업 스케줄에 대해 물었다. 나는 매일 2시간씩 하고 싶다고 말했다. 그녀는 수정 작업을 주말까지 끝내려고 하지 말고 그저 하루 2시간 작업 스케줄에 충실하라고 조언했다. 압박감을 느끼지 않는 것이 중요하다는 사실을 상기시켰다.

이렇게 작업 과정에 대해 구체적으로 나누는 대화는 우리 모두에게 값진 도움이 된다. 그녀를 만나면 기운이 샘솟는다. 작품이 나아갈 방향을 알게 되고, 현재 겪고 있는 문제에 대한 해결책을 몇 가지 떠올리게 되며, 다음 주 작업 스케줄이 충분히 현실적임을 알게 된다. 에드비지와 나는 매주 느리게, 그리고 꾸준히 작업한다.

조너선 프랜즌Jonathan Franzen은 미주리 주 세인트루이스를 배경으로 하는 첫 번째 소설 《스물일곱 번째 도시The Twenty-Seventh City》의 에이전트를 찾지 못하고 있던 1984년, 자신이 아는 유일한 작가인 《태평성대In the Reign of Peace》의 휴 니센슨Hugh Nissenson에게 조언을 구했다. 니센슨은 원고 분량을 묻더니 "원고를 반으로 줄이는 작업을 하세요."라고 딱 잘라 말했다. 성적인 이야기도 많이 들어가야 한다고도 했다. 프랜즌에게 니센슨의 조언은 훌륭한 선물이었다. 프랜즌은 원고를 삭제하는 작업이 충분히 가능하다고 생각했다. 니센슨과의 대화로 하여금 그는 소설이 '움직여야' 한다는 사실을 깨닫게 되었다.

이렇듯 작가에게 라이팅 파트너가 있으면 작업에 매우 큰 도움이 된다. 꼭 혼자 일할 필요가 없다는 사실을 알게 되고, 작업을 하면서 느끼는 고충을 나눌 수 있고, 작품에 필요한 통찰도 얻을 수 있다. 혼자 일하는 쪽을 선택하더라도 지원과 격려를 보내주는 작가 친구가 있으면 글쓰기에 큰 도움이 된다.

08

작품
수정하기

내가 처음 작문 강의를 시작했을 때, 수정 작업을 전혀 쓸모없게 여기는 한 학생이 있었다. 그는 가장 처음 떠올린 아이디어가 최고의 아이디어라고 말하면서 잭 케루악Jack Kerouac을 예로 들었다. 그는 케루악의 팬이었는데 내가 수정 작업을 제안할 때마다 케루악의 《자연스러운 글의 핵심Essentials of Spontaneous Prose》에 나오는 구절을 인용했다. 나는 그의 영웅이 실제로 수정 작업을 했는가에 대해 조사해보라고 제안했다.

뉴욕 공립 도서관의 버그 컬렉션실에서 버지니아 울프의 원고를 조사할 때, 나는 케루악의 팬이라는 철도 안내원을 만난 적이 있었다. 그는 케루악의 원고를 연구하고 있다고 했다. 케루악이 실제로 원고를 고쳐 썼으며 《길 위에서》가 출간되기 전에 편집자와 원고 작업을 함께했다고 말해주었다.

그 학생은 자신의 작품이 계속 불만족스러운 데도 끝까지 수정하지 않겠다는 입장을 고수했다. 결과가 마음에 들지 않으면 언제든 원본으로 돌아갈 수 있으니 수정을 해보라고, 그것은 작가가 배워야 할 중요한 기술이라고 조언했다. 내가 아는 많은 작가가 여러 차례 수정을 했고 오로지 그 과정을 통해 자신이 쓰고 있는 책이 어떤 책인지 알게 되었다고 설명해주었다.

샴쌍둥이가 등장하는 소설 《창과 엥Chang and Eng》, 고등학교 졸업반이던 십 대 시절에 같은 학교 여학생을 자동차로 치어 사망에 이르게 한 사고 경험을 담은 회고록 《인생의 절반Half a Life》 등을 쓴 작가 다린 스트라우스Darin Strauss는 글쓰기가 후천적인 기술인가에 대해 '재능은 의미가 없다'는 소설가 조나단 레덤Jonathan Lethem의 신념을 표방한다. 스트라우스는 시작 부분이 형편없어도 노력과 끝없는 수정으로 작품을 완성할 수 있다는 사실을 믿는 사람이야말로 작가로서의 가능성이 가장 높다고 말한다.

스트라우스는 대학원생 때 알았던 작가들 중 성공한 사람은 가장 재능 있는 이들이 아니라 첫 초고로 두 번째 초고를 만들 수 있었던 사람들이었음을 깨달았다. 일정 수준의 모든 작가가 썩 괜찮은 첫 초고를 쓸 수 있다. 하지만 다시 원고로 돌아가 수정에 수정을 거듭하는 작업은 투지와 결단력이 필요하다. '아직 부족해. 좀 더 손을 봐야 해.' 라고 생각하는 겸손함 역시 요구된다. 작업 과정에 대한 헌신이 신뢰와 합쳐질 때 언젠가 완성작이 만들어진다.

폴 오스터는 첫 산문작인 회고록 《고독의 발명》을 쓸 때 책이 어떤 형태를 지녀야 하는지 혼란에 빠졌다. 첫 번째 이야기인 '보이지 않는 남자의 초상화' 는 1인칭으로 썼다. 아버지의 고독한 삶과 할아버지를 살해한 할머니 ─오스터가 성인이 되어 우연히 알게 된 가족사였다─ 그리고 그 사건이 아버지에게 끼친 영향에 관한 내용이었다.

그리고 두 번째 이야기 '기억의 서'를 쓰기 시작했다. 책 작업, 기회, 파리에서 보낸 날들, 독서 등에 관한 자유로운 사색이 담긴 이야기로 역시 1인칭이었다. 하지만 뭔가 마음에 들지 않는 부분이 있었다. 하지만 왜 불만족스러운지를 알 수 없었다. 그래도 멈춰야만 한다고 느껴질 때까지 계속 썼다.

오스터는 두 번째 이야기를 수정하기 전 잠시 작업을 멈추고 자신이 맞닥뜨린 난관에 대해 몇 주 동안 사색에 잠겼다. 자신이 사용한 1인칭 시점이 문제임을 깨달았다. 아버지에 관한 첫 번째 이야기에서는 1인칭 시점이 효과적이었다. 그가 자신의 관점에서 아버지를 바라보는 것이었기 때문이다. 하지만 두 번째 이야기인 자신의 이야기에서 1인칭을 사용하면 더 이상 자신을 바라볼 수 없다는 사실을 깨달았다. 두 번째 이야기를 3인칭 시점으로 바꿔 수정할 필요가 있었다. 그런 다음에야 자신과 일

정한 거리가 생겨서 자신을 바라볼 수 있었고 책의 완성이 가능해졌다.

오스터는 책을 쓸 때 의식을 향해 천천히 더듬더듬 걸어가고 그 과정에서 책을 발견한다. 그는 노트를 단어들의 집, 생각과 자기성찰을 위한 비밀 공간으로 활용한다고 말한다. 하지만 계획이나 이전 소재를 바탕으로 작업하는지에 대한 질문에는 머릿속의 윙윙거림과 함께 시작한다고 대답했다. 첫 문장으로 시작해 한 번에 한 문단씩 마지막 문장에 이를 때까지 밀어붙인다.

그에게 문단은 작품의 자연적 단위다. 그는 한 문단씩 작업하면서 꽤 만족스러울 때까지 쓰고 또다시 쓴다. 이렇게 한 문단으로 한 작품을 완성하는 과정은 하루, 반나절, 한 시간, 혹은 며칠이 걸린다. 끝나면 타이핑을 한다. 모든 책에는 진행 중인 원고가 있고 옆에는 타이핑한 원고가 있다. 나중에는 타이핑한 원고도 수정한다.

그는 처음부터 이야기 궤도를 어느 정도 알고 있고, 작업하면서 모든 것이 계속 바뀐다고 말한다. 모든 책마다 놀라움이다. 어떤 책도 처음 생각한 대로 완성된 적이 없다. 작업하면서 캐릭터와 에피소드가 사라지고 다른 캐릭터와 에피소드가 만들어진다. 오스터는 소설 원고를 쓰면서 급진적인 변화를 준다. 그는 미리 모든 것을 안다면 과정이 별로 흥미롭지 않을 것이라고 말한다. 쓰고 수정하면서 어떤 내용인지 알아가는 것이야말로 소설 작업의 모험이라는 것이다.

그는 두 아들과 아내의 죽음 후 삶의 의욕을 잃은 데이비드 짐머David

302

Zimmer라는 캐릭터가 코미디 무성 영화에 나오는 코미디언의 작품을 찾으려고 하는 이야기를 그린 열 번째 소설 《환상의 책》을 쓰면서 마지막 페이지까지 내용을 계속 바꿨다. 1920년대 말을 배경으로 유랑 서커스단에 들어가게 되는 고아 소년의 이야기를 그린 《공중 곡예사》는 처음에 30~40페이지 정도의 단편으로 구상했다. 하지만 작품이 날아올라 저절로 생명을 취하는 듯하더니 300페이지 가까이 되는 피카레스크 소설—16세기경에 스페인에서 시작된 장르로 불우한 환경에서 태어나서 의지할 사람이라고 없는 주인공의 모험이 담긴 구성(역주)—로 발전했다.

수정 작업은 작가에게 작품의 숨은 가능성을 발견하고, 예상 밖의 심오한 의미에 도달하게 해준다. 폴 오스터를 비롯한 많은 작가에게 수정은 단순히 한 페이지에 쓰인 언어를 다듬는 일이 아니다. 글쓰기 과정의 심장이자 영혼이다. 폴 오스터의 말대로 책을 쓰는 과정에서 가장 흥미로운 단계다.

글쓰기는 삶과 마찬가지로 발견의 여정이며,
형이상학적인 모험이다.

– 헨리 밀러 –

09

가장 힘든
선택

작가는 하루에 수백, 또는 수천 가지 선택을 한다. 이 부분은 그대로
두고, 저 부분은 바꾸고, 이 문단은 여기로 옮기고, 저 문장은 좀 더 강렬
하게 하고, 이 문단은 둘로 나누고, 이 부분은 고쳐 쓰고 저 부분은 빼고
등. 생각보다 많은 수의 작가가 자신의 선택이 작품의 의미에 영향을 미
친다는 사실을 미처 깨닫지 못한 채 무의식적으로 선택을 내린다. 하지
만 선택을 너무 의식해서도 안 된다. 억압을 느끼기 때문이다.

작품이 끝났다고 여길 즈음이면 캐릭터와 성격 묘사, 배경, 대사, 구
조 등 모든 요소에 관한 결정을 내린 후다. 단어 하나, 구두점 하나 빠뜨
리지 않고 다 살폈을 것이다. 매 순간 선택은 어렵고 작가를 무력하게 만

들기도 한다. 하지만 작업이 진행될수록 선택도 쉬워질 것이라고 생각하면 도움이 된다. 내가 가르치는 학생 중 다수도 작업이 끝에 가까워질수록 선택에 대한 확신이 커진다는 사실을 알고 있다.

메리 카는 텍사스에서 보낸 청소년기를 그린 회고록 《체리Cherry》의 초고를 끝낸 후 40세 여성의 성욕을 12세 여자아이에게 겹쳐놓은 사실을 깨달았다. 그 상태로는 자신의 성적인 각성이 삐뚤어지게 그려질 수밖에 없으므로 작품의 목소리를 바꿔야 할 필요가 있다고 판단했다. 카는 서정적 언어를 사용해 십 대 소녀의 욕구에 초점을 맞추어 고쳐 썼다. 수정 작업은 힘들지만 꼭 필요한 선택이었다.

버지니아 울프는 숙모와 함께 남아메리카로 여행을 떠나는 레이첼 빈레이스Rachel Vinrace라는 젊은 여성이 성에 눈을 뜨게 되는 내용을 그린 《멜림브로시아Melymbrosia》라고 이름 붙인 소설을 몇 년이나 작업했다. 그녀는 그것을 출간할 수도 있었다. 초고는 훌륭했다. 하지만 그녀는 전면적 수정이라는 힘든 결정을 내렸고, 《출항》으로 세상에 빛을 보게 되었다.

《멜림브로시아》는 《출항》보다 동성애를 좀 더 명시적으로 그렸고, 제국주의 정치에 대한 비판도 강했다. 어쩌면 버지니아 울프는 비난이 두려워서 용기가 꺾였는지도 모른다. 검열이 두려웠을 수도 있으며 그녀의 미학 자체가 변했을 수도 있다. 출간된 원고에는 초고보다 성이 모호하게 표현되었다. 《출항》과 《멜림브로시아》는 동일한 주제를 다루고 내러티브 구성도 같으며 동일한 사건을 다룬다. 두 책의 핵심적인 장면은 유부남의 키스가 레이첼에게 끼친 부정적인 영향이다. 어쩌면 그것은 그녀가 아버지에게 성적 학대를 당했기 때문일 수도 있는데 《멜림브로시아》에는 그 점이 훨씬 분명하게 표현되었다. 물론 두 책은 서로 다를 뿐, 어느 것이 더 낫지 않다. 하지만 울프는 출간하지 않고 다시 수정하기로 힘든 결정을 내렸다.

제임스 조이스의 《스티븐 히어로Stephen Hero》 역시 출간될 수 있었던 소설의 초기 버전이었다. 하지만 그는 원고 작업이 끝났다고 생각하지 않았고 수정을 통해 《젊은 예술가의 초상》으로 변신시켰다. 《스티븐 히어로》는 일반 독자들에게 훨씬 읽기 쉬운 작품이다. 그 원고에서 주인공 스티븐의 어머니와 남동생, 누이는 비중이 크게 그려지고 아버지의 비중은 더 적다. 조이스는 《젊은 예술가의 초상》에서 아버지와 아들의 관계를 강조함으로써 디덜러스 가족이라는 주제를 작품에서 강화했다. 그리고 《스티븐 히어로》에는 《젊은 예술가의 초상》에서는 그저 암시만 되는 연애사가 더욱 극적이고 직접적으로 그려졌다. 스티븐의 캐릭터 역시 완전히 달랐다. 《스티븐 히어로》에서의 스티븐은 좀 더 외향적이다. 사람들과 어울리기 좋아하는 사교적인 성격이다.

조이스는 《스티븐 히어로》의 원고를 《젊은 예술가의 초상》으로 수정할 때 스티븐이라는 캐릭터를 이용해 헌신적인 예술가가 우리 사회에서 탁월하고 영웅적인 역할을 하는 것을 표현했다. 《젊은 예술가의 초상》은 한 소년이 예술가로 성장하는 과정을 보여주고 그 과정에서 종교를 버리는 등 자신의 운명을 실현하기 위해 치러야 하는 희생도 보여준다. 그렇기 때문에 스티븐의 성격에서 사교적 측면을 제거하는 일이 필요했다.

노벨 문학상을 수상한 윌리엄 포크너는 작가의 의무란 자신이 할 수 있는 한 최선을 다해 작품을 끝내는 것이라고 말했다. 더 훌륭하게 만들 수 있으므로 완성작에 절대로 만족하면 안 된다고도 했다. 하지만 포크너는 완성되지 않은 작품은 작가의 뇌리를 떠나지 않고 괴롭히므로 작품을 완성하는 것이 필수적이라고 했다.

포크너는 스스로 정해놓은 기준에 도달했는지 어떻게 아느냐는 질문에 자신의 작품을 판단하는 객관성은 자신을 속이지 않는 솔직함, 용기와 더불어 작가에게 반드시 필요하다고 답했다. 그는 어떤 작품도 자신의 기준을 충족하지 못했다고 인정했다.

포크너에게 가장 큰 어려움을 안긴 소설은 《소리와 분노》였다. 다섯 번이나 따로 써야만 했던 작품이었다. 그는 길 잃은 두 여성, 캐디와 그녀의 딸의 비극을 이야기하고 싶었다. 이야기를 제대로 표현하지 않으면 끝까지 고뇌가 계속 될 것이라고 생각했다.

그 소설의 영감은 그가 떠올린 한 이미지에서 나왔다. 진흙 묻은 속바지를 입은 여자아이가 배나무에 올라가 앉아 할머니의 장례식이 열리는 곳을 엿보면서 나무 아래에 있는 동생들에게 말해주는 장면이었다. 처음에는 단편으로 쓰려고 했지만 그들이 누구이고, 무엇을 하고 있으며, 왜 여자아이의 속바지에 진흙이 묻었는지에 대한 배경 이야기가 필요했으므로 장편 소설을 쓸 수밖에 없음을 깨달았다. 떠오른 이미지가 또 있었다. 아빠도 엄마도 없는 여자아이가 자신의 유일한 집이라고 할 수 있는 곳을 배수관을 타고 내려가 탈출하는 모습이었다.

처음에 포크너는 남동생 중 한 명인 백치 아이의 관점으로 이야기하려고 생각했다. 그 화자라면 이유는 모르더라도 무슨 일이 일어났는지는 알 것이기 때문이었다. 그 다음에는 다른 남동생의 시점에서 이야기를 전개했다. 그러고 나서 세 번째 남동생의 시선도 활용해보았다. 하지만 완성된 원고를 보니 전혀 효과적이지 못한 방법이었다. 그는 자신을 대변인으로 내세워 네 번째로 소설을 다시 썼다. 하지만 여전히 만족스럽지 않았다. 그래도 다시 수정해서 출간했다. 15년 후에도 그 이야기는 그를 떠나지 않았기에 부록을 써서 《포터블 포크너The Portable Faulkner》에 수록했다. 이야기를 머릿속에서 털어내 평화로워지려는 마지막 시도였다.

《소리와 분노》는 포크너에게 상당히 큰 고뇌를 안겨준 작품이었다. 도저히 그냥 놔둘 수 없는 이야기였고 아무리 애써도 제대로 풀어낼 수 없었지만 그는 여전히 그 작품에 커다란 애정을 느꼈다. 포크너는 종종 힘든 도전과 마주했지만 꼭 필요한 것이라는 사실을 받아들였다. 자신이 어떤 재능을 가졌든 온전히 활용할 수 있는 전적인 자유가 있음을 알았기 때문이다.

10

자기 검열

메디치가의 궁정화가였던 아그놀로 브론치노Agnolo Bronzino의 작품을 보려고 뉴욕 메트로폴리탄 미술관을 찾았다. 그의 드로잉(작품 초안)과 유화를 비교해보고 싶었다. 브론치노의 드로잉 〈성모 마리아와 아기예수와 성 엘리사벳과 성요한〉은 같은 제목의 유화를 준비하는 데 (1541~1543) 사용되었다. 드로잉에서 성 엘리사벳은 원통해하는 노파의 모습이고 성모마리아는 슬픔과 생각에 잠긴 듯 보인다. 두 여성은 아기예수의 잔혹한 운명에 반응하고 있는 것이다.

하지만 유화에서 성 엘리사벳은 인자한 노부인으로 표현되었고 성모마리아는 얼굴에 살짝 미소를 머금은 것처럼 보인다. 드로잉이 더 강렬하고 유화는 더 장식적이다. 브론치노는 슬픔을 복잡하게 표현해놓은 초안을 달콤하게 수정했다.

브론치노의 드로잉 〈죽은 예수〉(1538~1539)도 유화 〈피에타 막달레나Pieta with Magdalen〉(1538~1539)와 크게 다르다. 드로잉에는 예수가 사실적으로 표현되어 있다. 죽어서도 강인하다. 상처가 없으므로 피해자처럼 표현되지 않는다. 회복력과 목적의식이 엿보인다. 반면 유화에서 예수는 가련하고 힘없는 모습으로 표현되었다. 브론치노는 드로잉에서 강렬하고 색다르게 표현했던 예수를 전형적인 모습으로 수정했다.

그는 〈성 마가St. Mark〉(1525~1528)의 드로잉에서는 성 마가를 게슴츠레한 눈과 헝클어진 머리, 꽉 쥔 주먹으로 괴기스럽게 조소하는 모습으로 표현했다. 그러나 유화에서는 드로잉에서의 분노의 화신 같은 모습을 좀 더 온화하고 부드럽게 수정했다.

주로 부유하고 유명한 사람들에게 작품 의뢰를 받았던 브론치노는 지속적인 자기 검열을 통해 자신의 독특한 비전을 무디게 만들었다. 과연 누가 그를 탓할 수 있을까? 브론치노는 초기에 구상한 비전을 유화에 그대로 옮긴 적이 한 번도 없었다. 드로잉은 후원자를 만족시킬 필요가 없었다면 과연 그의 그림이 어땠을지 보여주는 증거로 남아 있다.

초고나 과정 일기를 최종 원고와 비교해 읽어보면 스스로 검열을 하고 있는지 아닌지 알 수 있다. 수정 작업에서 작품의 특이한 개성을 삭제하는지, 단호함을 한풀 꺾는지, 사실적이고 복잡한 묘사를 보기 좋지만 잘못된 표현으로 바꾸는지는 않는지, 작품에 담긴 힘과 저항을 제거하는지 등등.

내가 예전에 가르친 한 학생이 쓴 글에는 사실적인 느낌이 없었다. 나는 그녀에게 초고를 읽어보라고 부탁했다. 역시나 초반 원고에는 명쾌하고 복합적으로 묘사된 인물들이 후반 원고에서는 전혀 존재감 없는 무덤덤한 묘사로 바뀌어져 있었다. 나는 그녀에게 그녀만이 결정을 내릴 수 있다고 말해주었다. 하지만 스스로 자신의 예술을 파괴하건, 글에 등장하는 인물들이 죽을 때까지 기다렸다가 솔직하게 쓰건 어떤 결과가 나올지는 고려해봐야 한다고 했다.

퓰리처상을 수상한 소설가 캐롤 쉴즈는 그녀가 가르친 모든 학생이 가족들에게 입힐지도 모르는 상처에 대해 걱정한다고 언급했다. 그녀는 학생들에게 "두려움을 제쳐놓고 두려움에 목 졸리지 않고 쓰라."라고 조언했다. 나중에 언제든 돌아가 디테일하게 고칠 수 있으니까 말이다. 쉴즈는 학생들이 진정성 있는 작품의 원천이 되는 자아의 어두운 부분을 드러내기를 꺼려한다는 사실에 놀랐다.

내 학생 중 하나는 자신이 쓴 원고를 전부 부모님에게 보여주었다. 그녀는 아버지가 가족을 방치한 것과 그 결과로 찾아온 어머니의 우울증에 대해 이야기하고자 했다. 하지만 그녀는 빙빙 겉돌기만 했다. 나는 그녀의 원고를 읽고 캐릭터들도 사건도 제대로 이해할 수가 없었다. 나는 이렇게 조언했다.

"부모님에게 원고를 보여주지 마세요."

하지만 그녀는 그렇게 하지 못했고 회고록 역시 완성하지 못했다.

나는 회고록 《현기증Vertigo》에서 아버지에 관한 이야기를 아무런 제약 없이 자유롭게 썼다. 아직 아버지가 살아 계실 때였다. 아버지에 대한 글을 쓰기는 예상보다 쉬웠다. 나는 원고가 끝날 때까지 아버지가 책을 읽을 수도 있다는 가능성을 무시했다. 나중에 아버지가 책이 출간된 사실을 알게 되자 나는 남편과 함께 아버지와 아버지의 두 번째 부인을 만나 이야기를 나누었다.

"뭐라고 썼니?"

아버지가 물었다.

"전부 다요."

내가 대답했다.

"전부 다?"

그러자 아버지의 두 번째 부인이 말했다.

"당신도 알겠지만 당신이 예전에 아주 무서웠잖아요. 루이즈는 아직 어린 애였고."

나는 두 분에게 책을 읽지 않는 편이 좋겠다고 말했다. 아버지는 읽지 않았고 의붓어머니는 읽었다. 그녀는 아버지가 공정하고 제대로 균형 잡힌 모습으로 묘사되었다고 생각했다. 아버지는 책에 등장했다는 사실을 친구분들이 알게 되면서 영웅이 되었다.

언젠가 "아버지가 아직 살아계셨는데 어떻게 아버지에 대한 책을 쓸 수 있었죠?'라는 질문을 받은 적이 있다. "아버지가 한 일은 전부 사실이고 나에게는 그 이야기를 쓸 권리가 있었으니까요."라고 나는 답했다. 《매리지 플롯The Marriage Plot》의 제프리 유제니디스를 비롯한 많은 작가들과 마찬가지로 나는 원고가 완성될 때까지 절대로 누구도 읽게 하지 않는다. 초반 원고를 읽은 독자의 반응에 휘둘려 원고를 수정하는 위험을 감수하지 않기 위해서다. 유제니디스는 "나 혼자서도 더 나은 작품을 쓸 수 있다면 누구에게도 원고를 보여주고 싶은 마음이 들지 않는다. 타인이 내 작품의 급진적인 측면을 약하게 만들고 싶어 할 수도 있기 때문이다."라고 말한다.

초기의 비평은 아무리 의도가 좋더라도 작품에서 가장 용감한 부분을 소심하게 바꾸도록 만들 수 있다. 브론치노는 시간이 지나면서 자기 스스로 검열을 했지만, 나는 후반부로 갈수록 초기에는 준비되지 않았던 힘든 순간에 대해 쓸 수 있는 용기가 생긴다.

메트로폴리탄 미술관으로 브론치노의 작품을 보러 가기 전에 아버지에 관해 쓰고 있는 책의 프롤로그 원고를 읽어보았다. 내가 아버지의 시신을 아버지가 제2차 세계대전 당시 복무했던 태평양의 섬으로 가져가 그곳 원주민들이 영웅의 장례식을 치르는 방법으로 아버지의 장례를 치르는 상상을 하는 장면이 나온다. 내가 찾아본 바에 의하면 고인의 뼈를 천으로 감싸서 유족이 입고 다닌다고 했다. 그래서 '아버지의 뼈를 입다'라는 제목을 붙인 상상의 장면을 썼다. 페이지의 여백 부분에는 '너무

과한가? 라는 메모를 적어 놓았었다. 미술관에서 집으로 돌아온 나는 그렇지 않다고 결론 내렸다.

11

애도의 시간

《NW》의 작가 제이디 스미스는 "소설을 쓰는 가장 큰 이유는 마지막 단어를 쓰고 난 후의 4시간 30분을 위해서일 때도 있다." 라고 말한 적이 있다.

나는 작가가 책을 끝내려면 무엇이 필요한지에 대해 자주 생각했다. 가능성으로 가득한 작가들과도 이야기를 나누었다. 훌륭한 프로젝트를 구상했던 작가들이 아직도 생생하게 기억난다. 창작의 삶을 살고자 하는 작가들. 하지만 수년이 지난 후에는 아무것도 없다. 아니, 아무것도 아닌 게 아니다. 완성되지 못한 예술 작품만이 남는다. 하지만 고의적으로 중단한 것이 아니라면 미완성 작품은 작가의 정신을 피폐하게 만든다. 그것은 발바닥의 상처나 손가락의 염증, 치유되지 않는 마음의 상처와 비숫하다. 완성하고 싶지만 지금 쓰고 있지 않은 책이 작가들에게는 그런 존재다.

그렇다면 작가들은 어째서 책을 완성하지 못하는 것일까? 중단한 작품을 왜 다시 집어 들지 못할까? 책을 끝내는 데 걸리는 시간이나 강도 높은 작업에 대한 오해 때문일까? 그럴 수도 있다. 내가 가르치는 학생들은 기존 작가들이 책을 어떻게 완성하는지에 대한 글을 읽고 큰 도움을 받았다. 책 한 권을 완성하기까지 무엇이 필요한지 알았기에 까다롭고 강도 높은 작업에 대비할 수 있어 작품을 완성할 가능성도 더 높아졌다.

제프리 유제니디스는 브라운 대학교 학생들의 졸업 이후 서로 얽힌 삶을 그린 소설 《매리지 플롯The Marriage Plot》의 후반부 작업에 이르렀을 때 이미 몇 년 동안 작업했음에도 잘못 될까봐 두려웠지만 가능한 모든 것을 고칠 때까지 계속했다. 그는 무한정 고치다 보면 언젠가 멈춰야만 하는 시점이 온다는 사실을 알고 있었다. 그래도 그는 마감 기한 직전까지 작업했다.

유제니디스는 《매리지 플롯The Marriage Plot》의 미완성 원고를 편집자 조나단 갈라씨Jonathan Galassi에게 보냈다. 아직 마지막 두 챕터를 쓰지 않은 상태였다. 갈라씨는 책이 거의 다 되었다고 생각했고 2011년 가을에 출간할 수 있도록 끝마치라고 재촉했다.

유제니디스는 4개월 동안 미친 사람처럼 일하면서 마지막 두 챕터를 완성하고 450페이지나 되는 전체 원고를 수정했다. 그렇게 작업이 끝났다. 그는 그 책을 끝내기 위해 아내와 편집자를 포함해 믿을 만한 독자 네 명의 비평을 참고했다. 그는 그들의 모든 질문과 제안에 반응했다. 아내의 주석만 150페이지에 달했다. 그리고 그는 만족스럽지 않은 구절을 고쳤다.

교정쇄를 받고 다시 작업에 돌입했는데 이번에는 자신의 목소리에만 귀 기울였다. 여름까지 작업을 했고 가장 강도 높은 작업을 위해 한 달 동안 혼자 베를린에 머물렀다. 그 단계에서 새로운 변화를 집어넣고 전체 원고를 다듬었다. 마지막 교정쇄를 받았을 때는 할 일이 많지 않았다.

유제니디스는 《매리지 플롯》의 마지막 작업을 매우 길고 힘든 경주에서의 결승점을 앞둔 전력 질주에 비유하며 이렇게 말했다.

"나는 자기 검열이라는 형태로 마지막 남은 거리를 전력 질주했고 드디어 성화聖火를 건넸다."

그는 작업에 최선을 다했고, 믿을 만한 독자들에게 보여주었으며, 그들의 조언에 귀 기울여 수정했다. 하지만 작업의 맨 마지막에는 자신의 본능으로 되돌아갔고 강도 높은 작업으로 끝냈다. 그를 비롯한 일부 작가들은 마지막을 향해 갈수록 더 작업이 잘 되고 본능에 충실하게 되며 심지어 예전보다 쉬워진다고 말한다.

존 스타인벡은 책 작업에서 가장 어려운 부분은 뒤로 가서 나타난다고 말한 적이 있다. 그 순간은 책의 완성을 위해서 온 힘을 끌어 모아야만 하는 중요한 시기였다. 스타인벡은 《에덴의 동쪽》의 작업이 막바지로 치닫던 1951년 10월 27일, "피곤함이 스멀스멀 몰려든다. 하지만 굴복할 수 없다."라고 적었다. 그는 자신이 약간 제정신이 아닌지 의아하다면서 최대한 빨리 그런 기분을 털어내야겠다고 다짐했다.

스타인벡을 가로막고 있던 것은 특정한 날짜까지 책을 끝마치겠다고 한 약속이었다. "스스로 언제까지 끝내겠다고 약속하면 지키려고 노력하는 나 자신을 발견한다."라고 그는 적었다. 스스로 지운 불필요한 압박감은 원고에도 영향을 끼치므로 떨쳐버려야만 했다. 스타인벡은 책을 끝내는 것보다는 내용이 더 중요하다고 생각했다. 그래서 그 자신이 가장 신뢰하는 방법으로 돌아갔다. 매일 정해진 분량의 작업을 끝마치는 것이었다. 그에게 다가오는 마감 기한은 도움이 되기보다는 오히려 방해가 되었다.

그는 《에덴의 동쪽》을 탈고하기 얼마 전, 앞으로 2~3일 정도만 작업하면 된다고 생각했다. 그는 작업을 빨리 끝내고 싶은 동시에 끝내기 두려웠다. 그는 책의 완성은 곧 상실을 의미한다는 사실을 알았기에 일기에서도 작품과의 이별을 준비했다. 끝이 가까워지고 있고 이미 끝부분을 쓰고 있었지만 전체를 통틀어 가장 힘든 작업일지 모른다고 생각했다.

스타인벡은 《분노의 포도》의 작업이 끝에 가까워졌을 때 "커다란 상실감과 외로움을 느낀다. 더 이상 삶의 의지가 없는 듯하다."라고 적었다. 그는 그런 감정을 이겨내고 계속 작업하지 않으면 소설의 완성이 지연되거나 자신에게 해로울 것임을 알고 있었다. 그러나 한편으로는 일부 작가들이 상실감으로부터 자신을 보호하고자 작품을 끝내지 않기도 한다는 사실을 이해했다.

스타인벡처럼 나를 비롯한 많은 작가가 책의 완성이 가까워졌을 때, 혹은 책을 완성한 기쁨 이후에 애도 기간을 겪는다. 스타인벡의 고백에서도 알 수 있듯 그 기간은 혼란스럽지만 상실의 감정을 이해하고 다음에 써야 할 새로운 책이 기다리고 있음을 떠올린다면 좀 더 수월하게 지나칠 수 있다. 스타인벡은 상실감을 고백한 후 묵묵히 다시 작업으로 돌아갔다. "나는 이 책을 써야만 한다." 라고 말하며.

에필로그

한 권의 책을 집필한 후 찾아오는 시간은 언제나 혼란스럽다. 한없는 기쁨이 느껴지기도 한다. 너무나 오랫동안 삶의 모든 것이었던 작업이 끝나버려 공허감이 느껴질 수도 있다. 매일 하루를 꼭 채웠던 작업 시간이 그리워지기도 한다. 작품을 세상에 내보내면서 일시적으로 애도 상태에 빠지기도 한다. 과연 가치 있는 작품인지 극도의 불안과 불확실함에 시달릴 수도 있다. 과연 또다시 글을 쓸 의지가 생길지, 창작 능력이 사라져버린 것은 아닌지 걱정되기도 한다. 빨리 다음 작품을 시작하고 싶어 들뜰 수도 있다.

존 밴빌John Banville 처럼 극도로 힘든 감정 상태에 빠지기도 한다. 맨부커상 수상 작가인 그가 창의성이 치러야 하는 대가를 다룬 소설 《메피스토Mefisto》를 완성한 후 겪었던 일이다. 그는 출간 후 작품이 외면을 당하자 대단히 충격적인 시간을 보낸다. 여름 내내 정원에서 시간을 보내며 상처를 치유하려고 했다. 밴빌의 경험은 극단적이기는 하지만 대부분의 작가들이 작품이 끝났다고 마냥 행복한 것만은 아님을 인정한다.

어떤 작가들은 한 작품을 끝마치고 매우 긴 공백기를 가진다. 특히 극도의 집중을 요구한 작업이었을 경우에는 그렇다. 맥신 홍 킹스턴은《여전사》와《차이나 맨China Men》을 끝내고 휴식이 필요했다. 나 역시 버지니아 울프에 관한 책처럼 특히 방대한 리서치가 필요한 힘든 프로젝트를 끝낸 후에는 휴식을 취한다. 서재를 정리하고 그동안 소홀했던 집안일에도 신경 쓸 시간이 필요하다. 그런 다음에는 다음에 할 일을 정할 때까지 기다리거나 대기 중인 다음 프로젝트를 바로 시작한다.

책 작업이 끝났다는 것은 작가의 삶에도 변화를 의미한다. 끝낸 작품을 존중하고 그 작업에서 배운 것에 감사하고 작품을 내려놓고 앞으로 나아가는 것 또한 작가가 해야 할 일이다. 작업의 끝에 다다를수록, 특히 오랫동안 관심을 쏟은 작품일 경우에는 더더욱 그 작업이 그리워지고 자신이 창조한, 어느새 일상보다 더 익숙해져버린 세계에 좀 더 오랫동안 머물고 싶어지기도 한다. 나 역시 소설 《캐스팅 오프Casing Off》를 끝냈을 때 내가 만든 자유로운 영혼 마이브 맥남라Maive Macnamra를 놓고 싶지 않았다.

　노먼 러시 역시 소설을 내려놓는 데 어려움을 겪었다. 그는 한 작품을 수년 동안 작업한다. 자신이 창조한 세계에서 매우 오랜 시간을 보내므로 캐릭터들이 숨 쉬는 공기를 들이마시며 함께 살아간다. 러시는 소설의 결말에 담긴 의미가 독자들에게 영향을 끼친다는 사실을 너무도 잘 알고 있다. 그는 결말이 전달하는 의미에 대해 도덕적 의무를 느끼기에 제대로 된 표현에 최선을 다하려고 한다.

　그는 이렇게 말한다.

　"내 책이 오직 등장인물들의 궤적을 내포한 결말에 도달하기를 바란다."

　글쓰기는 작가의 삶에 구조를 제공한다. 작품 하나를 끝내면 곧바로 새로운 프로젝트를 시작하고 이전 구조는 사라진다. 앨리스 먼로는 아직 집필 활동을 할 때 몇 달 간의 작업을 시작하기 전에 휴식을 취하는가에 대한 질문에 "곧바로 다음 작품을 시작한다."라고 했다. 아이들이 있을 때는 그렇지 않았지만 그녀는 나이가 들수록 글쓰기를 멈춘다는 것이 무엇인가 영원히 멈추게 되는 것처럼 끔찍하게 생각되었다.

먼로는 절대로 아이디어가 부족하지 않았다. 언젠가 기술이나 기교가 부족해질까봐 두려운 것도 아니었다. 단지 그녀는 작업 과정에서 흥분감과 신뢰를 유지하려면 엄청난 의지력이 필요하다는 사실을 알고 있었다. 계속 글을 쓰지 않으면 의지를 잃고 다시 시작하지 못할까봐 두려웠던 것이다. 그래서 그녀는 그런 일을 막고자 작업을 손에서 놓지 않았다. 일주일에 하루도 빠뜨리지 않고 매일 오전 8시부터 11시까지 스스로 정한 분량을 쓰는 철저한 스케줄을 지켰다.

존 밴빌도 항상 글을 써야만 한다고, 글쓰기를 멈추면 자신에게 위험하다고 말한 적이 있다. 한 작품이 끝나면 곧바로 다음 작품을 시작한다. 그는 하루 작업을 끝내고 45분이 남으면 어딘가에 몇 문장을 추가한다. 그는 3년에 한 권씩 책을 낸다. 《신들은 바다로 떠났다》, 《인피니티The Infinities》, 《고대의 빛Ancient Light》등 과학 소설 3부작 시리즈 및 미술에 관한 이야기를 포함해 지금까지 본명으로 낸 책은 16권이다. 벤저민 블랙Benjamin Black이라는 필명으로는 《복수Vengeance》, 《신성한 명령Holy Orders》등 8권의 탐정 소설을 냈다. 또한 〈가디언〉과 〈뉴욕 북 리뷰New York Review of Books〉등의 매체에 서평도 쓴다.

본명으로 출간하는 소설을 쓰는 것은 끝없는 고통이다. 하지만 필명으로 쓰는 소설은 즐거운 놀이다. 그는 자신에게 맞는 작업 방식을 발견했다. 그는 세 가지 장르의 작품을 쓰기 때문에 —문학 소설, 탐정 소설, 비소설— 각 장르마다 다른 목소리와 다른 집중도, 문체가 필요하므로 언제든지 글을 쓸 수 있다. 본명으로 쓰는 몹시 고통스러운 작업에서 필명으로 쓰는 즐거운 작업으로, 또 빨리 완성해야만 하는 기사 작업 사이를 왔다 갔다 한다.

각 작업에는 서로 다른 기술이 요구된다. 밴빌은 "필명으로 내는 소설은 캐릭터와 플롯, 대사가 본명으로 내는 소설보다 훨씬 중요하다."라고 말한다. 필명으로 작업하는 캐릭터는 의식적으로 공들여 만들어지고 본명으로 작업하는 캐릭터는 안에서 저절로 흘러나온다는 것이다.

《NW》의 작가 제이디 스미스는 완성하는 책마다 불만족을 느낀다. 하지만 그 느낌을 완전히 다른 새로운 작품을 시작하는 원동력으로 삼는다. 스미스는 모든 일이 그러하듯 특히 결함이 있다고 생각하는 작품일수록 다시 시작해야만 하고 바로 앞에 나아갈 공간이 있다는 의미임을 잘 안다. 이처럼 지금 작품이 다음에 쓰게 될 글의 발판이 되어준다는 사실만 기억하면, 작품을 끝내고 내려놓기가 훨씬 수월해질 것이다.

작가들은 누구나 상상 속에 이상적인 작품이 있기 마련이다. 그래서 한 작품을 끝내면 그 이상적인 작품과 비교해서 평가하려고 한다. 하지만 아무리 최선을 다해도 결코 기대가 충족될 수 없다. 그 사실을 인정하면 끝난 작품을 내려놓는 데 도움이 되고 삶의 다음 단계로 나아갈 수 있다. 글 쓰는 삶을 하나의 연속체로 보고 책 한 권을 쓸 때마다 오로지 그 책만으로 가능한 가르침을 얻는다고 생각한다면 앞으로 기다리는 새로운 책을 쓰면서는 무엇을 배우게 될지 기다려질 것이다.

최고의 작가들은 어떻게 글을 쓰는가

초판 1쇄 인쇄일 2015년 6월 10일 • 초판 1쇄 발행일 2015년 6월 17일
지은이 루이즈 디살보 • 옮긴이 정지현
펴낸곳 도서출판 예문 • 펴낸이 이주현
기획 김유진 • 편집 박정화 • 마케팅 이운섭
디자인 김지은 • 외주디자인 김은정 • 관리 윤영조 · 문혜경
등록번호 제307-2009-48호 • 등록일 1995년 3월 22일 • 전화 02-765-2306
팩스 02-765-9306 • 홈페이지 www.yemun.co.kr
주소 서울시 강북구 미아동 374-43 무송빌딩 4층

ISBN 978-89-5659-251-0   03840